◎ 国学小百科书系 ◎

唐诗小百科

黎孟德 著

巴蜀书社

图书在版编目(CIP)数据

唐诗小百科/黎孟德著.—成都:巴蜀书社,
2020.11(重印)
(国学小百科书系)
ISBN 978-7-5531-1113-1

Ⅰ.①唐… Ⅱ.①黎… Ⅲ.①唐诗—青少年读物
Ⅳ.①I222.742

中国版本图书馆 CIP 数据核字(2019)第 033076 号

唐诗小百科

黎孟德 著

策划组稿	施 维	
责任编辑	张照华	
装帧设计	南京私书坊文化传播有限公司	
出 版	巴蜀书社	
	成都市槐树街 2 号 邮编:610031	
	总编室电话:(028)86259397	
网 址	www.bsbook.com	
发 行	巴蜀书社	
	发行科电话:(028)86259422 86259423	
经 销	新华书店	
印 刷	三河市同力彩印有限公司	
	电话:(0316)3531288	
版 次	2019 年 3 月第 2 版	
印 次	2020 年 11 月第 3 次印刷	
成品尺寸	152mm×215mm	
印 张	18.25	
字 数	365 千	
书 号	ISBN 978-7-5531-1113-1	
定 价	39.00 元	

本书若有印装质量问题,请与工厂联系调换

目 录

目

录

目录

唐诗概说

唐诗简史

有人说，中国是诗的国度，这话不错。中国的诗歌，有非常悠久的历史，而且起点很高。先秦两汉时期，一部《诗经》，一部《楚辞》，还有几十篇汉乐府，足以令国人自豪。但是，先秦两汉并不是诗歌的黄金时期。先秦时期，称得上是诗人的，大概也就只有屈原、宋玉等寥寥数人，而更多的人，只是在"用诗"，而不是写诗。两汉时期，称得上诗人的也没有几个。魏晋南北朝时期，才真正出现了诗歌的繁荣。这一时期思想的大解放、五言诗的成熟、音韵学研究的成果等，为唐诗的出现和繁荣打下了良好的基础。

唐王朝立国近三百年，而且国力强盛，经济繁荣，文化也极为发达，音乐、书法、绘画、雕塑等艺术都达到了前所未有的高度，而其中成就最大、最能代表唐代文化的，是诗歌。

这是一个怎样的辉煌局面啊！仅清代《全唐诗》所收录，就有诗五万余首，诗人近三千人。其中，广为传诵的名篇有数千首，真可以说是空前绝后了。

这也是一个群星璀璨的时代，陈子昂、李白、杜甫、王维、孟浩然、高适、岑参、王昌龄、白居易、韩愈、刘禹锡、柳宗元、李贺、杜牧、李商隐……这一些光耀千古的伟大诗人，都诞生在唐代。

唐代也是诗体大备的时代，五古、七古、歌行，在唐代得到完善；乐府歌诗，在唐代得到发展。最重要的，是讲究格律的近体诗，把诗歌的形式美推向极致，完成了诗歌（这里指狭义的诗歌，即不包括词和曲）体裁形式的探索尝试，在近代新体诗出现之前，再也没有新的成功的诗歌形式出现。

唐朝立国近三百年，经历了由百废待兴到鼎盛，再由鼎盛逐渐衰亡的过程。在不同的时期，诗歌所表现的内容和形式也都不尽相同。

唐代诗歌，可以分为初、盛、中、晚四期。

初——合著黄金铸子昂

任何一个朝代，在立国之初，首先要解决的是思想的统一、政权的巩固和经济的复苏，而文化的发展总是要滞后一些的。这一时期的文化，往往是承袭前朝余绪，在内容和形式上变化都不太大。唐代也不例外。

那么，唐代初年承袭的是什么样的文化呢？

中国幅员辽阔，北方和南方的气候、地理状况、生活习性、审美趣味、文化传统都有很大的差异。这种差异，在原始社会的神话传说和《诗经》《楚辞》中已经表现得非常明显。大抵说来，北方文化重内容而轻形式，重质朴而轻绮丽；南方文化则重形式而轻内容，重修饰而轻质朴。这种差异，在南北朝时期被推向了极致。

自东晋以后的南北对峙，和春秋战国时的列国纷争并不完全相同，因为这一时期的北方政权，是匈奴、鲜卑、羯、氐、羌等少数民族建立的，即所谓的"五胡十六国"。和南方汉民族建立的东晋、宋、齐、梁、陈相比，文化要落后很多，所以这一时期占主导地位的是南方文化。当然，也不可否认，北方的音乐文化和佛教文化水平很高，对隋、唐以后的文化影响也非常巨大。

南朝政治腐败，但经济繁荣；南朝君臣骄奢淫逸、享乐腐化甚至到了极端无耻的地步，但是他们的文化素养又极高，所以六朝的诗文，内容极其空泛，而文辞极其华美，尤其表现在诗歌和骈文上。

南北朝时期，是五言诗（包括七言）成熟的时期，也是音韵学和诗歌格律研究取得重大成绩的时期。淝水之战以后，南北对峙的局面已经基本定型，东晋、宋、齐、梁、陈的朝代更替，让整个社会都没有什么恢宏之志，不再醉心于建功立业、名垂后世，而是只图享乐安逸，苟且度日。他们花费大量的精力去探求诗歌和骈文的技法，语言更华美，用典更新奇，技法更圆熟，对仗更工稳，但是，内容却相当空泛。

从积极的意义看，是思想的解放造成了个性的张扬，发抒个人情感，代替了替圣人立言；从消极的意义上看，则是思想境界的低下与生活环境的狭窄，造成作品内容的格调比较低下甚至低俗，也就是后人所批评的"绮靡"文风。

唐代初年所承袭的就是这样的文化。但是，自隋代开始的大一统局面，又使南北文化有了融合的可能。隋文帝下令"公私文翰，并宜实录"，唐太宗要求"上书论事，词理切直"，都是希望以北方刚劲质朴的文风，来救南方文风过于靡弱之弊。

初唐（618－712）近一百年间，是唐诗风格形成的探索期、唐诗繁荣的准备期。从唐太宗贞观初年到武则天时，诗歌基本沿袭南朝旧习，主盟诗坛的，大多是陈、隋旧臣和宫廷御用文人，如虞世南、褚亮、杨师道、李百药、上官仪、李峤、苏味道、崔融、沈佺期、宋之问等。他们的作品多是奉和应制之作，与六朝诗人相比，内容同样空洞，但形式更为典丽。

上官仪和沈佺期、宋之问是值得一提的。他们都是宫廷御用文人，诗歌内容几乎全是应制颂圣之作，词气卑弱，但唐代近体诗的格律，却在他们手中完成。将"永明体"诗歌强调四声变为调整平仄；由孤立的一句一联中平仄的区别，发展为全篇平仄的粘与对；将没有规律的对仗变为律诗中间两联必须对仗，将唐代最具代表性的近体诗（包括绝句和律诗）的格律完善了。

其实，这种绮靡文风和"宫体诗"是一种奢侈品，不是人人都玩得起的，它是帝王贵戚、达官显宦们的专属品。即使不是仕途畅达，你都得像上官仪和沈、宋一样，成为宫廷御用文人，才有机会接触那种奢侈腐化、纸醉金迷的生活，才有可能写出以此为题材的诗歌。

对于仕途蹭蹬的下层文人来说，他们推崇的是陶渊明、阮籍、嵇康、左思、鲍照等人，他们诗歌的内容，更多的是抒怀言志、咏叹人生，诗歌的内容从宫廷台阁转向市井边塞。他们自觉或不自觉地批判和抵制六朝以来的文风，探寻一种健康的、积极向上的新的诗歌风格。这批诗人的代表，是"四杰"与陈子昂。

"四杰"是武则天时期的四位诗人：王（王勃）、杨（杨炯）、卢（卢照邻）、骆（骆宾王）。他们的共同特点是才气横溢而器识狭小，抱负极大而仕途不畅，所以转而恃才傲物。当时裴行俭就批评他们说，士人首先要有器识，然后才是文艺。王勃等人虽有文才，但浅陋浮躁，难成大器。杨炯大概可以做个县令，其余几人能得好死就不错了。

四杰虽然都反对六朝的绮靡文风，指斥当时的文风"骨气都尽，刚健不闻"，因此"思革其弊，用光志业"，但并没有完全脱离六朝的影响，不过在声律的运用上有较大贡献。他们诗歌的境界并不高，但发牢骚，舒愤懑，走边塞，叹羁旅，题材已较前人大大拓宽。后来杜甫在《戏为六绝句》中写道：

王杨卢骆当时体，轻薄为文哂未休。
尔曹身与名俱灭，不废江河万古流。

给予了他们很高的评价。

初唐时期最重要的诗人是陈子昂。他的贡献在提出了全新的、完全正确的诗文革新理论，推动了唐代诗文的革新。

陈子昂的一生，大概可以用"不合时宜"四个字来概括。他在武则天朝，没有做过多大的官，但敢于上书指斥时弊，主张措刑息兵，整饬吏治，殊不知武则天正是通过严刑与战争来树立威信、巩固政权的，所以他的上书不被采用，而且最后还被武三思指使县令段简将他害死在狱中。

他所处的时代，是"上官体"和沈、宋近体诗最吃香的时期，而陈子昂的诗，基本上是古体。唐诗的辉煌，正是古、近体都取得很大的成就造成的。

他最大的不合时宜，是不随流俗，不走六朝以来的绮靡道路，而旗帜鲜明地提出要发扬《诗经》的"兴寄"和建安、正始的"汉魏风骨"。

陈子昂的这些主张，对此后唐诗走上健康成熟的道路产生了巨大影响。如果要论唐诗的第一功臣，非陈子昂莫属。杜甫在《陈拾遗故宅》诗中给予他极高的评价："有才继骚雅，哲匠不比肩。公生扬马后，名与日月悬。"可以这样说，陈子昂是初唐诗歌转入盛唐的一个最关键的人物。

盛——李杜文章在，光焰万丈长

盛唐（713 –765）一般是指唐玄宗开元、天宝到唐代宗大历年间五十余年的历史时期。

开元时期和天宝前期，唐朝的政治经济都达到了鼎盛，政治的清平、经济的发达，又促进了文化的繁荣。张旭、怀素、颜真卿等的书法，吴道子、李思训、王维等的绘画，李龟年、董庭兰、许和子、李谟、黄幡绰等的音乐都出现在这一时期。这一时期的文学艺术，成就最高的还是诗歌。

经济的繁荣和相对宽松的政策，使得绝大多数士大夫生活安定富裕，一艺之长，即可以名扬天下，其中，又以诗歌的地位最高，朝廷以诗取士，文人以诗相高。诗写得好，名誉地位都有了。比如李白，诗写得好，就可以"戏万乘若僚友，视同列如草芥"。所以文人对写诗全力为之。如此广泛的基础，自然会产生出一批光照千古的大诗人来，盛唐诗歌也因此达到了中国古代诗歌史的顶峰。

盛唐诗歌的成功，首先表现在名家辈出，佳作迭现。中国诗歌史上的两座高峰——李白和杜甫——都生活在这个时代，还有王维、孟浩然、高适、岑参、王昌龄、王之涣、崔颢……群星璀璨，光彩照人，名篇巨制，俯拾即是。

盛唐气象，使文人士大夫们都有一种恢宏之气，他们对功名的追求，已经远远不是初唐文人那种简单的对富贵荣华的向往，而是希望能够济世报国，匡扶社稷了。所以盛唐诗歌总体来说有一种昂扬向上的精神。这种精神，在边塞诗中，是一种壮美异常的豪情；在田园诗中，是一种宁静幽远的恬静；在李白的诗中，是一种大鹏展翅般的恣肆浪漫；在杜甫诗中，是一种忧国忧民的顿挫沉郁。

不得不提到的是爆发于天宝十四载（755）而持续了八年之久的"安史之乱"。它不仅给唐帝国以巨大的打击，使之从此一蹶不振，而且也几乎震碎了盛唐诗坛，大批的诗人竟至不知所终，而开元时期最著名的两位诗人王维和李白，一个因做过安禄山的伪官而潜心向佛，一个因加入永王璘叛军而成为囚犯。但是，杜甫却因此写下了无数深刻反映当时社会现实和民生疾苦的诗歌，使盛唐诗坛不但没有因为"安史之乱"而沉寂，反而更加辉煌壮丽。

盛唐诗歌已经完成了陈子昂提出的诗歌革新任务。从体裁上讲，古体、近体诗都已经完善。古体诗在李白、杜甫等人的诗歌中占有很大的比例，而近体诗，则不仅格律完全成熟，而且在诗人手中已经运用自如了。

盛唐诗歌完全扫荡了六朝以来的绮靡文风，而代之以清新刚健而又绚丽多姿的崭新面貌。

王维、李白、杜甫是盛唐时期前、中、后三期的杰出代表，尤其是李白和杜甫，分别代表了中国古代浪漫主义诗歌和现实主义诗歌的顶峰。

王维和李白同年（701）出生，去世也仅比李白早一年（761），但他成名却比李白早得多。王维于开元九年（721）二十岁时即进士及第，当时已经名满天下，而李白直至天宝元年（742）四十二岁时才被征召入京。王维是唐代诗人中少有的诗、画、音乐都达到超一流水平的全才，是李白入京以前当然的文坛领袖。他的诗歌，既体现了盛唐前期文人积极进取、希望建功立业的昂扬之气（边塞诗），又表现了人们热爱山水田园的生活情趣（田园诗）。王维的诗歌非常美，甚至被苏轼称为"诗中有画"，"画中有诗"，但是他一生好佛，"安史之乱"时做了伪官，虽然并没有被治罪，但多少还是有些不好意思，所以晚年更是潜心事佛，

"晚年唯好静，万事不关心"（《酬张少府》），又有消极的一面，尚不足以完全体现盛唐风貌。

李白得名也很早，但都是在江浙和湖北、山东一带闹来闹去，没有进入以京城长安为中心的文化圈核心。从他的《与韩荆州书》看，他是很想进入政坛和这个文化圈核心的，直到天宝元年被征召入京，被贺知章称为"谪仙人"，又受到唐玄宗的礼遇，才真正名动京师，进入了这个核心。虽然在京城只呆了短短的三年，就被"赐金还山"（其实是被很礼貌地赶出了京城），但并没有被赶出这个文化圈的核心。他此后十一年左右的漫游，反而因为仕途失意对现实有了较清醒的认识，写出了一些有批判精神的好诗。

李白在政治上，既没有王维那样的超然淡定，也没有杜甫那样的深刻执着，他的政治见解有时是很幼稚的。话说得很大，但骨子里却是天真和狂放，所以晚年才会有卷入永王璘叛逆案的灾难。

但是在诗歌创作上，他却是无人能及的天才。他的诗歌充满一种昂扬积极的浪漫精神，即使在人生不得意的时候，所表现的也是一种健康的情调，可以说是盛唐在"安史之乱"前的极盛时期的社会缩影和精神体现。

和王维、李白相比，杜甫可以算得上是"纯儒"。他自己说他的一生受家族遗传，一是"奉儒守官"，希望走儒家所推崇的"达则兼济天下"的仕途道路，路虽然没有走通，但一生忧国忧民的民胞物与精神却始终没有动摇；二是"诗是吾家事"，杜甫引以为豪的先人，一个是既有赫赫军功而又为《左传》作注的杜预，一个是初唐著名诗人、祖父杜审言。

"安史之乱"前，杜甫的诗名虽然已经很大，也写出了《兵车行》《丽人行》《出塞》《自京赴奉先县咏怀五百字》等光辉诗篇，但尚不足以称"诗史",更不足以称"诗圣"。

"安史之乱"杜甫是亲身经历了的,包括后来的流寓西南。他身杂难民之中,亲眼见到国家的残破和亲身体验了人民的苦难,更激发了他的爱国热情与诗歌创作的激情。从《哀王孙》《悲青坂》《悲陈陶》"三吏""三别"《北征》到临死之前的《风疾舟中伏枕书怀》,他用如椽的诗笔,记录了这一段历史,世上疮痍,民间疾苦,无不尽现笔底。"随举其一篇与其一句,无处不可见其忧国爱君,悯时伤乱"(叶燮《原诗》),无愧于"诗史""诗圣"之名了。

李白和杜甫,是盛唐诗歌的两大高峰,也是中国诗歌史上双峰并峙的两大诗人。韩愈在《调张籍》诗中说"李杜文章在,光焰万丈长",是对他们最好的评价。

中——诗到元和体变新

中唐(766－859)一般指大历到大中年间的约一百年时间。

"安史之乱"虽然只闹了八年,但是对唐帝国的打击却是毁灭性的。为了平定"安史之乱"而执行的两大错误国策——向吐蕃、回纥借兵而造成的外族入侵和对藩镇的软弱迁就造成的藩镇割据——像两大毒瘤,使中唐一开始就显现出衰飒之像,但是唐帝国毕竟是"中兴"了。但是,这个"中兴"却已经没有了初唐的恢宏之气,也没有了盛唐的繁荣华贵。

中唐社会面临的问题是表面繁荣下的重重危机,政治无复清平,吏治极其腐败,人民的生活更加困苦。

中唐诗坛面临的问题是盛唐诗人境界太高,题材范围太宽,诗写得太好,使后人很难超越。

很难超越,就不得不另辟蹊径。韩愈、柳宗元、孟郊、白居易、元稹、刘禹锡、李贺等中唐文人都在探索诗文革新的道路。

唐李肇《国史补》说："元和已后，为文笔则学奇诡于韩愈，学苦涩于樊宗师，歌行则学流荡于张籍，诗章则学矫激于孟郊，学浅切于白居易，学淫靡于元稹，俱名'元和体'。"在诗歌领域，最有影响的是韩孟诗派和元白诗派，他们的诗歌，都在继承盛唐成就的基础上走出了新路，也就是白居易所说的"诗到元和体变新"。

举起诗歌革新大旗的是韩愈、孟郊和白居易、元稹。

在韩、孟、元、白之前一点的"大历十才子"以及刘长卿、韦应物、元结、顾况等人，已开中唐诗风的先河，虽然也有一些名篇传世，但境界都不太高，题材范围也相对狭窄，可以算作是盛唐诗歌向中唐诗歌转变的过渡。

韩愈的主要贡献在散文，他是主张"辞必己出"和"唯陈言之务去"的。这个理论，也被他用到诗歌创作中。"辞必己出"，"陈言务去"，即不抄袭前人，这本是正确的创作方法，但是如果走到极端，甚至所谓的"横空盘硬语"（韩愈《荐士》），"险语破鬼胆"（《醉赠张秘八》），就必然走向怪怪奇奇的道路。韩孟诗派的诗人，如韩愈、孟郊、贾岛等人，追求的正是这种雄奇险怪的风格，以此与盛唐诗歌抗衡。韩愈的《山石》《南山》《城南联句》，孟郊的《偷诗》《峡哀十首》等都是这样的作品。

白居易和元稹走的是一条相反的道路，他们继承的是杜甫战斗性很强的现实主义精神和通俗化的风格。白居易和元稹所发起的"新乐府运动"，是从内容和形式上对杜甫和盛唐诗歌的继承和革新。

"感于哀乐，缘事而发"的现实主义创作手法和针砭时事的批判精神，是两汉乐府的优秀传统。从曹操的以乐府古题写新事到杜甫的"即事名篇，无复依傍"的诗歌创作，是对乐府诗歌的继承和发展。白居易学杜，最重视的是杜甫那些反映社会现实、具有强烈批判精神的诗歌。他在《与元九书》中说："杜诗最多，可传者千余首……然撮其《新安吏》《石壕吏》《潼关吏》《塞卢子》《留花门》之章，'朱门酒肉臭，路有冻死骨'之句，亦不过三四十首。""新乐府诗"也不过数十首，但继承的，正是杜甫的这种现实主义批判精神，具有很强的战斗性，即白居易所说的"唯歌生民病，愿得天子知"（《寄唐生》）。他们强调诗歌要"为君为臣为民为物为事而作，不为文而作"（《与元九书》），强调诗歌"补察时政"，"泄导人情"的社会功能。白居易的"新乐府"五十首和《秦中吟》十首，元稹的《织妇词》《田家词》等，都是投向社会黑暗和权贵们的匕首和投枪。

"元和体"有时是专指元、白所创的一种新的诗体。韩孟诗派以怪怪奇奇的诗风求得与盛唐诗风的不同，元白诗派则以通俗易懂的诗风求新求变。白居易在《寄唐生》诗中说自己的诗"非求宫律高，不务文字奇"。元稹在《酬孝甫见赠十首》之二中说杜甫的诗"怜渠直道当时语，不著心源傍古人"。所谓"当时语"，就是当时流行的通俗语言。

与元、白风格相近的还有刘禹锡、张籍、王建等诗人。

中唐诗人中高张异帜的是天才的短命诗人李贺。

他是一位超常的天才，据说很小的时候，就以才华惊动了韩愈。韩愈和皇甫湜两大名人亲自登门去拜访他，他"总角荷衣"出迎，并即席作了一首叫《高轩过》的诗，诗写得很好，令韩愈大为惊叹。据说当时李贺才七岁（见唐刘嘉《隋唐佳话》）。李贺的人生是悲剧性的，一生郁郁不得志，死时年仅二十七岁。他的诗歌，继承了《楚辞》《庄子》和李白的浪漫主义风格，但更加夸张荒诞，诙诡谲怪，幽峭冷艳，极富个性。

中唐后期的诗坛，因杜牧和李商隐两人的出现而大放异彩。

中唐后期，宦官势力已经很大，牛李党争也非常激烈，成为藩镇割据以外对朝廷影响很大的因素。

杜牧出生在有"城南韦杜，去天尺五"之称的高门大姓，虽然有"平生五色线，愿补舜衣裳"（《郡斋独酌》）的远大理想和抱负，但仕途上并不得意。当了十多年的幕僚，出任过黄州、池州、睦州、湖州等地刺史，他高唱的"十年一觉扬州梦，赢得青楼薄倖名"（《遣怀》），不过是满怀失意的牢骚。杜牧的诗歌，兴寄高远，华美俊爽，尤以七绝为工。唐代诗人中，李白和有"七绝圣手"之称的王昌龄的七绝称雄一代，能与之媲美的，大概只有杜牧了（杜甫各体皆精，不在此例）。

李商隐和杜牧并称"小李杜"，他的身世就要凄凉得多了。他的老师令狐楚是牛党中人，岳父王茂元却被归入李党，于是，他受到牛、李两党的共同排斥，一生郁郁不得志，踏入仕途三十余年中，有十多年辗转于各地幕府，远离妻子，漂泊异地。他是一个希望有所作为的人，也是一个情感丰富的人，他的各类有关时事政治的诗有百余首，占了他传世六百余首诗歌的六分之一。但他最受人喜爱的，还是那些虽然有些晦涩的咏怀诗和爱情诗。

和盛唐相比，中唐诗坛的境界要小一些，但仍然是名家辈出、佳作迭现、后世难及的繁荣时期。

晚——莫道桑榆晚，为霞尚满天

晚唐（860－907）指唐懿宗咸通元年至唐末。

晚唐时期，唐帝国已是千疮百孔，早已无复盛唐的繁盛气象，晚唐的诗歌，也没有了盛唐的恢宏之气和中唐的中兴气象，而大多充满一种伤感悲凉的情绪，但是，在诗歌的写作技巧上，却又有一定的发展。欧阳修在《六一诗话》中说"唐之晚年，诗人无复李、杜豪放之格，然亦务以精意相高"，说的就是这种情况。

严羽《沧浪诗话·诗评》说："大历以前，分明别是一副言语，晚唐分明别是一副言语。"晚唐诗歌大多不是自叹穷途之悲，就是超然物外、寄情山水，大致可以分为三种类型。

第一，以皮日休、陆龟蒙、聂夷中、杜荀鹤等为代表，继承杜甫和白居易的诗歌传统，敢于大胆揭露社会的黑暗。

第二，以贾岛、姚合为代表，其诗内容狭窄，极少反映社会生活，多警句而少佳什。司空图《与李生论诗书》称"贾浪仙诚有警句，视其全篇，意思殊馁"，苏绛作《贾司仓墓志铭》，称其"孤绝之句，记在人口"，形成一种清瘦苦僻的艺术风格。

第三，以韦庄、司空图、韩偓等为代表，这些人大多仕途较畅达，生活较优越，他们的诗多逃避现实，或寄情山水，或沉迷声色，格调不是很高，但艺术成就很高。

皮日休的《正乐府十首》《三羞诗三首》是对杜甫和白居易现实主义批判精神的继承，大胆揭露了晚唐社会的一些弊端。陆龟蒙的《村夜》《刈获》《筑城词》，刘驾的《战城南》《吊西人》《贾客乐》，曹邺的《官仓鼠》《筑城》《蓟北门行》，聂夷中的《田家二首》《公子行》，杜荀鹤的《山中寡妇》《蚕妇》《田翁》《伤硖石县病叟》《再经胡县城》等斗争性很强的现实主义诗歌，是晚唐诗歌中的杰作。

温庭筠是晚唐时期最重要的诗人之一。他的时代归属也一直没有定论。从生卒年看，他一生的主要活动时间是在中唐晚期；从诗歌的风格看，又完全是晚唐气象。他屡试不第，一生潦倒，诗歌多借咏史讽今，或抒发愤懑之情。他与李贺有相似之处，但没有那些奇诡幽峭的意境；他有与李商隐一样的浓丽清秀，但没有李诗的晦涩。他对后世影响较大的不是诗，而是词。

这一点，韦庄与温庭筠有相似之处。不同的是韦庄早年遭遇黄巢起义，辗转逃难，避处西蜀以后，官居显宦，为前蜀王建所倚重。他的诗"伤时伤事更伤心"（韦庄《长安旧里》），比较真实地反映了唐末动荡的社会现实。他和温庭筠一样，词名比诗名更大。

贾岛、姚合与温庭筠一样，时代归属也一直没有定论。有人把他们归入中唐，是从他们活动的时间来分的；有人把他们归入晚唐，是从他们诗歌的风格来分的。贾岛、姚合的诗歌，是苦吟一派，气象确实又入晚唐。苦吟，似乎又可以叫"吟苦"，即他们所抒发的，多是个人贫困生活的困窘和哀叹，题材内容非常狭窄。苦吟的另一层意思，则是刻意推敲的创作态度。贾岛《送无可上人》诗有这样两句："独行潭底影，数息树边身。"并不见得有多么高妙。但他在《题诗后》中却写道："两句三年得，一吟双泪流。知音如不赏，归卧故山秋。"但是这种创作态度，使他们在诗歌的技巧，尤其是近体诗方面有很高造诣，成为后人竞相模仿的对象，对宋代诗歌的影响非常巨大。

唐诗的流派

唐代是中国诗歌的鼎盛时期，诗人众多，风格各异，就像春天的百花园，姹紫嫣红，粉白黛绿，争奇斗艳，美不胜收。

但是，唐代诗人并没有像宋代以后那样，有意识地形成流派。唐代的所谓诗派，大多是后人根据其相同的内容或风格划定的。

上官体

初唐时期的诗歌是什么样子，我们先来看一首诗：

脉脉广川流，驱马历长州。

鹊飞山月曙，蝉噪野风秋。

　　这首诗的作者是上官仪，唐太宗时进士，高宗时官居显要，是当时的著名文人。著名的才女上官婉儿就是他的孙女。这首诗名叫《入朝洛堤步月》，是在洛阳早朝时经过洛堤有感而作。据说他骑在马上，高声吟诵此诗，"音韵清亮，群公望之，犹神仙焉"（《唐诗纪事》）。诗没有多大意思，但语言华美，对仗工稳，既是六朝诗歌的延续，又有所发展。这种诗风为当时人所效法，称为"上官体"。

　　南北朝时期，是五言诗的时代。唐代初年，也是五言诗占据主要地位。"上官体"以五言诗为主，多是应制奉和、侍宴咏物之作，内容很贫乏。但这是当时的社会风气。从唐太宗到武则天，经常召群臣到内廷饮宴，宴必命赋诗，并以此定优劣，给予赏赐。武则天时，率百官游龙门，命赋诗，诗先成者赐锦袍。东方虬诗先成，被赐予锦袍。宋之问诗后成，但武则天看了以后，认为比东方虬写得好，就把赐给东方虬的锦袍夺过来，改赐给宋之问。唐中宗令群臣赋诗，让上官婉儿在这些诗中选一篇为新翻御制曲。上官婉儿选宋之问诗而不取沈佺期。她说沈诗"微世雕朽质，羞睹豫章才"，词气卑弱，而宋诗"不愁明月尽，自有夜珠来"，则较强健。沈佺期见评语，不敢再争。在这种风气之下，人人都写这种应制诗是很正常的事。

　　上官仪的主要贡献，是对六朝以来已经广泛使用的对仗加以总结，提出"六对""八对"的理论（见魏庆之《诗人玉屑》卷七引），对唐代格律诗的形成有较大影响。

王杨卢骆当时体

> 王杨卢骆当时体，轻薄为文哂未休。
> 尔曹身与名俱灭，不废江河万古流。

这是杜甫《戏为六绝句》中的一首。"王杨卢骆"是唐初被合称为"四杰"的四位诗人：王勃、杨炯、卢照邻、骆宾王。诗中所说的"当时体"是什么呢？

初唐时期，应制奉和的绮靡诗歌占了主要地位，但是，这种诗歌，也不是人人都可以写的。你必须要是那个富贵圈子里的人，要有参与其事的资格。王、杨、卢、骆都是仕途失意之人，但又才气横溢，自视甚高。他们不屑于写那些金玉其外的"上官体"诗歌，也写不出那样的诗歌。在理论上，他们提倡诗文的经世教化作用，而在实际创作中，更多的是命途坎坷的牢骚、羁旅游宦的悲愁。"宁为百夫长，胜作一书生"（杨炯《从军行》），"不求生入塞，唯当死报君"（骆宾王《从军行》），有慷慨苍凉之气，但现实生活却是"一朝零落无人问，万古摧残君讵知"（卢照邻《行路难》）。他们也因此对社会现实有比较清醒的认识，写出了《长安古意》（卢照邻）、《帝京篇》（骆宾王）等较为优秀的诗篇，拓宽了诗歌的题材。"宫体诗在卢、骆手里是从宫廷走到市井，五律到王、杨的时代是从台阁移至江山与塞漠"（闻一多《唐诗杂论·四杰》）。

四杰诗歌的境界虽然不高，题材范围也相对狭窄，但艺术成就却很高。完善了律绝，发展了歌行，为盛唐诗歌的繁荣打下了基础。他们的这种特色的诗歌，就是杜甫所称的"当时体"。在盛唐诗人眼里，可能算不得什么，但在唐代初年，却是高出其他诗人很多的。

沈宋诗派

初唐的宫廷文人中，除上官仪以外，沈佺期和宋之问算是名气最大的。但上官仪官居宰辅，于政事上尚有所作为，而沈、宋二人却仅仅是宫廷御用文人，而且人格比较卑污，谄事武则天的宠臣张易之，最后又都遭贬谪。

要依附权贵，成为御用文人，还是需要本钱的。沈、宋的诗大多是应制奉和、歌功颂德之作，从风格上看，也没有脱离六朝以来的绮靡文风，也就是元好问《论诗绝句》中所说的"沈宋驰骋翰墨场，风流初不废齐梁"。但如果仅从艺术性上看，沈、宋的诗确实写得很好，尤其是五律和七律，在他们手中基本定型。

齐、梁时期沈约等人对声韵和诗歌格律的研究是很有成效的，他们开始有意识地讲究四声的调配以形成诗歌的音乐美，但"四声八病"的规定太严，连他们自己都做不到。六朝人开始讲究的对仗，在诗歌中的粘对要求也不严格，这些问题，在沈、宋手中都得到解决，为唐代的格律诗定下规矩，为后代诗人所遵循。《新唐书·宋之问传》说："魏建安后迄江左，诗律屡变。至沈约、庾信，以音韵相婉附，属对精密。及之问、沈佺期又加靡丽，回忌声病，约句准篇，如锦绣成文。学者宗之，号为'沈宋'。"这种新的格律诗体，在当时被称为"沈宋体"，也就是"格律诗派"。

白话诗派

在一般的文学史中，都没有提到这个诗派，为什么呢？因为他们写的是白话诗。在把诗歌视为高雅艺术的文人眼里，他们的诗大概是不值一提的。但是，他们的名气却不小，他们的诗，近现代越来越受人们的喜爱。这一派的代表人物，是几个和尚，也就是所谓的"诗僧"吧。他们是王梵志、寒山、拾得。

他们诗的共同特点是采用白话俚语，通俗易懂，但内容却并不浅陋。他们是和尚，谈佛悟道的内容固然不少，但也有许多反映社会现实、直言人生哲理的。比如王梵志的《我昔未生时》："我昔未生时，冥冥无所知。天公强生我，生我复何为？无衣使我寒，无食使我饥。还你天公我，还我未生时。"《翻着袜》："梵志翻着袜，人皆道是错。乍可刺你眼，不可隐我脚。"寒山的《寄语食肉汉》："寄语食肉汉，食时无逗遛。今生过去种，未来今日修。只取今日美，不畏来生忧。老鼠入饭瓮，虽饱难出头。"《田家避暑月》："田家避暑月，斗酒共谁欢。杂杂排山果，疏疏围酒樽。芦菁将代席，蕉叶且充盘。醉后支颐坐，须弥小弹丸。"

这个诗派在当时和对后代的影响都不小，王维、皎然、顾况、元稹、白居易、杜荀鹤、罗隐等著名诗人或多或少都受到以王梵志为代表的通俗诗派的影响。王维诗《与胡居士皆病寄此诗兼示学人二首》注云"梵志体"。中唐诗人顾况作过多首梵志体五言诗。宋代以后，更多有仿作。宋黄庭坚《书梵志〈翻着袜〉诗》说："一切众生颠倒，类皆如此，乃知梵志是大修行人也。"唐代白话诗派不仅开创了我国大规模的佛教文学运动，而且极大地推动了我国白话通俗文学的演进。

王梵志、寒山等人的诗，在日本一直享有很高的声誉。近年来，在西方一些国家也是声名鹊起。

还值得一提的是，"姑苏城外寒山寺"，是以寒山命名的。寒山和拾得被人认为是文殊菩萨和普贤菩萨显世。在清代，更被封为有名的"和合二仙"。

边塞诗派

边患，一直是困扰甚至危及历代朝廷的重大问题。从商、周时期北方的狁（即后代的匈奴），到后代的匈奴、吐蕃、突厥、西夏、辽、金等，与中原的战争不断，以边塞题材入诗的作品，自《诗经》以来就有很多。《诗经》中的《采薇》、汉乐府中的《出塞》《入塞》《关山月》《饮马长城窟》等都是边塞题材的诗歌。

唐代自立国起，就一直受突厥、吐谷浑、吐蕃的侵扰。初唐时期，经唐太宗君臣的征讨，才保持相对安定的局面。但此后仍然战争不断。一方面，给国家和人民带来极大的困苦，一方面，也给大家提供了一个建功立业，直取功名富贵的机会。初、盛唐时期的许多诗人，都亲身经历过边塞的军旅生活，形成了一个规模不小的边塞诗派。

盛唐的边塞诗派名家辈出，高适、岑参、王昌龄、王之涣、李颀等，都是唐诗名家，这还不包括王维、李白、杜甫等也写过不少边塞题材诗歌的大诗人。

盛唐的边塞诗佳作迭现，《燕歌行》《塞下曲》（高适）、《白雪歌送武判官归京》《走马川行奉送出师西征》《轮台歌奉送封大夫出师西征》（岑参）、《凉州词》（王之涣）、《从军行》《出塞》（王昌龄）等，都是唐诗中的名篇。

盛唐的边塞诗充满一种昂扬的情调，有一种希望杀敌报国、保土安民的豪情，也揭露了战争的残酷与社会的黑暗，许多诗歌对下层士兵和人民大众充满了同情，也有一些诗歌描写了边塞风光与风土人情，具有很高的审美价值。

田园山水诗派

达和穷，仕和隐，一直是困扰古代知识分子的矛盾问题。他们的最高理想是"功成身退"，"功成不受赏，长揖归田庐"（左思《咏史》），"愿一佐明主，功成返旧林"（李白《留别王司马》）。

但是这种想法并不是很现实的，更多的，是命运多舛，仕途不畅。灰心丧气之余，转而卜居田园，啸傲山水。晋、宋时期的陶渊明、谢灵运如此，唐代的许多诗人也如此。因此，也就有了许多田园山水诗的产生。

盛唐人的归隐，与陶渊明已经有很大不同。陶渊明是真隐不仕了，而唐人的隐，多多少少有一点想走以隐求仕的"终南捷径"，这一点，连李白都未能免俗。

盛唐人的归田园，也与陶渊明有很大不同。他们往往没有如陶渊明那样身杂老农间，亲身参加劳动的经历，所以他们的"开轩面场圃，把酒话桑麻"（孟浩然《过故人庄》）和陶渊明的"相见无杂言，但道桑麻长"（陶渊明《归园田居》），完全是两回事。陶渊明的田园诗，是对田园生活的描写；唐代诗人的田园诗，更多的是对田园风光的赞叹。陶渊明笔下的田园生活，是自己的亲身经历；唐代诗人笔下的田园生活，更多的是旁观者的感受。

唐人山水诗也与谢灵运不同。谢灵运虽然性爱山水，但是牢骚太盛，以这样的心情去写山水诗，难免不够冲淡平和。白居易《读谢灵运诗》说他"壮志郁不用，须有所泄处。泄为山水诗，逸韵皆奇趣……岂惟玩景物，亦欲抒心素"，是很准确的。唐代山水诗人虽然也有人生不如意处，但要平和得多。尤其是多以禅理禅趣入诗，更有一种空灵缥缈的韵味。

谢灵运的山水诗，描写游览所见，有移步换景之妙，但有画境而少意境，如同工笔山水。唐人山水诗，或从大处着眼，或撷取一山一水、孤月烟渚、幽壑长松、飞瀑寒泉，如同写意山水，又于山水描写中融入客愁乡思、怀人寄友，意境要深远得多。

唐代著名的山水诗人，如王维、孟浩然等，都是审美高手、语言大师，其山水诗用语之流畅优美，更是谢诗所不能比拟的。

大历十才子

大历十才子，是指唐代宗大历年间（766－779）活跃于诗坛的十位诗人，据姚合《极玄集》和《新唐书》载，他们是：李端、卢纶、吉中孚、韩翃、钱起、司空曙、苗发、崔峒、耿沣、夏侯审。他们的经历和诗歌风格很相似，所以把他们作为一个群体。宋以后有一些异说，像刘长卿、李益、朗士元、皇甫曾、皇甫冉、冷朝阳、李家祐等人，也都被拉入过"十才子"中。

大历时期，距"安史之乱"的平定不过数年，而许多遗留问题尚未解决，如藩镇的割据，回纥、吐蕃的入侵等，中央政府实际上已经失去了对全国的控制权，但唐帝国毕竟是"中兴"了。

十才子大多出身低微，官都做得不大，仕途都不太畅达，但文化素养很高，诗写得很好，堪称"才子"。尤其是李端、卢纶、韩翃、钱起、司空曙（包括刘长卿、李益等），更算得上是中唐初期比较杰出的诗人，也都有一些佳作传世。

十才子的诗，反映时事，揭露矛盾的作品不多，但也有少量作品写得很好，如卢纶的《和张仆射塞下曲》：

林暗草惊风，将军夜引弓。

平明寻白羽，没在石棱中。

月黑雁飞高，单于夜遁逃。

欲将轻骑逐，大雪满弓刀。

他们写得最好的，还是羁旅、赠别、山水等诗。比如：

日落众山昏，潇潇暮雨繁。

那堪两处宿，共听一声猿。

——李端《溪行逢雨与柳中庸》

钓罢归来不系船，江村月落正堪眠。

纵然一夜风吹去，只在芦花浅水边。

——司空曙《江村即事》

春城无处不飞花，寒食东风御柳斜。

日暮汉宫传蜡烛，轻烟散入五侯家。

——韩翃《寒食日即事》

十才子的诗，工于炼字炼句，但疏于谋篇炼意。含蓄淡远而气象不大，已经没有了盛唐诗歌的气象，对中、晚唐诗歌有较大影响。

元白诗派

中唐时期元稹和白居易发起的"新乐府运动"，是诗歌史上的一件大事，在当时影响很大，参与的人也不少，所以有人就把元白诗派直接称为"新乐府派"。

经陈子昂倡导，盛唐诗人完成的诗歌革新运动，在中唐初期却没有能很好地继承下去。顾况、刘长卿、李益、韦应物及"大历十才子"，诗歌的技巧更圆熟了，但对现实生活的反映却渐渐远了。"安史之乱"平定带给人们的短暂的欣喜，很快被严酷的现实击碎。藩镇割据、宦官擅权、土地兼并、赋役繁重，使得朝廷危机四伏，人民生活困苦。但是统治者仍然沉浸在"中兴"的光环之中，而对人民的盘剥却又变本加厉。于是，白居易、元稹发起了创作新题乐府以反映现实、揭露社会弊病的诗歌革新运动。当时的追随者有李绅、张籍、王建、唐衢、刘猛、邓鲂、李余等人，形成了声势浩大的新乐府运动。

李白和杜甫是唐代乐府诗的两大代表人物，他们都继承了乐府诗歌"感于哀乐，缘事而发"的现实主义传统，但两人所走的道路并不相同。

李白是汉、魏乐府的继承和总结者。他以乐府古题写时事，走的是和当年曹操、曹植等人一样的路。他的著名乐府诗歌《战城南》《行路难》《陌上桑》《子夜吴歌》《长相思》等都是乐府古题。

杜甫是唐代以后的乐府诗的开创者。他的乐府诗完全打破古题的束缚，根据需要自拟新题，即所谓"即事名篇，无复依傍"，大大拓宽了乐府诗的境界，如《兵车行》《丽人行》和"三吏""三别"等，都是这类作品。所以，杜甫算得上是唐代新乐府运动的先驱。只不过这是一尊大神，什么样的庙都供不下——他写过很多边塞诗，但不入边塞诗派；他写过许多田园山水诗，但不入田园山水派。同样，他也不入乐府派，但他确实是唐代新乐府运动的先驱。

元、白的新乐府运动，以诗歌应该反映民瘼、针砭时弊为宗旨，强调诗歌"补察时政""泄导人情"的社会功能，提倡诗歌的通俗化，是对李、杜乐府诗歌的继承和发展。他们的诗歌，也确实能击中社会的弊病，才会有"权豪贵近者相目而变色"，"执政柄者扼腕"，"握军要者切齿"（白居易《与元九书》）的效果。

韩孟诗派

韩孟诗派是中唐时期另一大诗派。

这个诗派的主要人物韩愈、孟郊、贾岛、卢仝、刘叉等，基本上都是仕途不太畅达之人。其领军人物韩愈虽然是天下文宗，但人生并不得意，最后还因谏迎佛骨被贬到潮州。

人生失意，就不免有很多牢骚，诗歌则多抒写人生的不幸，虽然也因此揭露了社会的黑暗，但境界却不太高。后人讥笑"郊寒岛瘦"，甚至称贾岛为"诗囚"，是有一定道理的。

韩愈又是古文运动的主将，他在散文领域里指出的"唯陈言之务去"，"辞必己出"等理论，也影响到这一派的诗歌创作，他们追求一种奇崛怪诞的风格，其成就是在元白诗派之下的。

有人把李贺也拉入了这个诗派。李贺和韩愈的关系不错，他因为父亲名"晋"而不能参加进士考试，韩愈还专门写了《讳辩》为他辩解。但李贺的诗风和韩孟诗派其他人还是有很大不同的，其成就也远在他们之上。

中晚唐意象诗派

什么是意象？意是指内在的抽象的心意情感，象是指外在的具体的物象。借助象来表达意，如我们常说的寓情于景、托物言志、情景交融的艺术手法，就是"意象"。

中晚唐时期，有一批有远大理想抱负，才气横溢，诗写得非常好，但人生的道路却并不顺利，甚至屡遭打击的诗人，如柳宗元、刘禹锡、李贺、杜牧、李商隐、温庭筠等，他们的诗歌，大多是抒写自己的理想情操和发泄人生失意的愤懑。但是，一方面，险恶的现实环境让他们不能直抒胸臆，诗歌不得不隐晦曲折；一方面，他们都是写诗的高手，深谙诗贵含蓄的原则，多用比兴，诗歌多含而不露。这一派诗人的诗极富韵味，诗歌的艺术成就极高，在唐代诗歌史上占有极重要的地位。

晚唐写实诗派

晚唐社会已经如夕阳西下，气息奄奄了。中唐以来的各种矛盾，不但没有解决，反而变本加厉，尤其是宦官在与官僚的斗争中取得绝对胜利，把持朝政，一步步把唐帝国引向灭亡。

晚唐诗人中，皮日休、聂夷中、杜荀鹤等人，继承了新乐府运动的精神，大胆揭露社会矛盾，反映民生疾苦，成为晚唐诗歌中最有现实意义和斗争精神的诗派。遗憾的是这样的诗人不多，他们的这些诗歌远不能和李白、杜甫和元、白新乐府运动相比，但是却是晚唐诗歌中最有价值的作品，为晚唐诗坛抹上了一丝亮色。

晚唐山林隐逸诗派

晚唐时期，不仅没有了初、盛唐时的恢宏之气，连中唐时的中兴气象已不可见了。晚唐文人，也没有了初、盛唐文人那种锐意进取和中唐诗人的批判精神。晚唐政局极其混乱险恶，文人入仕不仅非常不容易，而且即使入仕，不要说实现理想抱负，连自保都很困难，于是很多人选择了归隐的道路，甚至根本就不参加科举。"虚戴铁冠无一事，沧江归去老渔舟"（许浑《秋日候扇》），是他们共同的思想。许浑晚年归隐丹阳丁卯桥村舍，司空图归隐中条山王官谷，郑谷归隐逸家山，方干隐居镜湖。此外，还有陆龟蒙、曹邺、喻凫、李洞、刘得仁等。他们寄情山水，以诗书自娱，也以诗书排解心中的苦闷，他们对儒家的兼济情怀已经不太感兴趣，而对佛道，尤其是禅宗思想却非常热衷。他们的生活大多比较清贫，所以诗歌也多凄清哀怨；他们无意功名富贵，所以诗歌多表述淡泊情怀；他们的生活圈子比较狭窄，所以诗歌也多是听泉、品茗、弈棋、饲鹤、赏月、踏雪、望云、采药、弹琴，或往来应酬唱和。但是，名还是要的，何况晚唐时期，仍然是诗歌的世界，杜牧《登池州九峰楼寄张祜》说："谁人得似张公子，千首诗轻万户侯。"可见诗歌的地位还是很高的，所以这些山林隐逸诗人，又把大量的时间花在苦吟觅句上，也写出了许多清丽脱俗的诗歌，使晚唐诗坛不至过分冷寂。

其他诗派

唐代诗坛，还有一些诗派，人数不多，影响也相对小一些，但却也是唐诗百花园中的几朵小花。

伤感诗派　这是几位女诗人组成的诗派。历朝历代，都有一些才学非凡的女性，如汉代的班婕妤、蔡文姬，宋代的李清照、朱淑真等，她们的诗词不让须眉，但命运却大多十分悲惨。唐代也有不少女诗人，全唐诗中收录有作品的就有一百多人。其中，尤以薛涛、李冶、鱼玄机等人最为著名。李冶自幼聪慧，后出家为女道士，与著名诗人刘长卿、陆羽和释皎然等人关系很好，唐玄宗闻其名，召她入宫中，后被唐德宗以乱棒扑杀。鱼玄机也是女道士，她是晚唐著名女诗人，与温庭筠等人有很多唱和诗，后来因打死婢女绿翘，被判死刑。唐代最有名气的女诗人，当数薛涛，她居住在成都浣花溪枇杷巷，后又建吟诗楼于碧鸡坊。她受到镇蜀的韦皋、武元衡、段文昌、李德裕等的礼遇，与大诗人元稹、白居易、张籍、王建、刘禹锡、杜牧、张祜等都有唱酬往来，还与元稹有过一段缠绵的爱情，但最终仍然孤身一人。薛涛、李冶和鱼玄机等在爱情生活中都是十分不幸的。李冶有"弹得相思曲，弦肠一时断"（《相思怨》）的感伤，鱼玄机有"易求无价宝，难得有心郎"（《赠邻女》）的喟叹。这些才女悲剧性的爱情结局，使她们的作品有一种浓浓的伤感情绪，开启了宋代李清照、朱淑真等女词人的断肠词作。

香奁诗派　唐代后期，出现了一批长于描写男女爱情，甚至男欢女爱的诗人，如温庭筠、李商隐、韦庄等，都写了不少爱情诗，而晚唐韩偓集其大成。韩偓的诗集叫《香奁集》，所以这一诗派也就被称为"香奁诗派"。描写男女爱情甚至欢情的诗歌古已有之，到六朝时的宫体走到了极致。宫体诗在初唐时期曾经一度有很大势力，但很快被盛唐诗人的恢宏壮丽扫荡殆尽。中唐后期和晚唐时期，社会黑暗动荡导致了奢靡世风的再次泛滥，于是，承宫体诗余绪的香艳诗风得以大行其道，并对五代花间词派有很大的影响。

唐代著名诗人

初　唐

王绩

　　王绩（585－644），字无功，绛州龙门（今天山西河津）人。他生活在隋、唐易代之际，和陶渊明生活在晋、宋易代之际十分相似，所以特别喜欢陶渊明。陶渊明因宅边有五棵柳树，自号"五柳先生"，并作《五柳先生传》，王绩因能一饮五斗，自号"五斗先生"，作《五斗先生传》；陶渊明嗜酒，有《饮酒诗》二十首及《止酒》《述酒》等诗，王绩也嗜酒，作《醉乡记》《酒赋》《独酌》《醉后》等诗文，还专门写了一本研究酿酒方法的《酒经》，一本博采历代著名酿酒人物传记的《酒谱》，可惜都已经失传了。陶渊明在彭泽县令任上，"公田悉令种秫谷（即高粱，可用于酿酒），曰：'令吾常醉于酒足矣。'妻子固请种秔（即"粳"，粳米，稻的一种），乃使一顷五十亩种秫，五十亩种秔"（《晋书·陶潜传》）。王绩归隐后，也专门顾几个人种黍，用以酿酒。他说："浮生知几日，无状逐空名。不如多酿酒，时向竹林倾。"陶渊明撰《自祭文》，王绩也自撰墓志……说穿了，都是"才高位下"（王绩《自撰墓志铭》）引发的牢骚。

　　王绩是隋代大儒王通的弟弟、著名诗人王勃的叔爷。隋代末年，他十五岁游历京城，就以"神仙童子"闻名于世，但仅官秘书正字、六合县丞。当时天下大乱，做官是危险的，所以他选择了归隐，回到故乡东皋村，自号东皋子，去过他的饮酒弹琴、种花养鸟的日子。唐代初被征召，最终还是弃官不做，回东皋村去喝他的酒，做他的诗去了。

他的诗确实写得好，尤其是在隋末唐初，不仅意境萧散，而且他的五言诗，已经是比较规范的格律诗。比如他最有名的《野望》：

> 东皋薄暮望，徙倚欲何依。
> 树树皆秋色，山山唯落晖。
> 牧人驱犊返，猎马带禽归。
> 相顾无相识，长歌怀采薇。

已经是典型的五律了。所以后人说他的诗"如鸾凤群飞，忽逢野鹿"（《石洲诗话》卷一），是"王杨卢骆之滥觞，陈杜沈宋之先鞭"（杨慎《升庵诗话》卷二）。

骆宾王

骆宾王（619－684？），婺州义乌（今属浙江）人。因做过临海丞，又称"骆临海"。

这是一个早熟的天才。现在连几岁的小孩都能背诵的《咏鹅》"鹅，鹅，鹅，曲项向天歌。白毛浮绿水，红掌拨清波"，就是他七岁时候的作品。

他年轻的时候"落魄无行，好与博徒游"，大概天生就有一些叛逆的种子。后来因为《帝京篇》名动京师，被举荐做了长安主簿，虽然是一个小官，但却是天子脚下的"京官"。

他又是一个很反感武则天的人。在朝为官的时候，就多次上书讽刺，并因此入狱，写下了著名的《在狱咏蝉》：

> 西陆蝉声唱，南冠客思深。
>
> 那堪玄鬓影，来对白头吟。
>
> 露重飞难进，风多响易沉。
>
> 无人信高洁，谁为表予心。

武则天废中宗自立后，徐敬业在扬州起兵讨伐，骆宾王已经六十多岁了，被徐敬业召入幕中为"艺文令"，大概是专管宣传一类的工作，他写下了著名的《为徐敬业讨武曌檄》。据说武则天看到文中的"入门见嫉，蛾眉不肯让人；掩袖工谗，狐媚偏能惑主"，微微冷笑；读到"请看今日之域中，竟是谁家之天下"，"一抔之土未干，六尺之孤何托"时，问左右的人："是谁写的？"有人告诉他是骆宾王，武则天感叹说："宰相安得失此人！"

在四杰中，他的诗作最多。他尤擅七言歌行，名作《帝京篇》为初唐罕有的长篇，当时以为绝唱。

徐敬业兵败后，骆宾王不知所终。有人说他也一并被杀了，有人说他投水自尽了，也有人说他逃跑了，后来出家为僧，活到九十多岁。

王勃

王勃（650－676），字子安。绛州龙门（今山西河津）人。他是隋代大儒王通（文中子）的孙子，著名诗人王绩的侄孙。

这又是一个早熟的天才，六岁善辞章，九岁读颜师古注《汉书》，居然找出一大堆毛病，写了《汉书指瑕》十卷，十四岁就应举及第。这样的天才儿童，确实是很少见的。但是成名太早，名气太大也不见得就是好事。年轻气盛，就不免恃才傲物，行为不太检点，说话不知轻重。他任朝散郎时，被沛王李贤器重，召为沛府修撰。当时社会盛行斗鸡，王勃为沛王写了一篇游戏文章《檄英王鸡》，唐高宗认为他在挑拨诸王的关系，就把他的官免了。于是王勃去了四川，后来出任虢州参军。他不谙世事，包庇一个犯罪的官奴曹达。后来风声紧了，又把曹达杀了，于是被判了死刑。幸好遇到大赦，小命是保住了，官却永远做不成了。他的父亲也因此受牵连，被贬为交趾令。交趾，在现在的越南。他后来去探亲，渡海的时候船翻了，受惊而死，年仅二十七岁。

王勃的诗写得很好，被称为"四杰"之首。他怀才不遇，命途多舛，不免满腹牢骚，做起诗来，也就不免要舒愤懑，鸣不平了。他在《游冀州韩家园序》中说："高情壮思，有抑扬天地之心；雄笔奇才，有鼓怒风云之气。"作品也就有一种慷慨悲凉的感人力量。他锦心绣口，诗文中多有佳联秀句，如《滕王阁序》中的"落霞与孤鹜齐飞，秋水共长天一色"；《送杜少府之任蜀川》中的"海内存知己，天涯若比邻"，都是千古传诵的名句。

卢照邻

卢照邻（约 632－695 后），字升之，自号幽忧子。幽州范阳（今河北涿州）人。他的老师，是大名鼎鼎的曹宪和王义方，所以，他的博学能文就不奇怪了。年轻的时候，做过唐高祖第十七子邓王王府典签，极受邓王宠爱，称之为"吾之相如（司马相如）也"。到四川新都（今四川成都新都区）做过县尉。后居洛阳，迁长安。他的仕途并不顺畅，而且最不幸的是身染恶疾，连名医孙思邈都未能治好。后来又误食丹药中毒，致手足残废，痛苦不堪。

最后告别亲友，自投颍水而死。卢照邻虽然以死来结束自己的痛苦，但在四杰中，他却又算是活得长的。只不过从四十岁左右开始，因为身体的原因，官也做不了了，去龙门山学道，似乎也没有什么好处。他所得的病，很可能是类风湿，这在今天都还是不能治愈的顽疾，而且最后会手足变形，器官衰竭，痛苦不堪。

卢照邻的诗，以歌行体最为擅长，他的七古《长安古意》，与骆宾王的《帝京篇》齐名，都是初唐时期的优秀歌行作品。其实如果仅从数量上看，他的五言诗远多于七言，但是，因为初唐时期几乎还全是五言的天下，七言诗要少得多。论五言诗，他没有什么优势，无论从内容到形式，都不算杰出。但说到七言诗，他就有一定的优势了，尤其像《帝京篇》这样的七言作品，在初唐时期，就算得上是很不错的了。

《长安古意》描绘当时京城长安的现实生活场景，揭露权贵阶层骄奢淫逸的生活及内部倾轧，流露出对美好生活的热爱和向往之情，同时抒发了怀才不遇的寂寥之感和牢骚不平之气，也揭示了世事无常、荣华难久的生活哲理。《长安古意》也许有的人不太熟悉，但其中的名句"得成比目何辞死，愿作鸳鸯不羡仙"，却是家喻户晓、尽人皆知的。

杨炯

初唐"四杰"的习惯说法是"王、杨、卢、骆"，大概也没有排名先后以表示水平高低的意思。但就是这样，也有人不愿意了。杨炯就对人说："我愧在卢前，耻居王后。""愧在卢前"是假话，"耻居王后"才是真实的想法。张说评价他的诗文说："盈川文若悬河注水，酌之不竭，既优于卢，又不减王。耻居王后，信然；愧在卢前，谦也。"张说和杨炯是好朋友，评价他的诗文，难免不太公允。

杨炯（650－692），弘农华阴（今属陕西）人，曾任盈川令，世称"杨盈川"。他十岁的时候被举为神童，上元三年（676）二十七岁及第，授校书郎。此后做过一些小官，后死在盈川令任所。

杨炯为人刚直，近于刻薄寡恩。在朝为官的时候，对看不惯的人就出言讥讽，很受大家的排挤。后来当了盈川县令，算是一方父母官了，又过分严酷，被人称为比酷吏还要酷吏。

杨炯的诗以五律为主，边塞诗写得较好，如《从军行》《出塞》《战城南》《紫骝马》等，表现了为国立功的战斗精神，气势轩昂，风格豪放。其中《从军行》最为有名：

> 烽火照西京，心中自不平。
> 牙璋辞凤阙，铁骑绕龙城。
> 雪暗凋旗画，风多杂鼓声。
> 宁为百夫长，胜作一书生。

其他唱和、纪游的诗篇则无甚特色，且未尽脱六朝绮丽之风。

杨炯诗今存三十三首。明胡应麟说："盈川近体，虽神俊输王，而整肃浑雄。究其体裁，实为正始。"（《诗数·内编》卷四）评论较为公允。

杜审言

杜审言（约645－708），字必简，襄州襄阳人，大诗人杜甫的祖父。

杜审言和苏味道、李峤、崔融号为"文章四友"，其实都是武则天朝的御用文人，和沈佺期、宋之问没有多大区别。杜审言后来也因为依附张易之、张昌宗，和沈佺期、宋之问一起被贬谪，流配峰州。

在这些人中，杜审言无疑是诗写得最好的，杜甫说"吾祖诗冠古"（《赠蜀僧闾丘师兄》），如果把这个"古"理解为初唐武则天朝，是符合事实的。

杜审言也就因此有一点过分飘飘然了，《新唐书·杜审言传》说他"恃才高，以傲世见疾"，人品也就落了下乘。他曾经对人说："吾文章当得屈、宋作衙官，吾笔当得王羲之北面。"简直有点不知道天高地厚的感觉了。直到病重时，宋之问、武平一等去看望他，他还大言炎炎："甚为造化小儿相苦，尚何言？然吾在，久压公等，今且死，固大慰，但恨不见替人。"

他的诗，有许多在朝时的应制酬赠之作，无足称道。倒是遭贬谪时写的一些抒发羁旅情怀、描写山川景物的诗，还有些佳作。如传诵最广的《和晋陵陆丞早春游望》：

> 独有宦游人，偏惊物候新。
> 云霞出海曙，梅柳渡江春。
> 淑气催黄鸟，晴光转绿萍。
> 忽闻歌古调，归思欲沾巾。

他的成就，主要还在律诗，尤其是七言律、绝的完善上。胡应麟《诗薮》说："初唐无七言律，五言亦未超然。二体之妙，杜审言实为首倡。"也因此奠定了他在唐诗发展中的地位。

王梵志

唐代有几个了不得的和尚，比如去印度取经译经的玄奘，创禅宗顿悟学说的六祖慧能，东渡日本传法的鉴真，善草书的怀素、贯休，诗写得好而且名气也大的寒山、拾得，著名的诗歌理论家、《诗式》的作者皎然等。在他们中间有一位诗僧，以写白话诗著称于世，他就是王梵志。

王梵志的名字，见于唐、宋人的著作中的地方不少，但是，到了明、清以后，他的诗作不见流传，名字也不再有人提起了，连收罗极富的《全唐诗》中都没有见到王梵志的诗作，以至大家都渐渐忘记了唐代还有这样一位杰出的诗僧。

幸运的是，20 世纪初敦煌佛窟的发现，许多宝贵的典籍得以重现人间，其中就包括王梵志的诗。经整理，他的诗现存三百多首，在唐代诗人中，也算是一个不小的数目了。

但是对王梵志的生平，我们知道得甚少，唐末人范摅《云溪友议》最早记载了有关王梵志的生平，并记录了十八首王梵志的诗，包括五言绝句十五首、七言绝句三首：

> 或有愚士昧学之流，欲其开语，则吟以王梵志诗。
> 梵志者，西域人，生于西域林木之上，因以梵志为名。
> 其言虽鄙，其理归真。所谓归真悟道，徇俗乖真也。

唐人冯翊《桂苑丛谈》就说得有点玄乎了。说黎阳城东十五里有个叫王德祖的人，家里有一棵林檎树，上面长了一个瘤，大如斗。三年以后，树瘤烂了，王德祖把皮去掉，里面有一个小孩子，他就把他抱出来养大了，这个小孩就是王梵志。又说他"作诗讽人，甚有义旨"。

王梵志的诗歌以说理为主，重视惩恶劝善的社会功能。某些诗篇具有讽刺世态人情的积极意义，诗的风格浅显平易而又诙谐有趣，往往寓生活哲理于嘲戏谐谑之中，寄嬉笑怒骂于琐事常谈之内，开创了以俗语俚词入诗的通俗诗派。敦煌写本《王梵志诗序》说他的诗"不守经典，皆陈俗语，非但智士回意，实易愚夫改容，远近传闻，劝惩令善"，对当时和后代的影响都不小。

宋之问

宋之问（约656－约713），字延清，汾州（今山西汾阳市）人。一说虢州弘农（今河南灵宝）人。

在武则天的文学侍从中，宋之问是人品最卑下的，但是诗又是做得最好的。

上元二年（675），宋之问进士及第。武则天称帝后，他以文才得以扈从左右，要不是因为口臭（齿疾），还差一点成为武则天的男宠。他于是改而谄事武则天的宠臣张易之、张昌宗，甚至为张易之捧溺壶。

神龙元年（705）正月，宰相张柬之等逼武后退位，诛杀二张，迎立唐中宗。张易之倒了，宋之问当然也就被贬了，他被贬为泷州（今广东罗定市）参军。但他贪恋往日的富贵荣华，第二年又偷偷逃回洛阳，躲在朋友张仲之家。当时是武三思当权，张仲之与朋友密谋诛杀武三思，宋之问见机会来了，马上去告密，张仲之被杀，他却因此擢任鸿胪主簿。宋之问卖友求荣，"深为义士所讥"，"天下丑其行"。

景龙元年（707），武三思被杀死后，宋之问马上又投靠太平公主，但看到安乐公主权势更盛，马上又改投安乐公主。太平公主十分生气，调查到他在主持科举考试时收受贿赂，把他贬到越州（今浙江绍兴）去做长史。

这一次宋之问算是有一点点醒悟了，离开腐败的宫廷，来到山水秀丽的大自然，他有一点想洗心革面了。但宫廷又发生政变了，太平公主联合李隆基（后来的唐明皇），诛杀了有武则天一样的野心、却没有武则天雄才大略的韦后和安乐公主。站错了队的宋之问也为此付出了代价，被流放到钦州（今广西钦州）去了。先天元年（712），唐玄宗李隆基即位后，他被赐死于徙所。

宋之问人品低下，却又因为诗写得好，在生前也是很荣耀的，他是两次宫廷诗歌大赛的冠军。

第一次是武则天率群臣游龙门，命大家写诗，先成者赐锦袍一领。东方虬诗先成，武则天就把锦袍赐给他了。但是，诗歌的优劣不是以作诗的速度为标准的，武则天也懂得这个道理，所以宋之问的诗虽然后成，但武则天读了以后认为确实比东方虬写得好，就把刚刚赐给东方虬的锦袍夺过来，改赐给了宋之问。一领锦袍事小，关键是名。这事让宋之问大大地出了一回风头。

第二次是唐中宗时，评委是著名的才女上官婉儿。她站在楼上，把看不上眼的诗扔下来，就像雪片一样。后来，只剩下宋之问和沈佺期两个人的诗了。最后，沈佺期的诗也被扔下来了。上官婉儿评价说，两诗功力悉敌，但沈诗最后"微臣凋朽质，羞睹豫章材"，文气到此已尽。宋之问诗结句是"不愁明月尽，自有夜珠来"，有点余音袅袅的味道。一番评骘，连落榜的沈佺期都心悦诚服。

其实宋之问的这些应制诗都不好，他的好诗，是在贬谪以后所写的，虽然境界仍然不高，但怀乡思亲的情绪还是比较感人的。比如著名的《度大庾岭》：

度岭方辞国，停轺一望家。

魂随南翥鸟，泪尽北枝花。

山雨初含霁，江云欲变霞。

但令归有日，不敢恨长沙。

还有那首更为著名的《渡汉江》：

岭外音书断，经冬复历春。

近乡情更怯，不敢问来人。

宋之问的主要贡献，是和沈佺期等人一起完成了律诗的格律。

沈佺期

沈佺期（约 656－约 714），字云卿。相州内黄（今属河南）人。他是和宋之问齐名的诗人，人品比宋之问也好不到哪里去。先是因受贿入狱，后又因谄事张易之、张昌宗被流放驩州，那里已经是在今天的越南境内了。他在驩州呆了一年多的时间，就于神龙三年（707）被召回，在台州做了一段时间的司马，就调回洛阳拜起居郎兼修文馆直学士，常侍宫中。后历中书舍人、太子少詹事。

他的诗大多是应制之作，没有多大意义，好一点的，倒是遭贬后的一些诗作和一些闺怨诗。如著名的《杂诗》：

闻道黄龙戍，频年不解兵。

可怜闺里月，长在汉家营。

少妇今春意，良人昨夜情。

谁能将旗鼓，一为取龙城。

还有《古意呈补阙乔知之》：

> 卢家少妇郁金堂，海燕双栖玳瑁梁。
> 九月寒砧催木叶，十年征戍忆辽阳。
> 白狼河北音书断，丹凤城南秋夜长。
> 谁谓含愁独不见，更教明月照流黄。

都堪称唐代闺怨诗中的名篇。

他也是唐代格律诗成熟的代表人物，尤其长于七言律诗。

陈子昂

陈子昂（661－702），字伯玉。梓州射洪（今属四川）人。因曾任右拾遗，后世称为陈拾遗。

大概是受四川山川文物的影响，年轻时候的陈子昂和李白很有些相似，都是家庭富有，才华横溢，轻财好施，慷慨任侠。不同的是，李白不屑于科举，走的是先隐后仕的"终南捷径"，而陈子昂则于二十四岁进士及第，从此步入仕途。

长安的官人进士多如过江之鲫，据《太平广记》说，陈子昂"十年居京师，不为人知"。怎样来提高自己的知名度呢？陈子昂搞了一个摔琴的游戏。他在闹市以钱百万的天价购买了一张琴，然后邀请大家到他府上听他演奏。当人到齐的时候，他捧出琴来，但没有弹，而是把琴当众摔碎了。在大家的惊愕中，他说："我有文百轴，不为人知，弹琴是乐工的贱事，哪值得去留心。"于是把早已准备好的诗文发给大家。这个出奇的举动，果然让他"一日之内，声华溢郡"（事见《太平广记》一七九引《独异志》）。

不过这样做是要有底气的，那就是发给大家看的诗文确实要好。

陈子昂在武则天朝任麟台正字、右拾遗等职，敢于直谏，因此也得罪了一些权贵，受武三思陷害入狱。后以父老为名，表乞还乡，又被武三思指使县令段简害死于狱中。

金元好问《论诗绝句》三十首中说："沈宋驰骋翰墨场，风流初不废齐梁。论功若准平吴例，合著黄金铸子昂。""平吴例"，春秋时范蠡是越王勾践打败吴国的第一功臣，但平吴后归隐，泛舟五湖，做生意去了，后来成了巨富，也就是后世所称的"陶朱公"。勾践杀了同样是功臣的文种，但范蠡归隐，已经不对勾践构成威胁了，于是勾践用黄金铸了范蠡的像来纪念他。元好问的意思是说，如果以对诗歌发展承先启后的功绩来评定唐诗的第一功臣，应当用黄金铸像的不是李白，不是杜甫，而是陈子昂。

严格地说，陈子昂的诗写得不算十分好，比起李、杜远远不及。但是，他是在一片"风流初不废齐梁"的靡靡之音中，指出了一条唐诗发展的正确道路，那就是他在《修竹篇序》中所说的要发扬《诗经》的"兴寄"传统和建安正始的"汉魏风骨"。这虽然是在复古旗帜下的不彻底的革新，但在当时是有振聋发聩的作用的。

陈子昂的诗，以《感遇诗》三十八首、《蓟丘览古》七首和《登幽州台歌》最为著名。

他的《感遇诗》非一时一地所作，内容十分丰富，从不同的角度揭露了武则天朝的社会弊端，也是他言志抒怀、感叹身世的名作。他的诗，传诵最广的是那首《登幽州台歌》：

前不见古人，后不见来者。念天地之悠悠，独怆然
而涕下。

陈子昂的贡献，在唐代就已经被人们高度评价。卢藏用《陈伯玉集序》说："道丧五百年而得陈君。"杜甫《陈拾遗故宅》说："公生扬马后，名与日月悬。"韩愈《荐士诗》说："国朝盛文章，子昂始高蹈。"都给予他极高的评价。

张九龄

各种名单的排列顺序是非常讲究的，但大致不过两种，一种是按职务、地位、尊卑、年龄等排序，这是一点也乱不得的。另一种方法，则是"按姓氏笔画为序"。面对一大篇姓名，是要让人头脑发昏的，所以一般能有点印象的，大概也就是开头的几个。所以有人开玩笑说，最好的名字应该叫"丁一"，加起来才三划，是稳稳排在第一位的。

唐诗的选本很多，唐人就已经开始在选了，现在就还有著名的"唐人选唐诗十种"存世。这些选本中，选得不算最好，但影响却是最大的，是清代蘅塘退士孙洙选编的《唐诗三百首》。

翻开《唐诗三百首》，第一位诗人是张九龄，这使那些即使是"杀书头"（恩师屈守元先生戏称那些看书只看前面一点，从来不看完为"杀书头"）的人，也一下子就知道了张九龄的名字。

其实张九龄是唐玄宗时候的名相，他的前辈张说，就曾经向唐玄宗推荐过他，说他学识渊博，堪为顾问。"安史之乱"之前，他就曾经提醒过唐玄宗："安禄山狼子野心，面有逆相，臣请因罪戮之，冀绝后患。"可惜唐玄宗没有听从他的意见。他做到同中书门下平章事（即宰相）。后来虽然因李林甫的排挤，被贬为荆州长

史，但唐玄宗对他的印象一直是很好的。他死了以后，唐玄宗起用新人，都要问一句："风度能若九龄乎？"

张九龄为人正直，为官清廉，为当世名臣，他不以诗名世，但诗却写得很好。连大诗人杜甫都很佩服，说他的诗"诗罢地有余，篇终语清省"（《八哀·故右仆射相国张公九龄》）。用古人的话来说，就是"言有尽而意无穷"（宋严羽《沧浪诗话·诗辨》）。用今天的话来说，就是饶有余味。他的诗，《全唐诗》收录三卷，应制之作占了不小的比例。他的诗，以感遇咏怀和一些山水咏物诗最为人称道。比如《唐诗三百首》的第一首《感遇》：

> 兰叶春葳蕤，桂华秋皎洁。
> 欣欣此生意，自尔为佳节。
> 谁知林栖者，闻风坐相悦。
> 草木有本心，何求美人折？

其实这首诗并不是张九龄最好、传诵最广的诗。他传诵最广的诗，是那首《望月怀远》：

> 海上生明月，天涯共此时。
> 情人怨遥夜，竟夕起相思。
> 灭烛怜光满，披衣觉露滋。
> 不堪盈手赠，还寝梦佳期。

一直到今天，在许多中秋庆典或晚会上，出现得最多的两句话，还是张九龄的"海上生明月，天涯共此时"和苏轼的"但愿人长久，千里共婵娟"。

张若虚

汉末孔融向曹操推荐祢衡的《荐祢衡表》中有一句话说："鸷鸟累百，不如一鹗。"确实，许多东西是贵精不贵多的。翻开《全唐诗》，你会发现，有许多人有上百首诗载录在上，但是，没有一首是大家熟悉的，作者也不为人知。但是有的诗人，仅有一两首诗流传，就名满天下，永垂不朽了。张若虚就是这样的诗人。

张若虚（约 660 – 约 720），扬州（今属江苏）人。他是唐中宗时的名士，与贺知章、张旭、包融并称为"吴中四士"。

他的诗，仅有两首流传下来了，但是，因为其中一首是被后人称为"以孤篇压倒全唐"，被闻一多称为"顶峰上的顶峰"的《春江花月夜》，就足以使他成为唐诗大家而名垂千古了。

《春江花月夜》本是乐府《清商曲辞·吴声歌曲》的旧题，相传为陈后主所创。后来隋炀帝、诸葛颖、张子容一直到温庭筠都有拟作，但篇制短小，完全不能和张若虚此篇相提并论。张若虚也因为此诗"孤篇横绝，竟为大家"。

刘希夷

刘希夷（约 651 – ?），一名庭芝，字延之。汝州（今属河南）人。是宋之问的外甥。

据说，刘希夷就是被这个舅舅宋之问害死的，死因是他有两句诗写得太好了，宋之问想据为己有。

刘希夷上元二年（675）与宋之问、沈佺期同榜进士及第，时年二十五岁。辛文房《唐才子传》说他"特善闺帷之作，词情哀怨，多依古调，体势与时不合，遂不为所重"。这恰好说明他走的不是和宋之问、沈佺期相同的宫体诗道路。他的诗，受乐府民歌影响较深，形成一种清丽婉转的风格，与张若虚有相似之处。

刘希夷最著名，也是为他带来杀身之祸的，是他的《代悲白头翁》，其中有"今年花落颜色改，明年花开复谁在。已见松柏摧为薪，更闻桑田变成海。古人无复洛城东，今人还对落花风。年年岁岁花相似，岁岁年年人不同"等句，为人所激赏。舅舅宋之问就非常喜欢最后两句，知道刘希夷写好此诗后还没有给外人看，就要他把这两句诗让给他。刘希夷没有答应，宋之问就让人用土囊把他压死了。

刘希夷的代表作，还有《从军行》《采桑》《春日行歌》《春女行》《捣衣篇》《洛川怀古》等。

盛　唐

王维

天宝十四载（755）十一月，安禄山终于造反了。不到一个月的时间，他就占领了东都洛阳，建国大燕，做起皇帝来了。第二年六月，安禄山占领了唐帝国的首都长安。唐明皇仓皇出逃，跑到四川去了。来不及扈从的官员，都成了安禄山的俘虏。几乎所有的人都投降安禄山，做了伪官。

安禄山仿效唐明皇，在洛阳宫中的凝碧池大宴群臣，并让教坊梨园的乐工歌舞助兴。这次宴会，本属平常，但却因为和两位历史人物有关，又显得很不平常了。

一位是乐工雷海青。他拒绝奏乐，并大骂安禄山，被安禄山杀死，他也因此名垂后世。后来明代的洪升写《长生殿》，还专门写了一折《骂贼》。

另一位则是大诗人、大画家、大音乐家王维。

王维（701－761），字摩诘。官至尚书右丞，世称"王右丞"。原籍祁县（今属山西），迁至蒲州（今山西永济）。他是唐代罕有的全才型艺术家，诗文书画音乐无一不精。据说九岁能文，十五六岁即游学两京，二十岁以状元及第，开始了他的仕途生涯。

早年的王维是很有些抱负的，又曾奉使出塞，在凉州河西节度使幕一年，写下了一些很有气势的边塞诗，如最著名的《使至塞上》：

> 单车欲问边，属国过居延。
> 征蓬出汉塞，归雁入胡天。
> 大漠孤烟直，长河落日圆。
> 萧关逢候骑，都护在燕然。

还有著名的《送元二使安西》，也作于此时：

> 渭城朝雨浥轻尘，客舍青青柳色新。
> 劝君更尽一杯酒，西出阳关无故人。

所以有人把他也归入到边塞诗派。

开元二十四年（736）张九龄罢相，李林甫继任，社会渐趋黑暗，王维很沮丧，萌生退意，但又不能完全忘怀仕途，于是开始了半官半隐的生活。

"安史之乱"是王维人生的一大转折。安禄山入长安后，王维被俘，他的名气太大。安禄山把他带到洛阳，他不愿投降安禄山，吃药装病，仍然被囚于洛阳菩提寺。安禄山在凝碧池大宴群臣的时候，王维还在菩提寺。他听到这个消息，十分感慨，恰好好友裴迪来看望他，他就写了《菩提寺禁裴迪来相看说逆贼等凝碧池上作音乐供奉人等举声便一时泪下私成口号诵示裴迪》（即《凝碧池》）一诗：

> 万户伤心生野烟，百官何日再朝天。
>
> 秋槐叶落空宫里，凝碧池头奏管弦。

九月，王维不得已做了伪官。

"安史之乱"平定后，唐肃宗要算总账了。凡是投降安禄山的人分六等定罪。王维却因为那首《凝碧池》诗，再加上做大官的弟弟王缙的营救，不但得到赦免，官复原职，而且还不断升迁。

但是，唐帝国已经不复当日的繁荣强盛，而且王维毕竟内心还是有愧的，所以，他对仕途荣辱已看得很淡，退朝之后，就回到他的终南别业去，或游历山水，或焚香礼佛。

他的诗歌，也以这一时期的山水田园之作最为成功，他也因此被归入山水田园派中。

终南别业原来是宋之问的南田别墅，背靠终南山，风景十分秀丽，"白云回望合，青霭入看无。分野中峰变，阴晴众壑殊"（《终南山》）。王维又是大画家，以画家的眼光去看大自然的山水，自然与一般人不同，所以，他的诗，有画意；他的画，有诗情，也就是苏东坡所说的"诗中有画"，"画中有诗"的意境。比如《汉江临眺》：

> 楚塞三湘接，荆门九派通。
>
> 江流天地外，山色有无中。

郡邑浮前浦，波澜动远空。
襄阳好风日，留醉与山翁。

　　这样的诗，在王维的诗中俯拾即是。他的诗，并不故作高深，也不讲什么大道理，连典故都用得不多，就这么平平道来，勾画出一幅幅平平常常而又美不胜收的景色，总结出一句句简简单单而又极富哲理的话语。比如那首著名的《山居秋暝》：

空山新雨后，天气晚来秋。
明月松间照，清泉石上流。
竹喧归浣女，莲动下渔舟。
随意春芳歇，王孙自可留。

　　再比如那首写相思的《红豆词》：

红豆生南国，春来发几枝。
愿君多采撷，此物最相思。

　　这样脍炙人口的小诗还有很多：

鹿　柴

空山不见人，但闻人语响。
返景入深林，复照青苔上。

竹里馆

独坐幽篁里，弹琴复长啸。
深林人不知，明月来相照。

送　别

山中相送罢，日暮掩柴扉。

春草明年绿，王孙归不归？

都是一样的优美。作为唐代最有名的诗人，他是当之无愧的。

孟浩然

孟浩然（689－740），襄阳（今属湖北）人。他是唐代著名诗人中很少的终身不仕、以布衣终老的人。

都说孟浩然是在仕和隐中矛盾着的人，其实这是不了解孟浩然。他是性爱山水田园，并不想当官的人。

他曾经参加过科举考试，只不过没有考上。孟浩然参加科举，就像现在的孩子参加高考一样，管他想不想上大学，管他是不是能考上，反正都得去考一下，算是给自己十年寒窗苦读的一个交代。

他有两次进入仕途的绝好机会，但都放弃了。

第一次，是好友王维当值，就把他带到皇宫里去了，没想到唐明皇来了，孟浩然急忙躲到床底下。但是唐明皇已经看见他了，他只好出来。王维见到这个好机会，就向唐明皇推荐孟浩然。唐明皇对他的文才倒是早有耳闻，就让他把诗读来听听。孟浩然就读了《岁暮归南山》：

北阙休上书，南山归敝庐。

不才明主弃，多病故人疏。

白发催年老，青阳逼岁除。

永怀愁不寐，松月夜窗墟。

第二联明明是发牢骚，说反话。唐明皇是聪明人，当然听出来了，就说："明明是你没有来找我，不是我弃你不用。"既然这样说，那当然就干脆不用了。是孟浩然心慌读错了诗吗？以他那么聪明的人，不会犯这样的低级错误，我觉得他应该是故意的。

第二次，是那个特别喜欢推荐人的韩朝宗主动要引荐他。韩朝宗就是著名的韩荆州，据说得到他的赏识，立即身价百倍。当时士子中流传着一句话："生不用封万户侯，但愿一识韩荆州。"连心高气傲的李白，都主动写信给他，希望得到他的引荐。韩荆州和孟浩然约好时间，等他来一起赴京，但时间都过了，孟浩然仍然没有来，韩荆州只好自己走了，引荐的事当然也就不了了之。孟浩然没有赴约的理由，居然是在和朋友饮酒。他的意思，傻瓜都能看出来了。

所以，孟浩然的心中，并没有仕与隐的矛盾，李白是孟浩然的知音，所以他《赠孟浩然》诗中说："吾爱孟夫子，风流天下闻。红颜弃轩冕，白首卧松云。"孟浩然是真正热爱自然、热爱自由的诗人。正因为此，他的山水田园诗才会有其他人所没有的恬静自然、平淡闲远。比如他的《宿建德江》：

移舟泊烟渚，日暮客愁新。
野旷天低树，江清月近人。

还有著名的《过故人庄》：

故人具鸡黍，邀我至田家。
绿树村边合，青山郭外斜。

开轩面场圃，把酒话桑麻。

待到重阳日，还来就菊花。

都是这种诗风的代表。

王昌龄

王昌龄（？－约756），字少伯，京兆（今陕西西安）人，一说太原（今属山西）人。他大概只适合做诗人而不适合做官。开元十五年（727）中进士，补秘书省校书郎。七年后中博学宏词科，为汜水尉。后来又被贬岭南，回来后做过江宁县（今江苏南京）丞，后世因此称他为"王江宁"。天宝初年又贬龙标（今湖南黔阳）尉，世又称"王龙标"。多次遭贬，似乎也没有什么大的过失，《新唐书》本传说是"不护细行"，也就是不拘小节。但从他《芙蓉楼送辛渐二首》之一的"洛阳亲友如相问，一片冰心在玉壶"的诗句看，他的品行应该是没有多大问题的。

王昌龄一生交往的，多是当世的大诗人，当然，他本人就是盛唐时期最负盛名的诗人之一。唐人殷璠《河岳英灵集》选录唐人诗歌，王昌龄诗入选数量第一，并誉之为"中兴高作"。

他和孟浩然的关系特别好，孟浩然在《送王昌龄之岭南》诗中称"二人数年同笔砚"。开元二十八年（740）王昌龄北归，与孟浩然见面。当时孟浩然患背疽病已经快痊愈了，见到王昌龄十分高兴，吃了些海鲜，结果疽发而亡。

他和李白的关系也很好，他被贬谪龙标时，李白写了著名的《闻王昌龄左迁龙标遥有此寄》：

杨花落尽子规啼，闻道龙标过五溪。

我寄愁心与明月，随君直到夜郎西。

王昌龄的诗，以七绝最为著名，被称为"七绝圣手"，甚至因此称他为"诗家天（一作"夫"）子王昌龄"。有唐一代，只有李白的七绝能够与之比肩，明人王世贞在《艺苑卮言》里就说："七言绝句，王少伯与太白争胜毫厘，俱是神品。"仅此一点，就已经确立了他在中国诗歌史上的不朽地位。

王昌龄的诗歌题材范围不太广，写得最多最好的是边塞、闺怨（包括宫怨）和赠别诗。

他的边塞诗，有一种悲壮豪爽的盛唐气象，如《出塞二首》之一：

> 秦时明月汉时关，万里长征人未还。
> 但使龙城飞将在，不教胡马度阴山。

还有《从军行》七首（之二）：

> 琵琶起舞换新声，总是关山旧别情。
> 撩乱边愁听不尽，高高秋月照长城。

都是盛唐边塞诗中的名篇。

他的闺怨诗细腻凄婉，很好地表现了失意妇女的遭遇和心情，如著名的《长信秋词》五首（其三）：

> 奉帚平明金殿开，且将团扇共徘徊。
> 玉颜不及寒鸦色，犹带昭阳日影来。

他的赠别诗感情真挚，意境高远，如著名的《芙蓉楼送辛渐》

　二首（之一）：

> 寒雨连江夜入吴，平明送客楚山孤。
>
> 洛阳亲友如相问，一片冰心在玉壶。

　　后人对王昌龄的绝句评价极高，清沈德潜《唐诗别裁》说："龙标绝句，深情幽怨，意旨微茫，令人测之无端，玩之无尽。"是符合事实的。

崔颢

　　唐人七律哪一首最好？宋严羽说是崔颢的《黄鹤楼》，明胡应麟说是杜甫的《登高》。不管结果如何，能够登上这个擂台，与"诗圣"杜甫较量一番，已经足以傲视群雄了。

　　崔颢（约704-？），汴州（今河南开封）人。他早年为人轻浮，但有文名。当时已经名满天下的李邕想见见他，崔颢当然也要献诗的。李邕打开他的诗，一开头就是"十五嫁王昌，盈盈入画堂"，李邕很生气说："小子无礼！"也不再见他了。其实崔颢有一点冤枉，上两句诗也不过是乐府的本色语，并没有什么无礼之处。所以明胡应麟很为他鸣不平说："'十五嫁王昌，盈盈入画堂'，是乐府本色语，李邕以为小儿轻薄，岂六朝诸人制作全未过目邪？"

　　其实现在看崔颢早期诗作，倒不见得有多么浮艳，有一些写得还清丽上口。如那首很有名的《长干曲》：

> 君家何处住？妾住在横塘。
>
> 停船暂借问，或恐是同乡。

崔颢晚年为人和诗风都变了，尤其是他入幕河东之后，写了一些边塞诗，"风骨凛然"，与早年的艳体诗大异其趣了。殷璠《河岳英灵集》说"颢年少为诗，名陷轻薄。晚节忽变常体，风骨凛然。一窥塞垣，说尽戎旅"。他什么时候去过边塞（也就是"塞垣"），不知道，他去过什么地方，也不知道。但因此改变了诗风却是事实。他写过很豪壮的《古游侠呈军中诸将》等诗，与早期诗作已完全不同。

让他成名于后世的，还是那首《黄鹤楼》：

> 昔人已乘黄鹤去，此地空余黄鹤楼。
> 黄鹤一去不复返，白云千载空悠悠。
> 晴川历历汉阳树，芳草萋萋鹦鹉洲。
> 日暮乡关何处是？烟波江上使人愁。

诗确实写得好，据说曾令大诗人李白因此搁笔说："眼前有景道不得，崔颢题诗在上头。"

王之涣

> 白日依山尽，黄河入海流。
> 欲穷千里目，更上一层楼。

——《登鹳雀楼》

> 黄河远上白云间，一片孤城万仞山。
> 羌笛何须怨杨柳，春风不度玉门关。

——《凉州词》

这两首诗，大概只要是稍有点文化常识的中国人，没有不知道的，它们都是唐诗中的名篇，它的作者，就是盛唐著名诗人王之涣。

王之涣（688－742），字季凌，并州（山西太原）人。祖籍晋阳（今山西太原），其高祖迁今山西绛县。他的父、祖都做过县令一类的小官。他自幼聪明，性格豪放不羁，常击剑悲歌，结交多游侠少年，常在一起纵酒高歌，直到年岁不小，才在两个哥哥的帮助下认真读书。

他没有走科举的道路，仅做过冀州衡水县主簿，还因为受人诬陷，愤而辞职，连这样的小官都不做了。不过，他在做衡水主簿的时候，也还是有收获的，那就是县令李涤很欣赏他的才华和为人，把第三个女儿嫁给了他。

王之涣辞官以后，就到处去探名胜，访名人，诗酒风流去了。直到晚年，在朋友们的劝告下，才又做了文安郡文安县尉，最后死在任所。

王之涣在当时就享有诗名，与著名诗人王昌龄、高适等人都是好朋友，经常在一起诗酒唱和。他的诗流传极广，很多诗都被当时乐工制曲歌唱，名动一时。

王之涣的诗以善于描写边塞风光著称。可惜流传至今的只有六首。但其中就有《登鹳雀楼》和《凉州词》这样的名篇，使他跻身于唐代一流诗人的行列而无愧色。

常建

常建是盛唐山水田园派诗人的重要代表之一，他的生卒年不详，只知道他是长安人，开元中与王昌龄同榜中进士，但仕途极不畅达，只做过八品的盱眙尉。于是就放浪琴酒，"有肥遁之志"

（《唐才子传》）。什么是"肥遁"呢？就是归隐。往来于太白、紫阁诸山，后来干脆到鄂渚隐居了。据说他入山采药，还遇到过一个浑身绿毛的女子，自言是秦朝时的宫人，逃入山中，以松叶充饥，竟至长生不死。她还把服食松叶的方法教给了常建，不过常建并没有因此也长生不死。

常建早年大概去过边塞，所以写过《塞上曲》《塞下曲》一类的边塞诗，从诗歌的内容看，常建早年倒并不是一个很淡泊的人。比如《塞上曲》：

> 翩翩云中使，来问太原卒。
> 百战苦不归，刀头怨明月。
> 塞云随阵落，寒日傍城没。
> 城下有寡妻，哀哀哭枯骨。

但他为人称道的不是边塞诗，而是后期归隐后受老庄思想影响下的山水田园诗。他的山水田园诗淡泊空灵，几乎有些不食人间烟火的味道了。唐人殷璠选编《河岳英灵集》，把常建放在第一，说"建诗似初发通庄，却寻野径，百里之外，方归大道。所以其旨远，其兴僻；佳句辄来，惟论意表"。最能代表他这种风格，也最为人称道的，是他那首《题破山寺后禅院》：

> 清晨入古寺，初日照高林。
> 曲径通幽处，禅房花木深。
> 山光悦鸟性，潭影空人心。
> 万籁此俱寂，惟闻钟磬音。

其中"山光悦鸟性，潭影空人心"，是被后人激赏的名句。

他的诗现存五十七首。数量虽不多，而"卓然与王、孟抗行者，殆十之六七"（《四库全书总目》）。后人提到盛唐的山水田园诗人，称王、孟、常、储（光羲），是有道理的。

李颀

李颀（690－751）是什么地方的人，有两种说法。一说他是东川人，东川即今四川三台；一说他是赵郡人，赵郡即今河北赵县。但他少年时候就一直住在河南登封。年轻的时候，结交一帮富家子弟，吃喝玩乐，狂放不羁，后来大彻大悟，折节读书，在颍水附近苦读十年，也就是他在诗中所说的"男儿立身须自强，十年闭户颍水阳"，"早知今日读书是，悔作从前任侠非"（《缓歌行》），终于考中进士，做了八品的小官新乡尉，而且一做就是多年，毫无升迁的希望。于是又一次大彻大悟，弃官不做，归隐了。

他此后就在河南一带交友、游赏，据说信奉了道教，还亲自炼过丹。王维给他的诗中就说："闻君饵丹砂，甚有好颜色。不知从今去，几时生羽翼？"（《赠李颀》）

李颀长于七言歌行。他的诗，以边塞诗最为有名，描写音乐的诗也写得很好。比如那首传诵极广的《古从军行》：

> 白日登山望烽火，黄昏饮马傍交河。
> 行人刁斗风沙暗，公主琵琶幽怨多。
> 野云万里无城郭，雨雪纷纷连大漠。
> 胡雁哀鸣夜夜飞，胡儿眼泪双双落。
> 闻道玉门犹被遮，应将性命逐轻车。
> 年年战骨埋荒外，空见蒲桃入汉家。

他描写音乐的《琴歌》《听万安善吹觱篥歌》《听董大弹胡笳弄兼寄语房给事》等，都是唐诗中描写音乐的名篇。

此外，他的送别诗也很有名。

李颀的诗，《全唐诗》录为三卷，现存约一百一十七首。

储光羲

储光羲是被归入王、孟山水田园诗派的诗人之一。他和王维有一些相似之处，但命运却不如王维。

他们都在终南山隐居过，但王维有大别墅，官居高位，他并不需要把"隐"作为"仕"的跳板。他是在晚年信佛以后，上朝之余，隐于终南山别墅享福的。而储光羲隐于终南山的时候，尚不到三十岁，但也中了进士，也做过几任小官。他是不是也把隐作为当官的"终南捷径"呢？

"安史之乱"中，储光羲和王维都被叛军俘虏，而且都被迫做了伪官。但"安史之乱"平定之后，王维不仅没有被治罪，继续留任，而且官职还升迁了。而储光羲则被下了大狱，然后被流放到南方去了。几年以后，才确定他无罪，被赦免，但不久就去世了。

他和王维虽然同属山水田园派诗人，但严格地说，王维应该算是山水诗人的代表，而储光羲应该算是田园诗人的翘楚。

储光羲（约706－约763）是润州延陵（今江苏丹阳）人，开元十四年（726）与崔辅国、綦毋潜同榜进士。他的诗以田园诗最为著名，被公认是陶渊明最好的继承者之一。《四库全书总目提要》说他的诗"源出陶潜，质朴之中，有古雅之味，位置于王维、孟浩然间，殆无愧色"。他的《牧童词》《钓鱼湾》《田家即事》《同王十三维偶然作》《田家杂兴》等诗，都是很好的田园诗作。

比如《钓鱼湾》：

唐诗小百科

> 垂钓绿湾春，春深杏花乱。
> 潭清疑水浅，荷动知鱼散。
> 日暮待情人，维舟绿杨岸。

储光羲的诗，今存二百二十四首，绝大部分是五言。《全唐诗》编录为四卷。

高适

杜甫最著名的遗迹，不在他的家乡河南巩县，也不在他在那里长大的洛阳，更不在令他向往而又伤心的长安，而是在他流寓西南时寄居成都浣花溪边的那座草堂。清代诗人、书法家何绍基在四川的时候，游草堂，写了一副著名的对联"锦水春风公占却，草堂人日我归来"，至今仍挂在草堂内的工部祠前。从那个时候开始，成都人就有了人日游草堂的习俗，而且一直保留至今。

古人以每年的正月初一为鸡日，初二为狗日，初三为猪日，初四为羊日，初五为牛日，初六为马日，初七为人日。人日游草堂的习俗，来自于高适的一首诗。

高适在四十一岁那一年，在山东与李白、杜甫结识，后来，杜甫写了不少诗给高适。高适回杜甫的诗，叫《人日寄杜二拾遗》。大概写的时候恰好是正月初七，也没有什么特别的意思，后来，却成为一年一度游草堂、祭拜杜甫的节日。

高适（约702－765），字达夫。沧州（今河北景县）人。他是唐代著名的边塞诗人。

唐代以科举取士，但并不是人人都有机会的，王维走公主的后门，内定为状元，杜甫两次考试，都没有考中，李白干脆不参加科举，走先隐后仕的"终南捷径"。其实就算是考中进士，一般也就当一个八九品的小官吏而已。所以高适"耻预常科"，不愿意参加普通的科举，而希望能参加特科，也就是皇帝在规定的考试之外亲自主持的"恩科"。

这个机会高适终于还是等来了。天宝八载（749），他因张九皋的推荐，考中进士。这时，他已经是快要五十岁的人了。但是，他被授予的官职，仍然只是九品的封丘县尉。干了三年，就借口"拜迎长官心欲碎，鞭挞黎庶令人悲"，辞官不做了。

天宝十二载（753），他有了第二次机会，入哥舒翰幕充掌书记。但这并不是他的理想。

他终于等到了人生的第三次机会。天宝十四载（755），"安史之乱"爆发了。这一次大的历史变故，才是对那些每天大言炎炎、自称有经天纬地之才的文人的真正考验。

王维降了安禄山，给自己的历史留下了一个污点；杜甫好容易逃出长安，到凤翔见到唐肃宗，被授予左拾遗之职；李白本来在庐山学道，受永王璘之邀下山入其幕府，自诩要"为君谈笑净胡沙"，谈笑间就可以把"安史之乱"平定了，结果是看不清大形势，把自己送进了监狱。高适却在这个时候显示出他非凡的能力了。

潼关破后，他也逃到行在去见到了唐玄宗和唐肃宗，也被授予左拾遗之职。但是，在政治上，他却比杜甫成熟得多。房琯食古不化，以上古车战法去和安禄山作战，失败是意料中的事。杜甫不谙世事，为房琯辩护，最终得罪肃宗，被赶出朝廷。而高适却是清醒的。永王东巡，肃宗深以为忧，高适却预言其必败，他也因此受到肃宗的重视，被任命为扬州大都督府长史、淮南节度使。此后又被任命为西川节度使，最后做到刑部侍郎、左散骑常侍（正三品），封渤海县男，成为唐代大诗人中居官最高者之一。

高适是唐代边塞诗的代表作者之一，与岑参齐名。他早年曾游边塞蓟门、卢龙一带，后来一直在军中，他本人又是政治家、军事家，所以他的边塞诗，和岑参以描写边塞景色和赠答奉和为内容的边塞诗不一样，更多的是对士兵的同情和对将帅无能的指斥，比如著名的《燕歌行》，就是唐代边塞诗中的名篇。

高适诗歌的内容很丰富，除边塞诗外，反映社会现实，揭露社会黑暗，同情下层百姓的诗也占有较大的比例。他的送别诗也写得很好，有一种旷达慷慨之气。如《别董大》：

千里黄云白日曛，北风吹雁雪纷纷。

莫愁前路无知己，天下谁人不识君。

杜甫曾经在《奉简高三十五使君》中赞美他说："当代论才子，如公复几人。骅骝开道路，鹰隼出风尘。"给予他极高的评价。

岑参

岑参（约 715 - 770），唐代著名边塞诗人。

岑参的生平没有多大的起伏，读书、中试，入幕、为官。其中对他影响最大的是入幕。

天宝八载（749），他被安西节度使高仙芝表为右威卫录事参军，充节度使府掌书记；天宝十三载（754），被名将封常清表为大理评事、监察御史，充安西庭节度判官。在西北边塞生活了多年。他自己说："万里奉王事，一身无所求。也知塞垣苦，岂为妻子谋。"（《初过陇山途中呈宇文判官》）又说："侧身佐戎幕，敛衽事边陲。自逐定远侯，亦着短后衣。近来能走马，不弱并州儿。"（《北庭西郊候封大夫受降回军献上》）《唐才子传》说他"往来鞍马烽尘间二余载，极征行离别之情，城障塞堡，无不经行"，对他的边塞诗影响很大。

　　岑参的边塞诗，更多的是描写奇丽壮美的边塞风光。北风卷地、八月飞雪、风吹石走以及火山六月，蒸沙烁石、沸浪炎波的恶劣气候；"马走碎石中，四蹄皆血流"（《初过陇山途中呈宇文判官》），"将军金甲夜不脱，半夜军行戈相拨，风头如刀面如割"（《走马川行奉送出师西征》）的艰苦军旅生活，在岑参的笔下得以艺术地再现。他的边塞诗，构思之奇，用语之美，结构之妙，气魄之大，可以说是古今独树一帜，为他编诗集的杜确，在《岑嘉州诗集序》中说他的诗"属辞尚清，用意尚切，其有所得，多入佳境，迥拔孤秀，出于常情"，很精辟地概括了岑参边塞诗的特色。我们来看一看他最著名的边塞诗之一——《白雪歌送武判官归京》：

北风卷地白草折，胡天八月即飞雪。

忽如一夜春风来，千树万树梨花开。

散入珠帘湿罗幕，狐裘不暖锦衾薄。

将军角弓不得控，都护铁衣冷难着。

瀚海阑干百丈冰，愁云黪淡万里凝。

中军置酒饮归客，胡琴琵琶与羌笛。

纷纷暮雪下辕门，风掣红旗冻不翻。

轮台东门送君去，去时雪满天山路。

山回路转不见君，雪上空留马行处。

唐代著名诗人

全诗气象很大，把北地雪景与送别朋友结合得非常好。其中"忽如一夜春风来，千树万树梨花开"，堪称咏雪的压卷之作。

"安史之乱"后，岑参曾到四川，任嘉州（今四川乐山）刺史，所以称"岑嘉州"。后卒于成都。

李白

开元十三年（725），一艘木船顺江东下，出夔门，过三峡，向荆楚江南驶去了。船上一位风神俊朗、身佩长剑的青年，望着滔滔的江水，望着远处的云山，豪情满怀，思绪万千。谁也没有想到，就是这个年轻人，将在唐代的诗坛掀起一阵狂飙，将唐诗的发展推向巅峰。他就是"仗剑去国，辞亲远游"，希望实现自己"使寰区大定，海县清一"（《代寿山答孟少府移文书》），"一匡天下"，"立抵卿相"；功成名就，"事君之道成，荣亲之义毕，然后与陶朱、留侯，浮五湖，戏沧洲"（同上）的人生理想的大诗人李白。

李白（701－762），字太白，号青莲居士，祖籍陇西成纪（今甘肃秦安），四川江油人。中国诗歌史上最伟大的浪漫诗人。他的青少年时代，是在山清水秀的四川度过的。这一段时间，他做了三件事：

（一）读书。他说自己"五岁诵六甲，十岁观百家"（《上安州裴长史书》），"十五观奇书，作赋凌相如"（《赠张相镐》）。十八岁时，隐居江油大匡山苦读。不仅学富五车，还接受了儒家建功立业、扬名显亲的思想。

（二）学道。唐代儒、释、道三教合一，唐明皇时道教尤盛。四川是道教的发祥地之一，青城山是道教祖师张道陵（张天师）得道传教的地方，也是道教十大洞天中的第五洞天。李白深受影响，"十五游神仙，仙游未曾歇"（《感兴》八首之五）。他的第一首诗，据说写于不到二十岁，就是那首很有名的《访戴天山道士不遇》：

> 犬吠水声中，桃花带露浓。
> 树深时见鹿，溪午不闻钟。
> 野竹分青霭，飞泉挂碧峰。
> 无人知所去，愁倚两三松。

戴天山，就是江油匡山，也就是李白年轻时读书的地方。这一次访道士虽然不遇，但可以想见平时"遇"的时候还是很多的。道家思想对李白的影响很大，并且影响了他一生。

三、学剑。蜀中任侠风气很重，李白天性中有一种豪放不羁的情怀，他说自己"十五好剑术，遍干诸侯"（《与韩荆州书》）。他的剑术也许未必高明，但却养成了他浪漫倜傥的性格。

唐代读书人进入仕途不外乎两条道路。一、科举。这条路稳当，成功率高，但平平淡淡。二、征召。即因人举荐，皇帝特召。这条路难，一要有名气，二要有贵人举荐，但一经征召，即名满天下，富贵立致。

李白选择的是后者。

李白用了近二十年的时间，几乎游遍了河南、河北、湖北、湖南、江苏、浙江、山东等地，他泛洞庭、登庐山、至金陵、过扬州、历江夏、游洛阳、上太原、下隋州，并定居湖北安陆，娶妻生子，名气确实闹得很大，但是没有遇到有力者的举荐。他曾经上书安州裴长史和韩朝宗，但都没有下文，于是，李白就自己跑到长安去了。

这一次的长安之行，除了让他震惊于官场的黑暗、朝廷的腐败以外，仍然以失败告终。于是，他离开长安，再次漫游，并和孔巢父等人到徂徕山隐居去了。

天宝元年（742），已经四十二岁的李白终于等到了出头的机会。因为玉真公主（一说是道士吴筠）的举荐，李白奉召入京。李白欣喜若狂，"仰天大笑出门去，我辈岂是蓬蒿人"（《南陵别儿童入京》），他觉得自己的理想快要实现了。

他刚到长安，是非常风光的。唐李阳冰《〈唐李翰林草堂集〉序》说李白到宫中，唐明皇"降辇步迎，如见绮、皓。以七宝床赐食，御手调羹以饭之"。当时名满天下的贺知章，读到他的《蜀道难》，非常欣赏，称他为"谪仙人"。但是，唐明皇只是把李白当一个高级的文学侍从，让他供奉翰林。

李白是才高八斗的大诗人，狂放不羁，自视极高，看不惯宫廷和官场的黑暗。但他又极为天真，完全不懂得官场的人情世故，所以在朝廷仅短短的三年，就被唐明皇很体面地以"赐金放还"的借口赶出了京城，实际上是赶出了政治圈子。

这一次的失败对李白的打击很大，"玉不自言如桃李，鱼目笑之卞和耻。楚国青蝇何太多，连城白璧遭谗毁"（《鞠歌行》），他是已经出离愤怒的了。但是，潇洒飘逸的性格和对山水自然的热爱减轻了他的失落。"五岳寻仙不辞远，一生好入名山游。"（《庐山谣寄卢侍御虚舟》）他再次东下洛阳，南下吴、越，北上蓟门，漫游十年。其间，最值得一提的是在山东与杜甫相识相交，这是中国诗歌史上的一件大事。古往今来最伟大的两位诗人，惺惺相惜，同游梁、宋，"醉眠秋共被，携手日同行"（杜甫《与李十二白同寻范十隐居》），建立了深厚的友谊。

"安史之乱"爆发的时候，李白认为报国的机会来了，于是，慷慨从军，接受了永王璘的邀请，入其幕府。他当时的情绪是很高亢的，写下了《永王东巡歌》十一首，第二首说：

三川北虏乱如麻，四海南奔似永嘉。

但用东山谢安石，为君谈笑静胡沙。

把自己比作东晋谢安石，自诩能在谈笑之间就把"安史之乱"平定了，天真得实在可爱。

但是，政治上的幼稚让他错误地估计了形势，永王璘成为兄弟争权的牺牲品，而李白，则成为永王失败的殉葬品。肃宗李亨在灵武即位后，立即以叛乱罪名讨伐李璘，李白也牵连入狱，长流夜郎，中途遇赦放回，就一直流寓南方。

上元二年（761），李白听说太尉李光弼率军镇临淮，豪气顿生，忘记了自己已是六十一岁高龄，立即北上，准备从军。不幸在途中病倒，只好寄居于当涂县令族叔李阳冰处，第二年就在那里病逝了。

屈原曾经把浪漫主义的风格推上了高峰。但是，秦、汉以后，却再也没有出现那种汪洋恣肆、神游八极的浪漫主义诗歌了。晋、宋时期的游仙诗，不过是把那几个神仙传说翻来覆去地说说，连一首可以传世的都没有。直到李白的出现，才又重树浪漫主义诗歌的大纛。

李白的思想是儒、道、侠三者的糅合，他的诗歌，也就充满着三者带来的矛盾。他思想的基调是儒家济苍生、匡社稷的祖训，他的"日为苍生忧"（《赠清漳明府侄聿》），与杜甫的"穷年忧黎元"（《自京赴奉先县咏怀五百字》）是一样的；他的追求是"长风破浪会有时，直挂云帆济沧海"（《行路难》）；他的信念是"天生我材必有用"（《将进酒》）；他的个性是"安能摧眉折腰事权贵，使我不得开心颜"（《梦游天姥吟留别》），这就构成了李白诗歌健康向上的基调。

他深受道家思想的影响，尤其是在理想遭到挫折时，道家所鼓吹的神仙世界，就成为他向往的地方。而神仙世界的缥缈恍惚、奇幻迷离，成为构成他诗歌浪漫主义特色的重要因素。

任侠也是贯穿李白一生的重要思想。虽然他并不是真正"托身白刃里，杀人红尘中"（《赠从兄襄阳太守皓》），但是他好剑术，嗜饮酒，轻钱财，重交游，确实具有侠义之风，他那种"天子呼来不上船"（杜甫《饮中八仙歌》），"一醉累月轻王侯"（《忆旧游寄谯郡元参军》）的气概，使他的诗歌有一种倜傥不群、旷放洒脱的清丽格调。

李白为我们留下了一千多首诗歌，其中以五、七言歌行最为著名，如《蜀道难》《将进酒》《梁甫吟》《行路难》《襄阳歌》《梦游天姥吟留别》《宣州谢朓楼饯别校书叔云》《扶风豪士歌》《少年行》《古朗月行》《月下独酌》《战城南》等。他不太喜欢受格律的束缚，所以五、七言律诗相对少一些，甚至失粘失对，如《夜泊牛渚》《登金陵凤凰台》，但神韵天成，不失为律诗中的上品。他的七言绝句成就极高，堪称古今第一，传世名篇极多，如《望庐山瀑布》《望天门山》《早发白帝城》《黄鹤楼送孟浩然之广陵》《山中问答》《峨眉山月歌》《赠汪伦》等，都是七绝中的精品。

李白就像藐姑射山上的神人，苏世独立，境界太高了，不是禄禄尘世所能够理解接纳的。所以他很失败，很失落。"众鸟高飞尽，孤云独去闲，相看两不厌，只有敬亭山"（《独坐敬亭山》）；"花间一壶酒，独酌无相亲。举杯邀明月，对影成三人"（《月下独酌》），可以说是孤独到了极点。杜甫甚至说："不见李生久，佯狂真可哀。世人皆欲杀，吾意独怜才。"（杜甫《不见》）大概也只有杜甫这样境界的人，才能够真正理解他。但是，他却为我们留下了一笔无与伦比的精神财富，光耀千古，永照人寰。

杜甫

唐代宗大历三年（768）正月，有一艘木船离开夔州（今重庆奉节），出夔门，过三峡，向荆楚大地驶去。船上是一位风烛残年的老人，他的身体已经非常虚弱，肺病、糖尿病等长期折磨着他，不到六十岁，已经齿落耳聋，右臂偏枯。两年后，就死在湖南耒阳的船上。

他就是"诗圣"杜甫。

杜甫（712－770），字子美，自号少陵野老，世称"杜少陵"；又因严武曾表其为检校工部员外郎，故又称"杜工部"。河南巩县（今河南巩义）人。中国诗歌史上最伟大的现实主义诗人。

如果说王维的思想中杂有佛，李白的思想中杂有道，那么，杜甫则可以算得上是纯儒。

杜甫的家世倒未必多么显贵，而且在他出生的时候，家道已经中落。但是，却有两位先祖让杜甫引以为豪。一个是西晋名将，也是为《左传》作注的杜预。在他身上，杜甫继承了"奉儒守官"的思想，即进入仕途，实现儒家"兼济天下"的理想；另一个是他的祖父、初唐著名诗人杜审言，所以杜甫自豪地说"诗是吾家事"。他要像乃祖一样，成为一位大诗人。

但是，现实社会却并没有那么美好。唐代以诗赋取士，但杜甫却两次应试不中。第一次落第对他的打击不大，因为父亲在山东做官，"忤下考功第"（《壮游》），他就跑到山东、河北一带游玩，过了八九年"裘马颇轻狂"（同上）的日子。他的壮志尚未消磨，显得意气风发。《望岳》一诗，最能够代表他此时的心情：

> 岱宗夫如何，齐鲁青未了。
> 造化钟神秀，阴阳割昏晓。
> 荡胸生曾云，决眦入归鸟。
> 会当凌绝顶，一览众山小。

天宝三载（744），杜甫在洛阳与李白相会，然后一起漫游梁、宋，并结下了一生的友谊。

天宝五载（746），杜甫参加了一次恩科考试。主持其事的是宰相李林甫，他一个人都不录取，然后向唐明皇道贺"野无遗贤"。满怀希望的杜甫成为这次骗局的牺牲品，这时他已经三十五岁了，于是，他留在长安求仕。

从天宝五载到"安史之乱"爆发的天宝十四载（755），杜甫困居长安十年，他求人汲引，向唐明皇上《三大礼赋》，又进《雕赋》，虽然"玄宗奇之"，命待制翰林院，但终究没有了下文。这十年间，他"朝扣富儿门，暮随肥马尘。残杯与冷炙，到处潜悲辛"（《奉寄韦左丞丈二十二韵》），尝尽了人生的艰辛。最后，被授予一个从九品的小官——右卫率府胄曹参军。

天宝十四载十一月，他到奉先县探望妻子，写下了著名的《自京赴奉先县咏怀五百字》，"朱门酒肉臭，路有冻死骨"，就是诗中的名句。就在这个时候，"安史之乱"爆发了。

天宝十五载（756），肃宗在灵武即位。杜甫听到消息，安顿好家小，就准备赶去灵武。路上被安禄山叛军所擒，困于长安，写下了著名的《春望》《哀江头》《哀王孙》《悲青坂》《悲陈陶》

等诗。

杜甫居然逃了出来，而且到灵武见到了肃宗，"麻鞋见天子，衣袖露两肘"（《述怀》），样子实在狼狈。肃宗被感动了，授予他左拾遗的官职。这是一个八品的小官，但是可以天天上朝见到皇帝，杜甫已经是感激涕零了。"涕泪授拾遗，流离主恩厚"（同上），大感知遇之恩。

但是他其实并不会做官，所以很快因为救房琯而得罪肃宗。回到长安以后，他被贬为华州司功参军，永远被赶出了朝廷。

他在华州、秦州、同谷等地呆了一段时间，这些地方是受"安史之乱"破坏最严重的地方，杜甫亲身经历了战乱，写下了著名的"三吏""三别"和《羌村三首》等诗歌。

乾元二年（759），杜甫身杂难民中，历尽千辛万苦，于岁底来到成都，开始了他流寓两川近十年的生活。

四川未遭战乱，成都富庶繁华，锦江两岸风景秀丽，而且帅蜀的又是他的好友严武。杜甫在城西浣花溪畔修建了几间草屋，暂时安居下来。

这是杜甫一生中最安宁幸福的一段时光。"昼引老妻乘小艇，晴看稚子浴清江"（《进艇》），"老妻画纸为棋局，稚子敲针作钓钩"（《江村》），他有一点满足了。他在《江村》诗中写道：

> 清江一曲抱村流，长夏江村事事幽。
> 自去自来堂上燕，相亲相近水中鸥。
> 老妻画纸为棋局，稚子敲针作钓钩。
> 多病所须唯药物，微躯此外更何求。

暂时的安宁，并没有消磨杜甫忧国忧民的情怀。他在《释闷》

中表现了对国事的忧虑：

四海十年不解兵，犬戎也复临咸京。
失道非关出襄野，扬鞭忽是过胡城。
豺狼塞路人断绝。烽火照夜尸纵横。
天子亦应厌奔走，群公固合思升平。
但恐诛求不改辙，闻道嫛孽能全生。
江边老翁错料事，眼暗不见风尘清。

当他听到官军收复了河南河北的时候，他是那样的高兴，写下了著名的《闻官军收河南河北》：

剑外忽传收蓟北，初闻涕泪满衣裳。
却看妻子愁何在，漫卷诗书喜欲狂。
白日放歌须纵酒，青春作伴好还乡。
即从巴峡穿巫峡，便下襄阳向洛阳。

他还写下了著名的《茅屋为秋风所破歌》，表达了他民胞物与的博大胸怀。

唐代宗永泰元年（765）严武去世，杜甫在成都呆不下去了，于是一家人坐船顺江而下，来到夔州，居夔州西阁，并在瀼西又建了一座草堂。他的许多名作都写于这一时期，如《又呈吴郎》《登高》《秋兴八首》《八哀诗》《三绝句》《岁晏行》《壮游》《解闷十二首》《咏怀古迹五首》等。

年老时的杜甫思念家乡，大历三年（768），他领着家人离开四川，准备回老家。他乘舟出峡，辗转漂泊于湖北、湖南的江陵、公安、岳阳、潭州、衡阳一带。这时的杜甫已是贫病交加，他最终没能如愿回乡。大历五年（770），病逝于潭州往岳阳的小舟上。就是在临死之前所写的《风疾舟中伏枕书怀三十六韵奉呈湖南亲友》中，他还写下了"战血流依旧，军声动至今"的诗句，表现了对生活在水深火热之中的人民的深切关爱。

　　杜甫的伟大，在于他的思想境界极高。封建社会的许多文人，"达则兼济天下"尚且做不到，稍不如意，就"独善其身"去了；有许多诗人，诗歌中也有一些忧国忧民的内容，但是，说说而已，甚至以此求名。而杜甫的忠君爱国，伤时忧民，却是天性流露，一丝一毫做作都没有。他的"致君尧舜上，再使风俗淳"（《奉赠韦左丞丈二十二韵》），他的"穷年忧黎元，叹息肠内热"（《自京赴奉先县咏怀五百字》），都如"葵藿倾太阳，物性固莫夺"（同上）。一直到晚年，他贫病交加，已经流寓于东川夔州了，仍然说自己"每依北斗望京华"（《秋兴八首》）。他回家探亲，"入门闻号咷，幼子饥已卒"，在这巨大的人生悲剧面前，他马上"默思失业徒，因念远戍卒"（《自京赴奉先县咏怀五百字》），因为他们的状况比自己还不如。他的茅屋为秋风所破，他希望的是"安得广厦千万间，大庇天下寒士俱欢颜，风雨不动安如山！呜呼！何时眼前突兀见此屋，吾庐独破受冻死亦足"（《茅屋为秋风所破歌》）。这是何等样的胸怀。

　　杜甫以如椽的诗笔，真实地记载了唐帝国"安史之乱"前后由盛到衰的历史，堪与司马迁《史记》的"实录"精神相比，他也因此被称为"诗史"。郭沫若曾经用"世上疮痍，诗中圣哲；民间疾苦，笔底波澜"概括杜甫的一生与诗歌，是非常恰当的。

　　杜甫的伟大，还在于他把诗歌的艺术性推到极致。元稹在《唐故检校工部员外郎杜君墓志铭》中评价杜甫说："至于子美，盖所谓上薄风雅，下该沈、宋，言夺苏、李，气吞曹、刘，掩颜、谢之孤高，杂徐、庾之流丽，尽得古今之体势，而兼人人之所独专矣。使仲尼锻其旨要，尚不知贵，其多乎哉。苟以其能所不能，无可无不可，则诗人以来，未有如子美者。"

"尽得古今之体势，而兼人人之所独专。"这个评价，可以说是高到了极致。

从古到今（指唐代），名家辈出，风格各异，远不止"颜、谢之孤高"和"徐、庾之流丽"，我们不能尽举，也不必尽举，而在杜甫诗中，种种"体势"与种种题材都驾驭得得心应手，种种风格都运用得挥洒自如。

古往今来的诗人（其实也包括各种各样的其他艺术家），都很难把什么都玩到极致。所以要么边塞诗写得好的聚一起，称为"边塞诗派"，要么山水田园诗写得好的聚一起，称为"山水田园派"；要么七绝写得好，如王昌龄，称为"七绝圣手"；要么五言写得好，如刘长卿，称为"五言长城"。而在杜甫笔下，却已经没有这些分别了，我们只能说，无论什么题材，无论什么体裁，一到杜甫手上，就达到巅峰。比如没有人把他归入"边塞诗人"一派，但他的边塞诗，如《前出塞》《后出塞》等，却比一般的边塞诗人写得还好；没有人把他归入"山水田园"诗人一派，而他的山水田园诗比一般的山水田园诗人写得还好。你说崔颢的《黄鹤楼》是唐人七律第一，杜甫就可以拿一首七律《登高》来把他比下去。你说王昌龄的七绝很好，只有李白能够与之媲美，其实杜甫的七绝一点都不比他们的差。乐府诗在他手中，是一大转捩。在他之前，都是依乐府古题作诗，虽然像曹操这样的人，已经不按乐府诗题本身的内容要求去写，而是"旧瓶装新酒"，用乐府旧题，写自己想写的内容，但毕竟受题目限制。到杜甫手中，就天马行空般地自拟题目，自创新调了，比如他的《兵车行》《丽人行》、"三吏""三别"等，也就是古人所说的"即事名篇，无复依傍"（元稹《乐府古题序》）。中唐时期元稹、白居易的"新乐府运动"，实际上是深受杜甫乐府诗的影响的。他的五古、七古，更是无人能敌。杜甫自己都不无自豪地说："读书破万卷，下笔如有神。"（《奉赠韦左丞丈二十二韵》）这还是他中年时候的口吻。到流寓两川以后，就说自己"晚节渐于诗律细"（《遣闷戏呈路十九曹长》），说自己"为人性僻耽佳句，语不惊人死不休"（《江上值水如海势聊短述》）了。

杜甫在诗歌上的成就，不仅空前，而且绝后，他是当之无愧的最伟大的现实主义诗人。

元结

"安史之乱"一起，热闹非凡的诗坛突然沉寂下来了。这时，王维忙着礼佛，李白忙着学道，而且许多著名的诗人甚至不知所终了。记载这一段历史，揭露民生疾苦的现实主义诗歌舞台，几乎只有杜甫一人在独唱。他的旁边，还有一个帮腔者，那就是元结。

在一般人眼中，元结的名气并不是很大，但是，他的两首诗——《贼退示官吏》和《春陵行》，却受到"诗圣"杜甫的激赏，并且写下了《同元使君春陵行》的和诗。仅这份荣耀，就足以让他不朽了。

他还有一件值得夸耀的事，那就是大书法家颜真卿亲自为他撰写了一篇《唐故容州都督兼御史中丞本管经略使元君表墓碑铭》。

元结（719－772），字次山，号漫郎、聱叟，曾避难入猗玗洞（今湖北大冶境内），因号猗玗子，河南鲁山人，天宝进士，曾参与抗击史思明叛军，立有战功。后任道州刺史、容府都督兼侍御

唐代著名诗人

073

史、容管经略使，最后做到正三品的左金吾卫大将军兼御史中丞。

他的一部分诗注重反映政治现实和人民疾苦，著名的《春陵行》和《贼退示官吏》，都是指斥官吏横征暴敛，甚于山贼。《贼退示官吏·序》说："癸卯岁，西原贼入道州，焚烧杀掠几尽而去。明年，贼又攻永破邵，不犯此州边鄙而退。岂力能制敌欤？盖蒙其伤怜而已。诸使何为忍苦征敛？故作诗一篇以示官吏。"贼对已经贫到骨的人民尚且有一点怜悯之心，而官吏们却"苦征敛"，"更无宽大恩，但有促迫期。欲令鬻儿女，言发恐乱随"（《春陵行》）。诗人愤怒地呵斥"使臣将王命，岂不如贼焉"（《贼退示官吏》）。杜甫在《同元使君春陵行》诗中，赞扬他"两章对秋月，一字偕华星"，给予了他极高的评价。

中　唐

韦应物

韦应物在《逢杨开府》自述自己少年时候的情况说：

> 少事武皇帝，无赖恃恩私。
> 身作里中横，家藏亡命儿。
> 朝持樗蒲局，暮窃东邻姬。
> 司隶不敢捕，立在白玉墀。
> 骊山风雪夜，长杨羽猎时。
> 一字都不识，饮酒肆顽痴。

这是很让人惊叹的，作为中唐时期的著名诗人，唐代山水田园诗人的代表之一，被司空图评其诗"冲淡"的韦应物，少年时候却是一个一字不识、横行乡里的纨绔子弟。

韦应物（737－792），京兆万年（今陕西西安）人。因曾官江州刺史和苏州刺史，人称"韦江州""韦苏州"。他是中唐著名的山水田园诗人，后世把他与王维、孟浩然、柳宗元合称为"王孟韦柳"。

韦应物十五岁就成为唐玄宗的三卫近侍，《逢杨开府》诗所描写的，就是他这一段时间的情况。"安史之乱"后，他折节读书，不仅成为著名诗人，而且性格也有很大改变。唐李肇《国史补》说他"立性高洁，鲜食寡欲，所居焚香扫地而坐"。平时交往的，也仅是顾况、刘长卿、丘丹、韦系、皎然等数人。他早年的诗歌，还带有盛唐余韵和豪侠之气，如《寄畅当》诗说："丈夫当为国，破敌如摧山。何必事州府，坐使鬓毛斑。"后期的作品，慷慨豪迈之气消失了，大概因"安史之乱"的影响和仕途的不得意，把世事看得淡了，所以诗风也随之改变。后世公认他的诗冲淡闲远。

韦应物为官清正，能体察民瘼，他的许多诗，都对统治者的骄奢淫逸进行了谴责，而对百姓的贫困寄予了同情，他在《寄李儋元锡》诗中说："身多疾病思田里，邑有流亡愧俸钱。"这种境界，在封建社会的官吏中是不多见的。

韦应物为人为诗都学陶渊明，他的山水田园诗，最能代表他的思想和风格。但他的田园诗，又并不像陶的疏淡，也不像王、孟的牧歌隐逸式，而是中唐社会充满现实矛盾的农村田园的真实写照。

韦应物的诗以五言为最，尤其是五古。他的五绝成就也很大。清沈德潜《说诗晬语》说："五言绝句，右丞之自然，太白之高妙，苏州之古淡，并入化机。"把他与王维、李白并称，评价是相当高的。

但是，韦应物传诵最广的诗，却是那首七绝《滁州西涧》：

> 独怜幽草涧边生，上有黄鹂深树鸣。
> 春潮带雨晚来急，野渡无人舟自横。

刘长卿

刘长卿在《送李录事兄归襄邓》中说："十年多难与君同，几处移家逐转蓬。白首相逢征战后，青春已过乱离中。"可以看作是他坎坷一生的总结。他是洛阳人，字文房。因为曾做过随州（今湖北随县）刺史，人称"刘随州"。他大约生于开元十四年（726），大概在天宝十一年（752）中进士，但很快就遇到了"安史之乱"，算是"十年多难"。他的性格刚直不阿，两度被人诬陷遭贬，所以说"几处移家"，"青春已过乱离中"。晚年任随州刺史，淮西节度使李希烈割据称王，湖北成为他和唐军作战的战场，刘长卿遂辞官离开，真是"白首相逢征战后"了。

刘长卿在大历年间算是很著名的诗人了。他自己也相当自负，自称是"五言长城"（《秦征君校书与刘随州唱和集序》）。他的五言诗确实写得不错，比如著名的《逢雪宿芙蓉山主人》：

> 日暮苍山远，天寒白屋贫。
> 柴门闻犬吠，风雪夜归人。

但后人的评价，认为他的七律最好，为中唐第一，明胡应麟《诗薮》就说："七言律以才藻论……中唐莫过文房。"清沈德潜

《唐诗别裁》也说："七律至随州，工绝亦秀绝矣。"

刘长卿的诗，已纯是中唐气象，工秀是其特色，但境界狭小了许多，名联秀句随处可见，如"孤城向水闭，独鸟背人飞"（《新年作》）；"细雨润衣看不见，闲花落地听无声"（《别严士元》）。但通篇精彩的却不太多。

李益

李益（748－829），字君虞，陇西姑臧（今甘肃武威）人。中唐时期著名诗人。有人把他归入"大历十才子"中。

元和、长庆年间，蒋防写了一篇很著名的唐传奇《霍小玉传》，描写的是大历年间陇西才子李益和妓女霍小玉的爱情故事。故事中的李益是一个始乱终弃的伪君子，受到人们的唾弃。

蒋防是和李益同时代的人，他笔下的李益，是不是就是诗人李益呢？

李益有一个大毛病，就是多猜忌，对妻妾很不放心，他出门的时候，要把家门都关起来，还要在门外和窗户撒上灰，怕有外人与妻妾偷情。当时人们把那种妒嫉之人称为"李益疾"。也许就是这个原因，使蒋防把他作为故事的主人公。

在中唐诗人中，李益的边塞诗是很有特色的。他最著名的《夜上受降城闻笛》，流传极广，还被教坊乐人度曲演唱。诗是这样的：

> 回乐峰前沙似雪，受降城下月如霜。
> 不知何处吹芦管，一夜征人尽望乡。

李益大历四年（769）进士及第后，仕途并不畅达。后来入渭北节度使臧希让、朔方节度使李怀光等人幕府，在西北边地生活了好多年，所以他的边塞诗是有生活体验之作。他在录自己的从军诗赠左补阙卢景亮的《自序》中说："从事十八载，五在兵间，故为文多军旅之思。"他的边塞诗慷慨悲凉，又带有些许伤感情绪，真切感人。

他的七绝后人评价很高。明胡应麟《诗薮·内编》说："七言绝，开元之下，便当以李益为第一。如《夜上西城》《从军北征》《受降》《春夜闻笛》诸篇，皆可与太白（李白）、龙标（王昌龄）竞爽，非中唐所得有也。"他的诗，很多都被乐人采以入乐。他的《征人歌》《早行》等诗，还被绘制为画屏。

钱起

钱起的生年有几种说法，但一般认为是公元 710 年，如果属实，那么，他应该比杜甫还大两岁（杜甫生于公元 712 年），但是，他却一直被归入中唐诗人中。唐高仲武编《中兴间气集》，选入唐肃宗至德元年（756）至唐代宗大历末年（779）约二十年间二十六位诗人的诗作，第一个人就是钱起。

把钱起归入中唐的原因，是因为他的诗风没有盛唐气概，全是中唐气象。

钱起（约 710－约 782），字仲文，吴兴（今浙江湖州）人。因曾官考功郎中，人称"钱考功"。天宝十载（751）进士及第。他的成名，与这一次进士考试有很大的关系。

唐以诗赋取士，一般是五言排律（六韵十二句）一首。这种当堂命题，又要顾忌到试官的喜好的诗是很难写好的。钱起应考那一届的试题是《湘灵鼓瑟》，算是一个好题目。钱起的诗是这样写的：

善鼓云和瑟，尝闻帝子灵。

冯夷空自舞，楚客不堪听。

苦调凄金石，清音入杳冥。

苍梧来怨慕，白芷动芳馨。

流水传湘浦，悲风过洞庭。

曲终人不见，江上数峰青。

　　湘灵鼓瑟是一个美好的传说，据说舜在南巡的时候，死在湖南的苍梧。他的两位妃子娥皇和女英听到消息后，赶到洞庭，在江边哭祭了舜以后，双双投湖而死，死后成了湘水的女神。屈原的《九歌》中有《湘君》和《湘夫人》，就是以她们为主人公的。《湘灵鼓瑟》就要求围绕这样一段故事来写，而且要写出"鼓瑟"，也就是对音乐的描写。如果按照这个标准来看，钱起的诗确实写得很好，尤其是让他享大名的末尾两句"曲终人不见，江上数峰青"，意境高远，堪称绝唱。

　　钱起的诗境界不大，多是写景和赠答之作，内容又多流连光景，粉饰太平，所以把他归入"大历十才子"中，是有道理的。

　　钱起长于五言，但七言也写得很好，比如他的《归雁》：

潇湘何事等闲回，水碧沙明两岸苔。

二十五弦弹夜月，不胜哀怨却飞来。

　　钱起在当时名气很大，与郎士元齐名，合称"钱郎"。当时有"前有沈（佺期）、宋（之问），后有钱、郎"的说法，把他们和沈佺期、宋之问并提，其评价还是比较公允的。

司空曙

司空曙（约720－约790），字文初（一作文明）。广平（今河北永年）人，一说京兆（今陕西长安）人。"大历十才子"之一。

他的生平事迹知道得很少，只知道他曾中进士，但官做得不大，做过洛阳主簿、长林县丞、左拾遗，最后做到水部郎中。曾经入韦皋幕，到过四川。他性格比较淡泊，虽然家境不太富裕，但不干谒权贵。他的诗风也如其人，闲雅疏淡，辛文房《唐才子传》说他的诗"属调幽闲，终篇调畅，如新花笑日，不可熏染"。他所结交之人，有不少是僧道人物，他自己也时时流露出一些对这种闲云野鹤般生活的羡慕。《唐才子传》引过他的一首《寄暕上人》诗：

> 欲就东林寄一身，尚怜儿女未成人。
> 柴门客去残阳在，药圃虫喧秋雨频。
> 近水方同梅市隐，曝衣多笑阮家贫。
> 深山兰若何时到，羡与闲云作四邻。

话说得很老实。不是不想"就东林寄一身"，不是不想"与闲云作四邻"，是因为"尚怜儿女未成人"，自己还有为人夫为人父的责任要尽。但其心之所向往，已经明明白白了。

司空曙有一首传诵极广的诗，是七言绝句的《江村即事》：

> 钓罢归来不系船，江村月落正堪眠。
> 纵然一夜风吹去，只在芦花浅水边。

可以说是淡泊到了极致，被称为司空曙写得最好的一首诗。

卢纶

说卢纶，似乎得先说他的生死。

卢纶生于哪一年，史书没有记载，现在通行的说法有两种，一是闻一多《唐诗大系》中定为天宝七年（748），没有说明理由，许多文学史都采此说。一是傅璇琮《唐代诗人丛考》，定为开元二十五年（737）或者更早。理由是《旧唐书》等都说卢纶天宝末考过进士，没有考中。天宝共十五载，天宝末即公元756年，如依闻说，卢纶不过八岁，不可能参加进士考试。所以傅说把他的生年提前了十来年。但这也仅是推测。卢纶曾经写过一首《纶与吉侍郎中孚司空郎中曙苗员外发崔补阙峒》，诗中说自己"八岁始读书，四方遂有兵"。如依傅说，则卢纶八岁当是天宝四年（745）或者更早，虽然唐玄宗也发动过一些"开边"的战争，但还不至于说是"四方遂有兵"。如果依闻说，卢纶八岁的时候，倒刚好是天宝十五载（756），安禄山就是在这年的十一月起兵作乱了。傅说的根据是唐末姚合的《极玄集》和《旧唐书》。《旧唐书》是宋人编撰的，根据可能也是姚合的《极玄集》，是不是姚合的误记呢？《唐才子传》就只说他"大历中，数举进士不第"。其实我倒是倾向于傅说的，理由是卢纶还写过一首《至德中赠内兄刘赞》的诗。至德是唐肃宗的年号，从756到758年，不过三年。如依闻说，卢纶不过十来岁，诗可能会写，但是说不出"好学年空在，从戎事已迟"这样老气横秋的话来。

卢纶的死，本来也很平常。他没有考中进士，但却受到宰相元载、浑瑊等名人的赏识，于是步入仕途，当过阌乡尉、检校户部郎中、监察御史等官。官不大，但名不小，喜欢诗歌的唐德宗就经常把他和李益宣到宫中唱和。后来推说有病，辞官不做了。

朱泚在长安发动兵变，浑瑊受命镇河东，礼聘卢纶做了元帅判官。

有一次，德宗想跟人唱和作诗了，就问卢纶的舅舅韦渠牟："卢纶和李益跑到哪里去了？"韦渠牟说卢纶在浑瑊的幕中。德宗让人赶紧把卢纶召回来。可惜没有多久，卢纶就去世了。

故事还没有完。德宗听说卢纶去世了，有些伤感，就问："卢纶死后，留下了多少诗文？他有儿子吗？在干什么？"当时任宰相的李德裕说卢纶有四个儿子，都中了进士，都在做官。德宗又派人去卢家收集整理卢纶的诗，一共得五百余首。卢纶的死，也算得上风光了。

"大历十才子"中，卢纶的诗是比较特别的。他虽然也有一些和其他人一样的写景应酬、赠答唱和之类的淡雅之作，但却有一些非常好的边塞诗，这大概和他在浑瑊幕中经历过军旅生活，去过西北边陲有关系。他最为人欣赏的，是《塞下曲》（四首录二）：

> 林暗草惊风，将军夜引弓。
> 平明寻白羽，没在石棱中。

> 月黑雁飞高，单于夜遁逃。
> 欲将轻骑逐，大雪满弓刀。

堪称唐代边塞诗中的精品，不输于盛唐边塞诗人。

卢纶得名很早，倒不是因为他的边塞诗，而是另一首七律《晚次鄂州》：

> 云开远见汉阳城，犹是孤帆一日程。
> 估客昼眠知浪静，舟人夜语觉潮生。

三湘愁鬓逢秋色，万里归心对月明。

旧业已随征战尽，更堪江上鼓鼙声。

诗的结尾很有力，自己的家，当然也包括其他人的家都已经因为战乱毁掉了，哪里还忍听那江上时时传来的战鼓声。诗显然受杜甫《又呈吴郎》"已诉征求贫到骨，正思戎马泪盈巾"和《风疾舟中伏枕书怀》"战血流依旧，军声动至今"的影响。

韩愈

唐宪宗元和十四年（819）正月，韩愈因为谏迎佛骨，得罪了宪宗皇帝，被贬为潮州（今广东潮阳市）刺史。经过陕西蓝田关的时候，他的侄孙韩湘特地赶来送他，他写下了著名的《左迁至蓝关示侄孙湘》：

一封朝奏九重天，夕贬潮州路八千。

欲为圣明除弊事，肯将衰朽惜残年！

云横秦岭家何在？雪拥蓝关马不前。

知汝远来应有意，好收吾骨瘴江边。

这个韩湘，在传说中可是个厉害人物，他是八仙中的韩湘子。

韩愈的诗歌，成就和影响远不及他的散文，他是唐代古文运动的领袖，是唐宋八大散文家之一，他在散文史上的地位是非常崇高的。他的诗，无论数量和质量，都不能和他的散文相比。但是，他却是唐代诗歌史上的重要诗人，因为他确立了中唐诗歌的一种风格流派。

韩愈（768 – 824），字退之。河南河阳（今河南孟州市）人。

郡望昌黎，世称韩昌黎。晚年任吏部侍郎，又称韩吏部。

韩愈对文章的要求是"辞必己出""陈言务去"，反对模拟抄袭，这本来是很好的，但是走到极端，就不免会有"诘屈聱牙""怪怪奇奇"的毛病。他的散文气势磅礴、汪洋恣肆，想象空间十分丰富。这些特色，对韩愈的诗歌理论和创作都产生了很大的影响。

韩愈的诗歌，当然有如他的散文所要求的"文从字顺"一类的作品，如传诵很广的《早春呈水部张十八员外二首》之一：

> 天街小雨润如酥，草色遥看近却无。
> 最是一年春好处，绝胜烟柳满皇都。

但这不是韩诗的主要风格。他的主要风格，一是主张"不平则鸣"（《送孟东野序》），即诗歌要有指斥兴寄，要能抒情达意。二是主张意境和语言的尚新求奇，形成一种奇崛怪诞、"横空盘硬语"（《荐士》）的风格。这种风格与元、白所主张的平实浅易的风格形成鲜明对比，但是都是在盛唐诗风中求变的一种比较成功的尝试。韩愈的《南山》《山石》《谒衡岳庙》等诗就是这种风格的代表。

韩愈的诗歌已经开了宋人"以文为诗"的先河。其得在扩大了诗歌的内容和意境，其失在减弱了诗歌的韵味。

孟郊

孟郊和贾岛，是中、晚唐时期有名的"苦吟诗人"。苏东坡不喜欢他们，称他们为"郊寒岛瘦"（《祭柳子玉文》）；元好问也不喜欢他们，称孟郊为"高天厚地一诗囚"（《论诗绝句三十首》）。

但是，他们都得到韩愈的赏识。

孟郊（751－814），字东野。湖州武康（今浙江德清）人。他一生清苦，早年家贫，屡试不第，四十六岁才中进士。但只做过溧阳尉等小官。死后还是韩愈等朋友凑钱为之营葬。器识也较狭小，中进士后写了一首《登科后》："昔日龌龊不足夸，今朝放荡思无涯。春风得意马蹄疾，一日看尽长安花。"一副暴发户、穷措大的样子，其品可知。

他的一生爱好，大概就是作诗。任溧阳尉时，关在屋中作诗，诗做不出就不出门，"诗囚"的名字就是这样得来的。还因为作诗不理事，被"分其半俸"。

这件事说起来还挺有趣的。据《新唐书·孟郊传》记载，他五十岁中进士后，被委派为溧阳尉，大概相当于今天的县公安局长一职。溧阳县有投金濑、平陵城，林木茂盛，积水空明，风景还不错。孟郊根本就不管政事，天天跑到这里来做诗。县令拿他也没有办法，就干脆找一个人替他上班，只要把孟郊的工资分一半给别人，即《新唐书·孟郊传》所说的"以假尉代之，分其半俸"。虽然这样让孟郊生活更清苦，但只要让他作诗，他也就不管了。

孟郊的生活经历，使他的诗歌更多下层文人对现实社会不满的牢骚，也多少接触到一些社会矛盾，较之大历、贞元时期的诗歌，题材范围要广一些。如《寒地百姓吟》以"高堂捶钟饮，到晓闻烹炮"与"霜吹破四壁，苦痛不可逃"两相对照；《织妇辞》描写了织妇"如何织绮素，自着蓝缕衣"等，有一定现实意义。但这一类诗歌在孟诗中并不是很多，更多的，还是自伤自怜，哀贫叹老之作。

他是韩孟诗派的主将，主要是因为他的诗歌尚奇好古，语言不抄袭他人。他说自己"夜学晓未休，苦吟鬼神愁。如何不自闲，心与身为仇"（《夜感自遣》），刻意去追求僻字险韵，不免伤于冷涩。

孟郊的诗，传诵最广的，恰好倒是明白如话、真情流露的《游子吟》：

> 慈母手中线，游子身上衣。
> 临行密密缝，意恐迟迟归。
> 谁言寸心草，报得三春晖。

贾岛

我在前面唐诗的分期中说过，贾岛和姚合的时代归属一直没有定论，或入中唐，或入晚唐。其实不仅是贾岛、姚合，连杜牧和李商隐的时代归属，也都还没有定论。把贾岛放到这里介绍，一是因为他的诗风是韩、孟一派，二是他与韩愈半师半友的关系。

贾岛是和孟郊齐名的"苦吟诗人"，但是，生活的清苦，他比孟郊更甚，苦吟求句，也比孟郊更甚。

贾岛（779－843），字浪（阆）仙。范阳（今北京附近）人。早年出家为僧，号无本，后来到京城，听从韩愈的劝告还俗，参加进士考试。

他和韩愈的相识是有些戏剧性的。他写了一首叫《题李凝幽居》的诗，诗中有"鸟宿池边树，僧推月下门"两句，他觉得"推"字不太满意，想改为"敲"字，又一时拿不定主意，于是骑在毛驴上，反复做着"推"和"敲"的动作，不想冲撞了京兆尹韩愈的轿子。韩愈问明情况后，不但没有怪罪他，反而和他一起琢磨比较，最后认定"敲"字更好。这就是后来"推敲"一词的来历。

　　贾岛也是苦吟诗人，做起诗来，字斟句酌，完全沉浸其中。除了韩愈，他还因为寻觅诗句出神，冲撞过大京兆刘栖楚。那是他在长安时，恰逢秋风萧瑟，落叶可扫，于是他随口吟出"落叶满长安"的诗句，非常警策，欲得一句上联与之相配，于是冥思苦想，又忘掉了周围的一切，最后终于想到"秋风吹渭水"一句，不觉大喜，不料冲撞了刘栖楚。刘栖楚可没有韩愈那样的雅量，贾岛就被抓去关了一晚上才被释放。

　　贾岛虽然听从韩愈的劝告还了俗，也参加了科举考试，但郁郁不得志，只做过长江主簿等芝麻绿豆大的小官，一生穷愁潦倒。和他同时的王建有一首《寄贾岛》诗说他"尽日吟诗坐忍饥，万人中觅似君稀"，可见他生活的窘困。他的诗，境界还不如孟郊，但苦吟精神却远过之。他有两句诗"独行潭底影，数息树边身"，在诗后有一个小注说："两句三年得，一吟双泪流。知音如不赏，归卧故山秋。"可以想象他作诗的辛苦。

　　也正因为此，贾岛的诗虽然构思奇特、意境冷峭、用语瘦硬，但却也有不少流传后世的好诗。如《寻隐者不遇》：

　　　　　　松下问童子，言师采药去。
　　　　　　只在此山中，云深不知处。

还有《剑客》：

　　　　　　十年磨一剑，霜刃未曾试，
　　　　　　今日把示君，谁为不平事。

还有那首传诵极广的《渡桑干》：

> 客舍并州已十霜，归心日夜忆咸阳。
> 无端更渡桑干水，却望并州是故乡。

贾岛在当时名气不算大，但在晚唐，尤其是宋代以后，却声名鹊起，影响极大。晚唐的李洞，就"酷慕贾长江，遂铜写岛像，戴之巾中。常持数珠念贾岛佛，一日千遍。人有喜岛者，洞必手录岛诗赠之，叮咛再四曰：'此无异佛经，归焚香拜之'"（孙光宪《北梦琐言》）。又如南唐孙晟，也画了贾岛的像挂在壁上，朝夕礼拜。宋严羽《沧浪诗话》说："近世赵紫芝、翁灵舒辈独喜贾岛、姚合之诗，稍稍复就清苦之风。江湖诗人多效其体，一时自谓之'唐宗'。"影响所及，直至近代。

张籍

韩愈在《病中赠张十八》中称赞张籍"龙文百斛鼎，笔力可独扛"。宋代王安石《题张司业诗》也说："苏州司业诗名老，乐府皆言妙入神。看似寻常最奇崛，成如容易却艰辛。"张籍的诗何以会获得他们如此之高的评价呢？

张籍（约767－约830），字文昌。苏州（今属江苏）人。贞元十五年（799）进士及第，为太常寺祝十年，后任水部员外郎，人称"张水部"。又曾任国子司业，世又称"张司业"。他是韩愈的学生、白居易的好友，与另一位著名诗人王建是同学。

当时，白居易和元稹发起的"新乐府运动"，影响很大，参与者也不少，张籍和王建就是其中的有力者。他们的乐府诗，被合称为"张王乐府"。

张籍的乐府诗广泛深刻地反映了当时各种社会矛盾，爱憎分明地批判现实。如《筑城词》反映当时人民除了备受战争之苦，还得忍受统治阶级的残酷剥削：

筑城处，千人万人齐把杵。重重土坚试行锥，军吏执鞭催作迟。来时一年深碛里，尽著短衣渴无水。力尽不得抛杵声，杵声未尽人皆死。家家养男当门户，今日作君城下土。

《野老歌》描写了农民生活的艰苦和官府的暴敛、商贾的豪奢：

老农家贫在山住，耕种山田三四亩。
苗疏税多不得食，输入官仓化为土。
岁暮锄犁傍空室，呼儿登山收橡实。
西江贾客珠百斛，船中养犬长食肉。

张籍的乐府诗，还善于描绘农村的风俗习惯和生活画面。《采莲曲》《寒塘曲》《江村行》《樵客吟》等都用鲜明的形象表现了采莲妇女、打鱼少年、农夫、蚕妇和樵客的动作情态。《江南曲》描写水乡景色，明媚如画。

他的一些小诗，也写得很有情致。如著名的《秋思》：

洛阳城里见秋风，欲作家书意万重。
复恐匆匆说不尽，行人临发又开封。

把那种思家之情描绘得十分生动。

王建

王建闻名当世的，是他的一百首《宫词》。皇宫大内之事，虽然史书略有记载，也常见诸诗文笔记，但总是蒙着一层神秘的面纱。尤其是帝王嫔妃、宫娥乐人日常生活的情况，更是无从知晓。王建的《宫词》，非常详尽地把这一切以艺术的形式展现在大家面前。

王建又怎么会知道得那么详细呢？有的文学史说因为王建和一名叫王守澄的宦官是同宗，所以从他口里知道宫中之事。这是没有认真看书的臆说。王建曾经和王守澄聊天，说到汉代桓帝、灵帝重用宦官而引起党锢之祸的事，王守澄认为王建是在讥刺他，就对王建说："老弟的《宫词》，盛传于天下。但是宫苑深密，那些事你又是如何知道的呢？"王建写了一首诗，说这些是因为他常常在宫中，看得多，听得多，有些甚至是皇上亲自告诉他的，"常承密旨还家少，独奏边情出殿迟。不是当家频向说，九重争遣外人知"。王守澄才无话可说的。

王建的成就，主要还是乐府诗。

王建（约 767 - 约 830），字仲初。颍川（今河南许昌）人。他二十岁的时候结识张籍，一起从师求学。一生只做过秘书郎、太常寺丞、陕州司马等小官。他自嘲说自己"白发初为吏"（《初到昭应呈同僚》），"终日忧衣食"（《原上新居十三首》）。因此，他对社会现实和民生疾苦有较深刻的认识。当时，白居易、元稹发起"新乐府运动"，他和张籍都是积极的参与者。

王建的乐府诗，比较广泛地接触到当时的社会问题，他在《田家行》中说，庄稼收成了，绢也织好了，但农人们"不望入口复上身，且免向城卖黄犊。回家衣食无厚薄，不见县门身即乐"。

他的《水夫谣》，写纤夫的苦痛生活尤其感人：

> 苦哉生长当驿边，官家使我牵驿船。
> 辛苦日多乐日少，水宿沙行如海鸟。
> 逆风上水万斛重，前驿迢迢后森森。
> 半夜缘堤雪和雨，受他驱遣还复去。
> 衣寒衣湿披短蓑，臆穿足裂忍痛何。
> 到明辛苦无处说，齐声腾踏牵船出。
> 一间茅屋何所直，父母之乡去不得。
> 我愿此水作平田，长使水夫不怨天。

　　他的乐府诗和张籍合称"张王乐府"，是"新乐府运动"的重要组成部分。

　　王建的一些小诗，也清丽可读。如《十五夜望月寄杜郎中》：

> 中庭地白树栖鸦，冷露无声湿桂花。
> 今夜月明人尽望，不知秋思在谁家。

　　《望夫石》则采用了民间传说和民歌的形式，传诵很广：

> 望夫处，江悠悠。化为石，不回头。山头日日风复
> 雨，行人归来石应语。

　　《唐才子传》说王建的诗"俱能感动神思，道人所不能道也"，是有道理的。

柳宗元

历来都喜欢把韩愈和柳宗元并称为"韩柳"，确实，他们都是唐代古文运动的领袖人物。但是，无论从政治见解、诗文风格等方面，两人都有很大差异。

唐自开元、天宝之后，宦官的势力越来越大，已经对唐帝国的生存发展构成了极大的威胁。永贞元年（805）唐顺宗即位，任用王叔文，搞了一场打击宦官的"永贞革新"，柳宗元、刘禹锡等人都积极参与其事。但是，在宦官的疯狂反扑下，即位不到一年，顺宗被逼退位，"永贞革新"也以失败告终。柳宗元、刘禹锡等八人都被贬到各地去任司马，史称"八司马"。柳宗元被贬为永州（今属湖南）司马，并且一任就是十年。十年后被召回京，很快又被任命为柳州（今属广西）刺史，官升了，离京城却更远了。最后，他就死在柳州任上。

柳宗元（773–819），字子厚，世称"柳河东"，因官终柳州刺史，又称"柳柳州"。

柳宗元的散文，除了那些哲学和政治论文外，最为人称道的是他的山水游记，而他的诗歌，也以山水诗为最好，所以，人们把他和王维、孟浩然、韦应物合称为"王孟韦柳"。

柳宗元的徜徉山水，有不得已处，贬谪到边远州县，于实现理想抱负已经相去太远，于是流连山水成为他打发日子的无奈，山山水水成为他的精神寄托。他的山水诗和他的散文一样，似淡实浓，但并非一味咏景，而是把自己的孤寂愤懑之情也寄寓其中，即苏轼赞扬的"发浓纤于简古，寄妙理于毫端"（《书黄子思诗集后》）。比如他著名的《江雪》：

千山鸟飞绝，万径人踪灭。

孤舟蓑笠翁，独钓寒江雪。

再如著名的《登柳州城楼寄漳汀封连四州刺史》：

城上高楼接大荒，海天愁思正茫茫。

惊风乱飐芙蓉水，密雨斜侵薜荔墙。

岭树重遮千里目，江流曲似九回肠。

共来百粤文身地，犹自音书滞一乡。

已经几乎是纯粹的抒情之作了。

李贺

"月午树无影，一山唯白晓。漆炬迎新人，幽圹萤扰扰。"（《感讽五首》其三）深山之中，夜半之时，惨白的月光下，全山一片银白。旧鬼们打着黑漆的灯笼，迎接刚刚死去的新鬼。远远望去，乱坟中如荧的鬼火闪闪烁烁。你读到过这样鬼气森森的唐诗吗？

"秦王骑虎游八极，剑光照空天自碧。羲和敲日玻璃声，劫灰飞尽古今平。龙头泻酒邀酒星，金槽琵琶夜枨枨。洞庭雨脚来吹笙，酒酣喝月使倒行。"（《秦王饮酒歌》）除了李白的诗歌，你还读到过想象如此壮丽奇特的唐诗吗？

"黄尘清水三山下，更变千年如走马。""黑云压城城欲摧，甲光向日金鳞开。""我有迷魂招不得，雄鸡一声天下白。""衰兰送客咸阳道，天若有情天亦老。""请君暂上凌烟阁，若个书生万户侯。"这些诗句，你是不是有似曾相识的感觉？

唐代著名诗人

这些，都是中唐诗人李贺的杰作。

李贺（790－816），字长吉。祖籍陇西，生于福昌县昌谷（今河南洛阳宜阳县）。他是一个早熟的天才。据说七岁的时候，已经因为诗写得好而名动京师了。韩愈听说以后，和皇甫湜一起登门去看他，李贺即席做了一首《高轩过》，令韩愈大为惊奇。这个传说有一点夸张，倒是另一个故事要可靠得多。

据《唐诗纪事》载，李贺曾经拿着自己写的诗去谒见韩愈。韩愈当时任国子博士，已经是天下文宗。他已经送走客人，正在宽衣解带准备休息了。但是，当他读到李贺《雁门太守行》中"黑云压城城欲摧，甲光向日金鳞开"的时候，马上穿好衣服，让李贺进来见他。此后，他一直为李贺奔走呼号，可惜并没有能改变李贺的悲剧命运。

李贺有些年轻气盛，恃才傲物，得罪了一些人，又因为他的诗实在是写得好，也遭人嫉妒，所以，当他准备参加科举的时候，就有人以他的父亲名"晋"，与进士的"进"同音，因此他要避父讳，不能参加进士科考试。韩愈为之鸣不平，专门写了一篇《讳辩》，但也无济于事。就是这样一个荒谬至极的理由，彻底关上了李贺的仕进之门。他的一生，也因此穷愁潦倒，只做过两年从九品的奉礼郎，二十七岁就去世了。

李贺是想有一番作为的，他在《南园十三首》其三中写道：

男儿何不带吴钩，收取关山五十州。

请君暂上凌烟阁，若个书生万户侯。

但是，严酷的现实又让他感到无可奈何的愤怒，他只能自哀自叹。《南园》其六写道：

寻章摘句老雕虫，晓月当帘挂玉弓。

不见年年辽海上，文章何处哭秋风。

李贺的诗歌，是对屈原和李白诗歌精神和艺术的全面继承和发展。屈原和李白的怀才不遇、遇谗遭贬的人生经历和他们诗歌中那种上天入地、呵神骂鬼的奇丽想象，最能引起李贺的共鸣。李贺说自己"楞伽堆案前，楚辞系肘后"（《赠陈商》），他对屈原是非常心仪的。清沈德潜《唐诗别裁》说李贺"依约楚辞，而意取幽奥，辞取瑰奇"。他的诗歌，其浪漫夸饰，比李白更甚，王夫之《唐诗评选》说他"真与供奉（李白）为敌"。

李贺诗歌最大的艺术特色，就是想象丰富奇特、语言瑰丽奇峭，比如他的《梦天》：

老兔寒蟾泣天色，云楼半开壁斜白。

玉轮轧露湿团光，鸾佩相逢桂香陌。

黄尘清水三山下，更变千年如走马。

遥望齐州九点烟，一泓海水杯中泻。

最后两句想象在月亮上看地球的样子，大概今天也只有在宇宙飞船上才能够看到。

李贺死后，倒是有一件事比较风光。他的诗集，是杜牧作的《序》，李商隐为他写了《小传》。

刘禹锡

中唐诗人中，最有豪侠之气的，当推刘禹锡。

刘禹锡是因参与王叔文"永贞革新"而被贬谪的著名的"八

唐代著名诗人

司马"之一。他被贬为朗州（今湖南常德）司马。十年后，与柳宗元一起被召回京城，写了一首著名的《游玄都观》：

> 紫陌红尘拂面来，无人不道看花回。
> 玄都观里桃千树，尽是刘郎去后栽。

诗中以桃树隐射当年反对革新、谄事宦官的新贵。于是，被再贬出京，任连州刺史，后改任夔州刺史、和州刺史。唐敬宗宝历三年（827），回到东都洛阳，这时，距第一次贬谪二十三年，距第二次贬谪也已经十三年了。朝中当年打击他们的新贵，已经被大浪淘尽，不知所终了。刘禹锡又去了玄都观，并写下了《再游玄都观》：

> 百亩庭中半是苔，桃花净尽菜花开。
> 种桃道士归何处？前度刘郎今又来。

还有一件事，也可以看出刘禹锡的气节和性格。

刘禹锡和白居易是好朋友。宝历二年（826）冬，刘禹锡回京，路过扬州，与白居易相会。酒席宴上，白居易写了一首《醉赠刘二十八使君》诗，其中有"诗称国手徒为尔，命压人头不奈何"的话，是自伤，也是对朋友的规劝。但是刘禹锡的性格是宁折不弯的，他也写了《酬乐天扬州初逢席上见赠》回赠：

> 巴山楚水凄凉地，二十三年弃置身。
> 怀旧空吟闻笛赋，到乡翻似烂柯人。
> 沉舟侧畔千帆过，病树前头万木春。

今日听君歌一曲，暂凭杯酒长精神。

"沉舟侧畔千帆过，病树前头万木春"，表达了他决不退缩，也绝不后悔的意志，这两句诗，也成为千古传诵的名句。

刘禹锡（772－842），字梦得。苏州嘉兴（今属浙江省）人，因曾任太子宾客，故称"刘宾客"。刘禹锡的诗歌，最为人称道的是咏史诗和《竹枝词》。

古人的咏史诗，其兴寄大多是借古讽今，刘禹锡的咏史诗也不例外，不过他的咏史诗意境高远，语言优美，又为他人所不及。比如著名的《乌衣巷》：

朱雀桥边野草花，乌衣巷口夕阳斜。
旧时王谢堂前燕，飞入寻常百姓家。

刘禹锡在巴、渝、沅、湘一带生活多年，对当地的风土人情和文化很感兴趣，尤其是当地的民歌，他不仅大量采集，而且学习写作。他的《竹枝词》，就是学习民歌的产物。比如《竹枝词二首》其一：

杨柳青青江水平，闻郎江上唱歌声。
东边日出西边雨，道是无晴却有晴。

堪称文人学习民歌的精品。

刘禹锡的诗在当时名气就很大，白居易称他为"诗豪"，说"其诗在处，应有神物护持"（《新唐书·刘禹锡传》）。

白居易

白居易少年时代虽然聪慧好学，但是并不知名。二十岁左右，到长安，谒见当时已经大有文名的诗人顾况。顾况开始没有把他放在眼里，看见他的名字，就开玩笑说："长安百物皆贵，居大不易。"后来读他献上的诗，当读到"离离原上草，一岁一枯荣。野火烧不尽，春风吹又生"的时候，感叹说："有句如此，居天下亦不难，老夫前言戏之耳。"

贞元十六年（800），白居易进士及第，从此步入仕途。

白居易（772－846），字乐天。号香山居士、醉吟先生。祖籍太原（今属山西），迁下邽（今陕西渭南）。他的一生，无论从思想、创作、仕途等方面，都可以分为前后两个时期。

早年的白居易意气风发，"志在兼济，行在独善"（《与元九书》）。他在秘书省校书郎、翰林学士、左拾遗等任上，撰《策论》七十五篇，并积极上书言事。他尚未深谙仕途的艰险，不知道什么叫韬光养晦，甚至在朝堂直截了当地对皇帝说："陛下错。"搞得宪宗皇帝很不满。他与元稹是好朋友，也就是在这一时期，他们共同发起了"新乐府运动"。他写了五十首新乐府诗和十首《秦中吟》，深刻揭露了中唐社会的种种黑暗现实，指斥统治者的种种暴行，使那些达官显贵对他恨之入骨，后来终于借故把他贬到江州做司马去了。

这次贬谪对白居易的影响很大。他在《酬赠李炼师见招》诗中心有余悸地说"曾犯龙鳞容不死"，于是"欲骑鹤背觅长生"去了。

白居易后期对朝廷很失望了，他大概也看到中唐时期的种种矛盾已经积重难返，不是几首诗歌能够挽救颓势的了。于是，"行在独善"的思想占了主导地位。他不再写那些火药味十足的诗，也不参与日益剧烈的牛李党争，甚至连世事都不大过问，过起了"知足保和，吟玩性情"（《与元九书》）的所谓"中隐"生活。他在苏州、杭州当过刺史，因为不对别人构成威胁了，反而官越做越大，俸禄越来越高，一直做到太子太傅，甚至差一点拜相。他在诗中沾沾自喜地说："月俸百千官二品，朝廷雇我作闲官。"（《从同州刺史改授太子太傅分司》）一方面，他修建园林，广蓄歌儿舞女，日日饮酒弹琴，听歌观舞。一方面，与僧人道士交往，"病来道士教调气，老去山僧劝坐禅"（《负春》），"静念道经深闭目，闲迎禅客山低头"（《偶吟》），就是他这种生活的写照。他称自己这一时期的诗歌为"闲适诗"。

白居易把自己的诗歌分为讽喻诗、闲适诗、感伤诗、杂律诗四类，前三类以内容分，后一类以形式分，极不科学。他最重要的诗歌，是讽喻诗和杂律诗。

白居易的讽喻诗，主要是指他的新乐府五十首和《秦中吟》十首。他在《与元九书》《新乐府序》《寄唐生》等诗文中明确提出"文章合为时而著，歌诗合为事而作"（《与元九书》），"为君、为臣、为民、为物、为事而作，不为文而作"（《新乐府序》）的诗文创作理论，强调了诗歌的社会功能和讽喻作用。他的讽喻诗，大胆指斥时弊，比如《卖炭翁》就明言"苦宫市也"。什么是宫市，就是宦官内侍们打着皇帝的招牌，在市场上以近乎掠夺的低价购物。此外，《杜陵叟》《缭绫》《红线毯》《买花》《新丰折臂翁》《轻肥》《重赋》《上阳人》等，都是斗争性很强的名篇。

其实，白居易的伤感诗名气更大，因为他把《长恨歌》和《琵琶行》都归入这一类中。以唐明皇和杨贵妃的爱情悲剧为题材的文学作品，大概以《长恨歌》为最早，此后，衍生出许多以此

唐代著名诗人

099

为题材的文学艺术作品。《琵琶行》以诗人的亲身经历描述了一个凄婉哀怨的故事，尤其是其中对音乐的描写，达到了出神入化的境界，在当时流传就极广。白居易死后，唐宣宗写了一首《吊白居易》诗，其中就说："童子解吟《长恨歌》，胡儿能唱《琵琶篇》。"清赵翼《瓯北诗话》说："即无全集，而二诗已自不朽。"

白居易的闲适诗，也有许多清新可爱之作，比如《暮江吟》：

> 一道残阳铺水中，半江瑟瑟半江红。
> 可怜九月初三夜，露似珍珠月似弓。

还有《钱塘湖春行》：

> 孤山寺北贾亭西，水面初平云脚低。
> 几处早莺争暖树，谁家新燕啄春泥。
> 乱花渐欲迷人眼，浅草才能没马蹄。
> 最爱湖东行不足，绿杨阴里白沙堤。

白居易的诗歌通俗易懂，不事雕琢，但意味隽永，耐人咀嚼，对后世影响极大。

元稹

元稹和白居易的友谊，是文学史上的一段佳话。他们是同榜进士，贞元十八年（802）同时考中的"书判拔萃科"；第二年，他们一起被授为九品的校书郎；他们年轻时都有很大抱负，进言敢谏，不怕得罪权贵。白居易称"元稹为御史，以直立其身。其心如肺石，动必达穷民"（《赠樊著作》）。他们共同发起"新乐府运动"，都写了大量的新乐府诗。后来，又都因得罪权贵遭贬谪。他们虽然常常相隔千里，却息息相关。元稹在听说白居易被贬为江州司马时，写了一首《闻乐天授江州司马》：

> 残灯无焰影幢幢，此夕闻君谪九江。
> 垂死病中惊坐起，暗风吹雨入寒窗。

真挚的友情溢于言表。

在当时，元稹的诗名不下于白居易。据《旧唐书》载，唐穆宗还是太子的时候，他的宫嫔左右都喜欢诵读元稹的歌诗，宫中称他为"元才子"。穆宗即位后，荆南监军崔潭峻回朝，把元稹的《连昌宫词》等百余首诗进献给穆宗。穆宗读后非常高兴，当天就升元稹为祠部郎中、知制诰。

元稹和白居易相互酬答唱和的诗，在他们的诗中都占有相当大的部分。

虽然是好朋友，但同是诗人，也不免有争强好胜之心。白居易在自己的诗集后说："每恨老元偷格律，苦教短李（李绅）伏歌行。"元稹与白居易也在暗暗较劲。白居易有《长恨歌》，元稹就写了《连昌宫词》；白居易有《琵琶行》，元稹就写了《琵琶歌》。其水平也只是稍下白居易一等而已。

元稹的诗，情境俱佳的也不少。比如同写天宝年间宫闱之事，白居易写了著名的长诗《长恨歌》，元稹写了同为长诗的《连昌宫词》外，又写了一首五绝《行宫》：

> 寥落古行宫，宫花寂寞红。
> 白头宫女在，闲坐说玄宗。

短短二十个字，就把开元、天宝一段盛衰荣辱的历史概括殆尽。瞿佑《归田诗话》说："乐天《长恨歌》，凡一百二十句，读者不厌其长，元稹之《行宫》才四句，读者不觉其短，文章之妙也。"

元稹为人称道的还有他的情诗。严格地说，是他的悼亡诗。他与妻子韦丛感情很好，韦丛不幸病逝，才二十七岁。元稹伤悼不已，写了三首著名的《遣悲怀》，堪称悼亡诗（悼妻）中的压卷之作。他还有也是悼念韦丛的《离思五首》，其四写道：

> 曾经沧海难为水，除却巫山不是云。
>
> 取次花丛懒回顾，半缘修道半缘君。

前两句诗，被千古情种传诵至今。

元稹（779－831），字微之，河南洛阳人。他遭贬谪后不像白居易一样看破红尘，而是积极求变。有人说他是走宦官的路子，他后来回朝，一直做到宰相。虽然又受排挤，但仍出任武昌节度使，直至去世。

杜牧

如果把你读过的、喜欢的，甚至能背诵的唐诗，尤其是七绝统计一下，你会发现，其中有很大一部分都是杜牧的。

杜牧（803－852），字牧之。京兆万年（今陕西西安）人，居长安城南樊川别墅，人称"杜樊川"。他的出身是很高贵的，他的祖父是中唐名相，也是著名史学家、《通典》的作者杜佑。韦、杜二姓在当时是大姓，有"城南韦杜，去天尺五"之说。但是，到杜牧的时代，家道已经中落了。

年轻的时候，杜牧还是很有理想抱负的，他的愿望是"平生五色线，愿补舜衣裳"（《郡斋独酌》）。他敢论列大事，喜言兵，有宰相之才。他二十三岁写了著名的《阿房宫赋》。二十六岁进士及第，仕途却不甚得意。在江西、淮南、安徽等处做了十多年的幕僚。回长安后不久，又要求外放，历任黄州、池州、睦州等地刺史。理想与现实的差距实在太大了。有人说，他的要求外放，是因为京官清要，但俸禄不高；外官待遇要好得多。杜牧因家口之累，所以选择了挣钱多一些的地方官吏。恐怕更主要的原因，还是仕途的险恶。中唐后期到晚唐的政治局势，已经不是任何人可以改变左右得了的了。于是，杜牧选择了看似放浪的纵情诗酒的生活。

于是，人们会立刻想起他那首著名的《遣怀》：

> 落拓江湖载酒行，楚腰纤细掌中轻。
> 十年一觉扬州梦，赢得青楼薄倖名。

杜牧入淮南节度使牛僧儒幕，居扬州，不过两年。大概也是他人生最苦闷的时期，加上扬州是唐代最繁华的商业都会，不必讳言，"春风十里扬州路，卷上珠帘总不如"（《赠别》），"二十四桥明月夜，玉人何处教吹箫"（《寄扬州韩绰判官》）的生活曾让他流连，他也曾经倚红偎翠，俊赏风流，但这并不是真实的杜牧。

杜牧的诗歌，在中唐后期与李商隐齐名，称"小李杜"。他又与杜甫并称，杜甫称"老杜"，他称"小杜"。这并非因为他们同姓，而是因为他的诗歌继承了杜甫忧国伤时、指斥时弊的精神。比如他的《过田家宅》：

安邑南门外，谁家板筑高。

奉诚园里地，墙缺见蓬蒿。

他的诗，常常借咏古以讽今，如《泊秦淮》：

烟笼寒水月笼纱，夜泊秦淮近酒家。

商女不知亡国恨，隔江犹唱《后庭花》。

他的咏物抒怀，酬应赠答等诗也多有精彩之作。尤其是七绝，成就更高。明杨慎论唐人绝句，以为"擅场则王江宁（王昌龄），骖乘则李彰明（李白），偏美则刘中山（刘禹锡），遗响则杜樊川"。他的七绝，流传极广，至今仍播在人口，我们随便可以举出许多：

千里莺啼绿映红，水村山郭酒旗风。

南朝四百八十寺，多少楼台烟雨中。

——《江南春》

远上寒山石径斜，白云生处有人家。

停车坐爱枫林晚，霜叶红于二月花。

——《山行》

这样的诗，在他的诗集中俯拾即是。清李调元说"杜牧之诗，轻倩秀艳，在唐贤中另是一种笔意。故学诗者不读小杜，诗必不韵"（《李调元诗话》），不是夸张之词。

李商隐

中唐后期以牛僧儒和李德裕为首的牛李党争，前前后后闹了四十年，两派党人完全是私人意气之争。牛党上台，则尽逐李党；李党上台，则尽逐牛党。这种党派之争，不仅使得中、晚唐时期本来就十分混乱的政治局面更加混乱，而且牵涉到几乎所有文人士大夫的升黜沉浮，而李商隐则是牛李党争的最大牺牲品之一。

李商隐（约812－约858），字义山，号玉溪生，又号樊南生、樊南子。祖籍怀州河内（今河南沁阳市），祖辈迁至荥阳（今河南郑州）。他幼时家贫，但力学不倦，除诗歌以外，主要学习古文（即韩愈、柳宗元推崇的散文），而不喜欢骈文。但是，虽然经过韩、柳"古文运动"，骈文的统治地位并没有被动摇，公私文告仍然采用骈文。如果要进入仕途，尤其是做幕僚，就必须会写骈文。当时牛党的重要人物令狐楚很赏识李商隐，就教他写作骈文，他因此算和牛党有了关系。

唐文宗开成三年（838），他入泾原节度使王茂元幕。王爱其才，把最小的女儿嫁给他。王茂元勉强算是李党之人，于是，李商隐和李党似乎也有了关系。

正是这种模棱两可的关系，使他一生贫困痛苦不堪。因为两派都视他为叛徒，两派上台他都是被打击排斥的对象，所以虽然进士及第，却一生郁郁不得志，当了一辈子的幕僚，穷愁潦倒一生。

命运注定李商隐只能是一个诗人。他与杜牧齐名，是中、晚唐时期最为著名的两大诗人。

李商隐的诗，在思想内容和艺术形式上都力追杜甫。虽然一生穷愁，但却关心政治，忧国伤时。他的六百余首诗歌中，这一类内容的诗歌几乎占了六分之一。他曾经仿杜甫《自京赴奉先县咏怀五百字》《北征》等诗，写了《行次西郊作一百韵》，描写了唐帝国的兴衰和当时社会黑暗、人民生活困苦不堪的现状，虽不及杜甫的深刻，也算是中、晚唐时期难得的史诗。

他的诗，更多的是抒情言志、咏史咏物之作，其中不乏精品，如著名的《安定城楼》：

迢递高城百尺楼，绿杨枝外尽汀洲。

贾生年少虚垂涕，王粲春来更远游。

永忆江湖归白发，欲回天地入扁舟。

不知腐鼠成滋味，猜意鹓雏竟未休。

他的爱情诗，情真意切，含蓄蕴藉，意境优美，语言华丽，确实有空前绝后的感觉，是最为人称道的。比如著名的《无题》之一：

相见时难别亦难，东风无力百花残。

春蚕到死丝方尽，蜡炬成灰泪始干。

晓镜但愁云鬓改，夜吟应觉月光寒。

蓬山此去无多路，青鸟殷勤为探看。

李商隐的诗歌，感情深厚，语言华美，与盛唐大家相比，也不遑多让。但是他的诗有一个最大的特点，也许可以算是缺点的，是较晦涩，有的诗不太好懂。所以元好问《论诗绝句》都说："诗家总爱西昆好，独恨无人作郑笺。"究其原因，第一是避祸，须知祸从口出，有时不得不隐晦一些。第二是用典太多，鲁迅曾说：

"玉溪生清词丽句，何敢比肩，而用典太多，则为我所不满。"但这种诗风，恰恰被后代一些文人所激赏，如宋初杨亿等人的"台阁体"诗，力学李商隐，也被称为"西昆体"。

晚　唐

皮日休

皮日休的命运有一点像王维。王维陷于安禄山，皮日休则陷于黄巢。安禄山称帝后，王维做了伪官；黄巢称帝后，皮日休做了翰林学士。但是，他的命运却没有王维好。王维在安史之乱后保全了性命，而且继续做他的官；皮日休却因此送了命。他的死，一说是被黄巢所杀。据说黄巢为了让自己的称帝合法化，也搞了点"君权神授"的小把戏，那就是仿效前人作谶语，就像当年陈胜起义的时候让吴广学狐狸叫"大楚兴，陈胜王"；黄巾起义的时候张角教人散布"苍天已死，黄天当立。岁在甲子，天下大吉"一样。作谶语的任务交给了皮日休，他就写了"欲知圣人姓，田八二十一；欲知圣人名，果头三屈律。"隐"黄巢"之名。黄巢头长得丑，鬓边的头发短短的，不能完全梳上去，所以他认为皮日休是在挖苦他，就把他杀了。

皮日休的诗歌创作有一点像白居易。他的诗歌有两大类。一类是继承白居易新乐府而创作的针砭时弊的乐府诗，皮日休称之为"正乐府"。一类是与陆龟蒙等人诗酒唱和、吟风诵月、模山描水之作，如白居易的"闲适诗"。

皮日休（约840－约880），字袭美，一字逸少。居鹿门，自号鹿门子，又号醉吟先生。襄阳（今湖北襄樊）人。他在咸通六年（865）登进士第，做过苏州刺史从事、著作郎、太常博士等官。他受孟子民贵君轻及仁政爱民思想影响很大，对黑暗的社会现实十分不满。他对当时乐府"唯以魏、晋之侈丽，陈、梁之浮艳"也很不满，主张乐府应该继承《诗经》以来的美刺作用，"诗之美也，闻之足以观乎功；诗之刺也，闻之足以戒乎政"（《正乐府序》）。他的《正乐府》十篇和《三羞诗》三篇，是继元、白"新乐府"诗以后最有斗争性的诗歌。

至于他的其他诗歌，成就不是太高。

陆龟蒙

陆龟蒙虽然做过几任幕僚，但是基本上算是一个隐士。他是苏州人，没有考中进士，后来干脆隐居松江甫里，自称甫里先生，又号天随子、江湖散人。他和皮日休是好朋友，经常诗酒往来，世称"皮陆"。

他在甫里有田数百亩，本来算得上是个小地主，但是因地势低下，经常被水淹，收成大概也不是很好。他除了常常亲身参加农田劳作以外，最喜欢在船上准备好书籍、茶具、笔墨、钓具，然后在太湖中泛舟往来，很有点逍遥自在。

陆龟蒙的诗，很多是与皮日休诗酒唱和之作，写茶酒渔樵及山水景色的不少，有一些诗描绘的是远离城市的山乡小景、淡泊情调，清新可味，如《奉和夏初袭美见访题小斋次韵》：

四邻多是老农家，百树鸡桑半顷麻。
尽趁晴明修网架，每和烟雨掉缫车。
啼莺偶坐身藏叶，饷妇归来鬓有花。
不是对君吟复醉，更将何事送年华。

陆龟蒙并非不理世事的烟波钓徒，他的小品文斗争性就很强。在他的诗歌中，有时也会流露出一些豪壮之气。如《别离》：

> 丈夫非无泪，不洒离别间。
> 杖剑对尊酒，耻为游子颜。
> 蝮蛇一螫手，壮士即解腕。
> 所志在功名，离别何足叹。

不过这样的诗歌在他的诗集中并不多见。

司空图

东汉时的郑玄，遍注群经，算得上是一位大儒，是很受人尊敬的，他所住的地方，被称为"郑公里"，据说黄巾起义的军队打到这里，都会绕道而行，不去骚扰的。

唐末的司空图，也是处在乱世，但是，他所居住的中条山王官谷，也是强盗都不去光顾的，好多人因此逃入王官谷，保全了性命。

司空图（837－908），字表圣，晚年自号知非子、耐辱居士。河中虞乡（今山西临猗）人。他生在唐末，这时唐王朝的覆亡已是不可避免的了，在这样的社会要生存下来已经很不容易，要做到立身行事、学识文章让人佩服，就更不容易，但司空图基本上做到了。

他的人品算是不错的。早年受到王凝的赏识，于咸通十年（869）参加科举考试，试官就是王凝，取他为第四名。他感谢王凝的知遇之恩，就一直追随王凝左右，入王凝的幕府。朝廷征召他为殿中侍御史，他不忍离开王凝，被人弹劾，贬为光禄寺主簿，分司东都（洛阳）。宰相卢携罢相后居洛阳，很欣赏司空图的人品学问，与之交往。卢携还朝，提拔他为礼部员外郎，不久升为郎中。

黄巢起义军攻破长安，司空图赶到咸阳，并在凤翔行在见到唐僖宗。僖宗很感动，委他为知制诰，升中书舍人，但他很快就辞官不做，唐昭宗时，回中条山隐居去了。朱全忠篡位，召他为礼部尚书，他不去。唐哀宗被杀，他听到消息，呕血数升，绝食而亡。

司空图是诗人，更是诗歌理论家。他于诗主张"韵外之致""味外之旨"（《与李生论诗书》）。他的《二十四诗品》，是古代诗歌理论中的重要著作。

司空图本人的诗，表现的是一种避世心态的隐士情怀，风格淡泊，与皮日休、陆龟蒙等相似，但成就不是很高。

杜荀鹤

顾云是杜荀鹤年轻时候在九华山一起读书的好友，他在为杜荀鹤的诗集《唐风集》作的《序》中称赞杜荀鹤的诗"雅丽清苦激越之句，能使贪吏廉，邪臣正，父慈子孝，兄友弟悌，人伦之纲纪备矣。其壮语大言，则决起逸发"，可以"左揽工部（杜甫）袂，右拍翰林（李白）肩"，对他的评价非常之高。

杜荀鹤的人品常常受到后人的诟病。主要是因为他和朱温的关系。

朱温，就是后梁的开国之君朱全忠。他本是黄巢手下的一员大将，不久即降唐，最后逼唐哀帝禅位，建立了后梁帝国。作为黄巢的叛将、唐室的贰臣，当然是臭名昭著的，但他对杜荀鹤却有知遇之恩。

杜荀鹤游大梁时，曾献诗十首给朱温，希望他能轻徭薄赋，减轻人民的负担。但当时正在打仗，需要大量的军费开支，朱温没有采纳。于是，杜荀鹤又改献颂德诗三十章给朱温。朱温很高兴，送他到礼部应试，中第八名进士，并表荐他为翰林学士，但不久杜荀鹤就病死了。

杜荀鹤早年读书九华山，但多次参加科举考试，连败文场。他游历过安徽、浙江、福建、广西、江西、湖南、湖北、河北、河南等地，亲眼见到晚唐社会经济凋敝、民不聊生的景象。他的诗歌，多少继承了杜甫和白居易的精神，对民生疾苦有深刻的反映，对贫苦大众寄予了深切的同情。比如著名的《山中寡妇》：

夫因兵死守蓬茅，麻苎衣衫鬓发焦。
桑柘废来犹纳税，田园荒后尚征苗。
时挑野菜和根煮，旋斫生柴带叶烧。
任是深山更深处，也应无计避征徭。

他对那些残害百姓的官吏是非常痛恨的，在诗中对他们进行了大胆的讽刺和挞伐，如著名的《再经胡城县》：

去岁曾经此县城，县民无口不冤声。
今来县宰加朱绂，便是生灵血染成。

这些诗歌，在晚唐诗坛中是相当杰出的。

罗隐

《唐才子传》中记载了罗隐这样一个故事：

罗隐早年家贫，他进京应考，路过钟陵，遇到一个名叫云英的营妓，色艺俱佳。过了十多年，罗隐仍然没有中试，再过钟陵的时候，又遇到还在做营妓的云英。云英开玩笑说："罗秀才还是布衣啊？"罗隐写了一首诗赠给云英："钟陵醉别十余春，重见云英掌上身。我未成名英未嫁，可能俱是不如人。"罗隐才高，云英色艺兼美，如何是不如人呢？只是社会没有给他们机会罢了。明代屠中孚说："若《答云英见诮》及《题新榜》二绝，真堪为之涕落。"（《刻罗江东集序》）

罗隐一连考了十多年都没有考上，牢骚肯定是有的。晚唐的黑暗是不容讳言的客观存在，罗隐写了许多小品文，都是"愤懑不平之言，不遇于当世而无所以泄其怒之所作"（方回《谗书·跋》）。他把它们汇集为《谗书》行世，当然引起当政者的不满，也等于断绝了自己的仕进之路。

罗隐也是诗人，他的诗，有不少是和《谗书》的思想一致的，也有许多名篇秀句流传至今，比如《蜂》：

> 不论平地与山间，无限风光尽被占。
> 采得百花成蜜后，为谁辛苦为谁甜？

《自遣》：

> 得即高歌失即休，多愁多恨亦悠悠。
> 今朝有酒今朝醉，明日愁来明日愁。

还有著名的《雪》：

> 尽道丰年瑞，丰年事若何？
> 长安有贫者，为瑞不宜多。

都说瑞雪兆丰年，就算明年是丰年又如何？老百姓仍然吃不饱穿不暖。更何况现在长安的贫穷之人就多得很，无衣无食，这样的雪天，如何熬得过？这样的祥瑞之兆，还是少一点吧。在晚唐诗人中，罗隐诗歌的思想性还是相对较高的。

韦庄

你知道现存的唐诗中，哪一首最长吗？它就是晚唐诗人韦庄创作的长篇叙事诗《秦妇吟》。这首诗长期失传，20世纪初，在敦煌重新发现。全诗长达一千六百六十六字，与《孔雀东南飞》《木兰辞》并称"乐府三绝"。

韦庄（约836 - 约910），字端己，京兆杜陵（今陕西西安）人。据说是唐初宰相韦见素的后人。年轻时家贫，力学不倦，才华过人。但科场一直不甚得意。广明元年（880），他已经四十五岁了，又到长安赶考，却遇上黄巢义军攻入长安。一直到中和二年（882），才离开长安去洛阳。中和三年春（883）写下了著名的《秦妇吟》。诗歌的主人公是一位从长安逃难出来的女子，即"秦妇"。通过她的述说，描写黄巢起义军攻占长安、称帝建国，与唐军反复争夺长安以及最后城中被围绝粮的一段历史。诗中有对所谓起义军"暴行"的揭露，也描写了统治阶级的仓皇失措和腐败无能。它选择典型的情节和场面，反映重大历史事件的复杂矛盾，艺术性很高。出于一些忌讳，韦庄晚年严禁子孙提及此诗，也未收入《浣花集》，致此诗长期失传。

韦庄的晚年是比较风光的。他于乾宁元年（894）五十九岁时登进士第，后来在四川结识了西川节度使王建。王建称帝后，任命他为前蜀宰相。七十五岁卒于成都花林坊。

韦庄应该算是从晚唐到五代过渡一个重要诗人。他的词比诗名气更大。

韦庄是五代时"花间派"的重要词作家。他的词虽然不离"花间派"多写男欢女爱、离愁别恨的藩篱，但内涵较其他作家深刻，艺术形象也更生动，语言更精美。如著名的《菩萨蛮》：

> 人人尽说江南好，游人只合江南老。春水碧于天，画船听雨眠。　　垆边人似月，皓腕凝霜雪。未老莫还乡，还乡须断肠。

韦庄的诗，写宦游羁旅、赠答送别、咏史怀古、对景抒怀，与词的风格大不相同，也有一些写得很好并千古传诵的，比如《台城》：

> 江雨霏霏江草齐，六朝如梦鸟空啼。
> 无情最是台城柳，依旧烟笼十里堤。

后人对韦庄的诗词评价都很高。清代翁方纲称他"胜于咸通十哲（指方干、罗隐、杜荀鹤等人）多矣"（《石洲诗话》）。王国维认为他的词比温庭筠好，说"端己词情深语秀"，"要在飞卿之上"，"温飞卿之词，句秀也；韦端己之词，骨秀也"（《人间词话》）。

名篇赏析

野望／王绩

> 东皋薄暮望，徒倚欲何依。
> 树树皆秋色，山山唯落晖。
> 牧人驱犊返，猎马带禽归。
> 相顾无相识，长歌怀采薇。

这首诗是初唐诗人王绩归隐故里时所作，不仅是他的诗歌中最好的一首，也是初唐诗坛最为成功的五律之一。

很多人讲诗，都打着孟子"知人论世"的幌子，实际上是以己意解诗，讲出了许多连作者本人可能都不知道的兴寄情怀。

比如这首《野望》，本是作者在秋天的傍晚闲游中，对落日余晖下的山中美景的描绘，却被有的人赋予了太多的彷徨苦闷情绪。古人模山描水，或为自然美景所感动，或借写景抒写情怀，但一首诗总有一个侧重，并不是二者都必须兼顾的。杜甫《绝句》："两个黄鹂鸣翠柳，一行白鹭上青天。窗含西岭千秋雪，门泊东吴万里船。"不过写眼前所见之景，目遇之成色，耳闻之成声，如是而已。如果你非要说以"千秋雪"喻高洁，以"万里船"喻志向，杜公有知，可能也会哑然失笑了。

杜甫也有一首《野望》：

西山白雪三奇戍，南浦清江万里桥。

海内风尘诸弟隔，天涯涕泪一身遥。

唯将迟暮供多病，未有涓埃答圣朝。

跨马出郊时极目，不堪人事日萧条。

　　这首诗虽题名《野望》，但于望中所见，除首联以外，几乎没有提及，这是感时伤怀、托物言志的类型。王绩的《野望》，与杜甫诗显然并不相同，他所写的，就是望中所见的秋日薄暮景色。

　　首联中，东皋是地名，大概是王绩家乡的一座小山，王绩因此自号"东皋子"。"徙倚"是徘徊，这里并没有彷徨的意思，不过就是走来走去而已。"欲何依"，很多人都讲为找不到依靠，甚至说是化用曹操《短歌行》"月明星稀，乌鹊南飞，绕树三匝，何枝可依"的意思。其实都错了。这首诗如果一开头就如此沉闷，下面根本就无法写了。"欲何依"的意思，是想找一个可以靠一靠，歇一歇的地方，好像陶渊明在《归去来兮辞》中所说的"抚孤松而盘桓"。

　　二、三两联，是望中之景，也是全诗最精彩的部分。"树树皆秋色"，是什么样的"秋色"？是飘落的黄叶，还是如火的红枫；是挺拔的秃枝，还是苍翠的松柏。"山山唯余晖"，夕阳的余晖，为一座座山头抹上明亮的橙红。如此壮美的秋景，"不似春光，胜似春光"（毛泽东《采桑子·重阳》），哪里有一点点"悲哉秋之为气也"（宋玉《九辩》）的悲凉？披着一身夕阳，牧童赶着牛羊下山了，猎手带着猎物回来了，静止的秋景图画因为人物的动作也生动起来了。诗人用极简练的笔墨，为我们勾画出一幅田园牧歌式的秋山薄暮图。

　　"相顾无相识"也是写实，勾引起诗人淡淡的落寞之感。"采薇"，用的是《诗经·召南·草虫》"陟彼南山，言采其薇。未见君子，我心伤悲"之意，倒不必一定要牵上伯夷、叔齐不食周粟的事，因为无论于隋于唐，都挨不上。

这首诗已经基本脱离六朝诗歌的藩篱，无论意境、格律、用语都是比较典型的唐诗了，尤其是格律成熟，平仄粘对，二、三联的对仗都很工稳，在初唐诗坛中是不多见的。而"徙倚欲何依"一句，多少可以看出一点受六朝诗歌影响的痕迹。

在狱咏蝉／骆宾王

> 西陆蝉声唱，南冠客思深。
>
> 不堪玄鬓影，来对白头吟。
>
> 露重飞难进，风多响易沉。
>
> 无人信高洁，谁为表予心。

蝉是害虫，今天的人都知道，它用嘴上细细的管子吸食树的汁液。但是古人不知道，好像从来没有看见它吃过东西，于是认为它只是餐风饮露，而且尽日高歌，与世无争。这不是一副理想中的高洁之士的形象吗？于是单调枯燥的蝉声也似乎变得动听了，有了"蝉吟""蝉鸣""蝉唱"等美丽的称谓。古人的作品中，咏蝉的诗词也就多起来。比如虞世南的《蝉》："垂绥饮清露，流响出疏桐。居高声自远，非是借秋风。"而且把自己的清廉高洁寄寓于蝉，比如李商隐诗："烦君最相警，我亦举家清。"（《蝉》）而所有的咏蝉诗，最好的还是骆宾王这首《在狱咏蝉》。

首先，咏蝉的地点就很特别，是在监狱中。骆宾王生活在武

名篇赏析

后时期，史书说他"数上书言事"，他大概还是书生意气，并不完全懂得政治。武则天要靠严刑峻法来立威，你却在那里唱反调，而且言辞激烈，当然会触怒武后，被抓进监狱了。骆宾王此时的心情，一是怨，"本为圣朝除弊事"（韩愈《左迁蓝关示侄孙湘》），结果却成了罪人；二是惧，他在诗的《序》中就说"见螳螂之抱影，怯危机之未安"；三是盼，盼有人把他的清白、他的高洁、他对朝廷的一片忠心表白于天下。于是，听到秋吟的蝉声，有感而发了。

"西陆"是秋天，古代天文学认为太阳循黄道运行，行到"西陆"，就是秋天了。"南冠"是囚犯的代称，典出于《左传》成公九年。"玄鬓"指蝉。蝉的翅膀几乎是透明的，魏文帝时有宫人制蝉鬓妆。"白头"是作者自谓。骆宾王当时尚不到四十岁，头发不应该白了，不过是借指忧思之深。

诗人在这里用了"不堪"。可见蝉吟蝉唱带给他的不是赏心悦目，而是心烦意乱。他不堪的是什么呢？诗歌在这里渐入主题了。

蝉有翅膀，可以自由飞翔；声借秋风，可以远远传闻。但是，当露水打湿了翅膀，蝉也就飞不起来了；当风太大了，鸣声也会很快被吹散。这两句明显是以蝉自况了。我现在被系在囹圄，处境艰难；我申冤表白的呼喊，有谁能够听见？

诗的最后一联，道出了诗人的尴尬，也道出了诗人的期望。"谁为"就是"为谁""向谁"的意思。没有人相信我的高洁，我去向谁表白我的心呢？我们不妨把它理想解为"谁来"，诗人是在大声地呼唤："谁来为我仗义执言，向朝廷表白我的高洁情操和忠诚之心呢？"

送杜少府之任蜀川／王勃

城阙辅三秦，风烟望五津。
与君离别意，同是宦游人。
海内存知己，天涯若比邻。
无为在歧路，儿女共沾巾。

"黯然销魂者，唯别而已矣。"江淹的《别赋》一开头，就道尽了离别带给人的销魂之苦。古代的文学作品中，写离愁别恨的作品多如恒河沙数。赠别诗，成为古代诗歌中的一种类型。这一类的诗，大多写得哽咽凄苦，令人不忍卒读。离愁别恨，似乎成为赠别诗的基调。宋吴文英干脆说："何处合成愁，离人心上秋。"（《唐多令·惜别》）元人散曲，有许多都以"想人生最苦别离"为首句。

赠别诗中，也有一些不受此约束的，"劝君更尽一杯酒，西出阳关无故人"（王维《送元二使安西》），伤感中已带有豪壮；"莫愁前路无知己，天下谁人不识君"（高适《别董大》），无奈中又有朋友的安慰。李白的《赠汪伦》，更是把离别写得高高兴兴。没有悲悲切切，汪伦是踏歌而来为李白送行的，这符合李白浪漫的性格，所以称"桃花潭水深千尺，不及汪伦送我情"。

这一类的送别诗，大概都没有超过王勃这一首《送杜少府之任蜀川》的。其实这一首诗，千古传诵的也就是第三联"海内存知己，天涯若比邻"两句。如果抽去这两句，那么剩下的三联实在是太平常了。但加上这两句，却通体透亮，满室生辉。这就是

名篇赏析

119

所谓的"诗眼",也就是诗中的警句名言。

朋友离开京城去边远的蜀地做一个县尉一类的小官,心情肯定不好,"海内存知己,天涯若比邻",就是对朋友,也是对自己最好的宽慰。诗句的意思,是从曹植《赠白马王彪》中"丈夫志四海,万里犹比邻。恩爱苟不亏,在远分日亲"两句变化出来的,但是意境却要广阔得多。曹植的诗,尚未脱离亲情的局限。而王勃的诗句,则已经把这种关系推广到所有的志同道合的友朋。它已经成为一句经典名言,一直到今天,它仍然历久弥新。

代悲白头翁 / 刘希夷

洛阳城东桃李花,飞来飞去落谁家?
洛阳女儿惜颜色,行逢落花长叹息。
今年落花颜色改,明年花开复谁在?
已见松柏摧为薪,更闻桑田变成海。
古人无复洛城东,今人还对落花风。
年年岁岁花相似,岁岁年年人不同。
寄言全盛红颜子,应怜半死白头翁。
此翁白头真可怜,伊昔红颜美少年。
公子王孙芳树下,清歌妙舞落花前。
光禄池台文锦绣,将军楼阁画神仙。
一朝卧病无相识,三春行乐在谁边?
宛转蛾眉能几时?须臾鹤发乱如丝。
但看古来歌舞地,惟有黄昏鸟雀悲。

先说题目。有人说这是一首拟古乐府，又叫《代白头吟》，拟作的是汉乐府中相和歌楚调曲中的那首《白头吟》，郭茂倩《乐府诗集》、葛立方《韵语阳秋》干脆就题作《白头吟》，而闻一多则认为应该叫《代白头吟》。其实刘希夷的这一首《代悲白头翁》和汉乐府中那首《白头吟》是风马牛不相及的。

汉乐府中那首《白头吟》的作者是卓文君。她虽然是美女，是才女，但也会有年老色衰的时候，司马相如就有了纳妾的心，于是，卓文君就写了这首《白头吟》：

> 皑如山上雪，皎若云间月。
>
> 闻君有两意，故来相决绝。
>
> 今日斗酒会，明旦沟水头。
>
> 躞蹀御沟上，沟水东西流。
>
> 凄凄复凄凄，嫁娶不须啼。
>
> 愿得一心人，白头不相离。
>
> 竹竿何袅袅，鱼尾何簁簁。
>
> 男儿重意气，何用钱刀为。

这本身也是附会的东西，就像后来说赵孟頫想纳妾，管夫人写了那首著名的"你侬我侬，忒煞情多"，是一团泥捏的两个泥娃娃，然后把它们打破，重新和水，重新再塑两个泥娃娃，这时"我身子里有你，你身子里有我"，于是赵孟頫大为感动，打消了纳妾的念头一样。《白头吟》和《代悲白头翁》无论从内容到形式，都是一点也挨不上的。

这就是唐代流行的七言歌行。

刘希夷死的时候还不到三十岁，怎么就会有"悲白头翁"这样的想法呢？

人都要老，人都要死，人人都知道，但对待的态度就不一样了。有两种人，对此是超然旷达的，一种是功成名就之人，一种是豪壮之士。功成名就之人，奋斗过了，也成功了，回首往事，没有多少遗憾。豪壮之人，会发出"老骥伏枥，志在千里；烈士暮年，壮心不已"（曹操《龟虽寿》）的壮语。

但是，对于一般的人来说，尤其是有理想抱负而又没有实现的人来说，"白头"就有一点可怕了。所以，古人"叹老"，往往都和"嗟卑"连在一起的。

那么，还没有"白头"的人，对此又是什么态度呢？

消极的人就会及时行乐，"昼短苦夜长，何不秉烛游"（《古诗十九首》之一）。现在那些放任于夜生活中的人，大概也可以算是这一类。

积极的人就会珍惜时间，珍惜生命，积极进取，免得"少壮不努力，老大徒伤悲"（汉乐府《长歌行》）。

刘希夷的这首诗，以"洛阳城东桃李花"起兴，引起洛阳女儿见到桃花李花"飞来飞去落谁家"而联想到岁月催人老的感叹。这个意境，是从汉代宋子侯的《董娇娆》中化出来的。我们来看一看《董娇娆》：

> 洛阳城东路，桃李生路旁。
>
> 花花自相对，叶叶自相当。
>
> 春风东北起，花叶正低昂。
>
> 不知谁家子，提笼行采桑。
>
> 纤手折其枝，花落何飘飏。
>
> 请谢彼姝子，何为见损伤？

高秋八九月，白露变为霜。

终年会飘堕，安得久馨香？

秋时自零落，春月复芬芳。

何时盛年去，欢爱永相忘。

吾欲竟此曲，此曲愁人肠。

归来酌美酒，挟瑟上高堂。

两首诗所表现的情感，所使用的手法都十分相似。《董娇娆》中说花虽然"秋时自零落"，但"春月复芬芳"，而人却没有这么好的运气，只能是"何时盛年去，欢爱永相忘"了。刘希夷没有这样的感叹，只是告诫。"寄言全盛红颜子，应怜半死白头翁"，不是要"红颜子"们去同情那些"白头翁"，而是要在"白头翁"的身上看到自己的未来。那么，该怎样做，刘希夷没有说，大概也就是仁者见仁，智者见智吧。是消极，是积极，你自己选。

诗中最有名的是那两句据说是给他带来杀身之祸的名句"年年岁岁花相似，岁岁年年人不同"，这和张若虚《春江花月夜》中"人生代代无穷已，江月年年望相似"是同样的意思，都是传诵千古的不朽名言。

和晋陵陆丞早春游望／杜审言

独有宦游人，偏惊物候新。

云霞出海曙，梅柳渡江春。

淑气催黄鸟，晴光转绿蘋。

忽闻歌古调，归思欲沾巾。

这是杜审言和朋友的一首诗，也是他写得最好的一首诗。

陆丞的原诗已经找不到了，只是从尾联中可以推测出，原诗大概也是对景思乡之作。

题目中的"晋陵"，也就是现在的江苏常州，这不是他们相聚写诗的地方，应该是陆丞的籍贯。这种以籍贯或生地乃至以做官的地方与名字连起来称呼的习惯，在古人中非常常见。

第一联本来很平常，只是对"偏惊物候新"一句的理解，"物候"，指季节变化后的景物特征，这不难理解，关键是"惊"字。许多人都把它理解为对异乡景物的变化感到惊奇，如果是当地人，就不觉得奇怪了。这样的理解是完全不正确的，因为它和全诗的主旨一点关系都没有。诗人作为宦游在外的游子，时刻思念着故乡，当季节变化，感觉到"物候新"的时候，才突然觉得离家又是一年了，这才是诗人"惊"的原因。

律诗的结构，有时和八股文的"起、承、转、合"有点相似。所以接下来的二三两联，是承接首联，对"物候新"的具体描述。第二联气魄很大，炼字炼句尤其精彩，是唐诗中的名句。"曙"和"春"在这里都作动词用。两句的意思是：云霞伴着朝阳从海中升起，给天边抹上了一道曙红。梅花还在绽放，柳条已经吐绿，春天已经渡过大江，来到我们面前。

"淑气"指温暖的春天气息，它似乎在催着"黄鸟"（黄莺）早早地就在鸣叫了。"晴光"指阳光，它在"绿"（水草）的摇动中转折变幻。

尾联是"合"，即照应首联，如同散文的首尾呼应。在如此春光中，忽然听到歌古调，更勾起了思乡之情，不禁泪湿衣襟了。

杜审言是大诗人杜甫的祖父，杜甫称"吾祖诗冠古"（《赠蜀僧闾丘师兄》），虽然有点夸大其词，但是在初唐诗人中，杜审言堪称佼佼者，这首诗，也堪称上乘之作。

渡汉江／宋之问

岭外音书断，经冬复历春。
近乡情更怯，不敢问来人。

宋之问的人品极低，谄事武则天及其宠臣张易之、张宗昌，成为宫廷的御用文人。神龙元年（705）正月，宰相张柬之与太子典膳郎王同皎等逼武后退位，诛杀二张，迎立唐中宗，宋之问贬泷州（今广东罗定市）参军。宋之问是忘不了昔日的富贵荣华的，所以第二年就悄悄从泷州贬所逃归。途经汉江（指襄阳附近的一段汉水）时写了这一首诗。

俗话说"事不关心，关心则乱"。这里所说的"关心"，是过分在乎的意思。游子在外，没有家里的消息，是生，是死，是荣，是辱，都不知道。如果是一般的熟人朋友也就算了，但那是父母妻子，是自己最亲的亲人，他们现在会是什么样子呢？人们的思维习惯，总是怀着最美好的愿望，往最坏的结果猜测。我们先来看一首杜甫的诗。杜甫在"安史之乱"中从长安逃脱，到凤翔见到唐肃宗，写下了著名的《述怀》，诗中有这样的句子："去年潼关破，妻子隔绝久。今夏草木长，脱身得西走……自寄一封书，今已十月后。反畏消息来，寸心亦何有。"其心情和宋之问完全一样。

杜甫的"畏"，宋之问的"怯"，是对什么而言呢？古乐府中的《十五从军征》给了我们答案。一个十五岁从军，八十始得归的老兵，在回家的路上遇到了乡里人，问了一句"家中有阿谁"，得到的回答却无比残酷："遥看是君家，松柏冢垒垒。"家里的人都死光了。从这里我们找到了杜甫的"畏"和宋之问的"怯"的答案。

宋诗的第三句也不容忽视。用"近"和"更"两个词把诗人这种怔忡担忧的心情推向了顶点，读者读到这里，都不禁会替诗人捏一把汗。这首诗的艺术魄力正在于此。

有人说，宋之问写这首诗，说到"近乡情更怯，不敢问来人"，是因为他是从贬所偷偷逃跑回来的，用今天的话来说，是一个"逃犯"。所以离家乡越近，熟人越多，也就越"怯"，怕被认出来。这个理解也许没有错，也许更接近宋之问的本意。但是，文学艺术作品有时会超出作者的本意而带给人不同的艺术感觉。举一个例子：每年的维也纳新年音乐会，演奏的都是施特劳斯家族作曲家的作品。演奏的曲目年年不同，但有一支曲子却是年年不变的，那就是结束的那一首《拉德茨基进行曲》。其实这首曲子赞颂的那位"拉德茨基"，是 1848 年维也纳革命中一位保皇党的将军。而老约翰·施特劳斯写这一首进行曲，是为了鼓舞保皇党的气势。但是这首曲子真的是太美了，今天我们欣赏它，已经完全没有理会它的历史背景了。如果你真要去较真地挖出这一段历史，去阻止它的演出，倒真有点大煞风景了。

对宋之问的这首《渡汉江》，也应作如是观。

登幽州台歌 / 陈子昂

前不见古人，后不见来者。念天地之悠悠，独怆然而涕下！

坐在窗明几净的客厅书斋，在酒酣耳热之后来读陈子昂的这首诗，是找不到感觉的。

花样年华，锦衣玉食，蹦完迪，泡完吧之后来读陈子昂的这首诗，是找不到感觉的。

先来看一看这首诗写作的背景。

武则天时，镇守松潘（今属四川）的李尽忠叛，西北的契丹乘机举兵南侵，攻占了幽、冀、营三州。于是武则天派武攸宜率兵讨伐，陈子昂也在军中。武攸宜是武家子弟，完完全全的草包一个，根本不懂军事，所以一接仗就败。陈子昂给他提建议，他不但不采纳，还贬了陈子昂的官，陈子昂就是在这样极度郁闷的心情下登上了幽州台的。

幽州是古燕、赵之地，多慷慨任侠之风。幽州台，即蓟北楼、蓟台，传说是当年燕昭王为郭隗筑黄金台的地方。

郭隗是战国时的燕人。燕昭王想富国强兵，希望能招揽天下英才，向郭隗求教。郭隗让燕昭王为他筑一座黄金台，并师事他。燕昭王问原因，他说："我算不得什么人才，如果你按照我说的去做，天下的奇才异士认为我都能受到这样的礼遇，他们就更不用说了，一定会来投奔燕国的。"燕昭王照他的话做了，果然，四方的能人异士都跑到燕国来了，燕国也因此强大起来。后代的人，都希望能遇到一个像燕昭王这样的君主，陈子昂也不例外。他有一首《燕昭王》诗：

南登碣石馆，遥望黄金台。

丘陵尽乔木，昭王安在哉！

霸图今已矣，驱马复归来。

就把自己这种希望和失望表达得十分清楚。所以他登上幽州台，想到像燕昭王这样的君王早已作古，而自己是遇不到了，天地悠悠，四顾茫茫，路究竟在哪里？前途究竟如何？他自己都看不清，道不明，所以，就只有"怆然而涕下"了。

陈子昂是一个有大抱负的人，在历史上，也有过巨大的贡献，所以，他的悲愤，是可以感天地而泣鬼神的。

春江花月夜 / 张若虚

春江潮水连海平，海上明月共潮生。
滟滟随波千万里，何处春江无月明。
江流宛转绕芳甸，月照花林皆似霰。
空里流霜不觉飞，汀上白沙看不见。
江天一色无纤尘，皎皎空中孤月轮。
江畔何人初见月？江月何年初照人？
人生代代无穷已，江月年年只相似。
不知江月待何人，但见长江送流水。
白云一片去悠悠，青枫浦上不胜愁。
谁家今夜扁舟子？何处相思明月楼？
可怜楼上月徘徊，应照离人妆镜台。
玉户帘中卷不去，捣衣砧上拂还来。
此时相望不相闻，愿逐月华流照君。
鸿雁长飞光不度，鱼龙潜跃水成文。
昨夜闲潭梦落花，可怜春半不还家。
江水流春去欲尽，江潭落月复西斜。

斜月沉沉藏海雾，碣石潇湘无限路。

不知乘月几人归，落月摇情满江树。

　　不用看内容，仅仅是诗名，就已经令人陶醉。再细读全文，大有不知今夕何夕之感。于是从古至今，喜爱它的人无数，评价它的文章也无数。

　　古人很聪明，知道要评价它很难，所以只虚说，什么"以孤篇压倒全唐"呀，什么"孤篇横绝，竟为大家"（清王闿运）呀；闻一多也很聪明，说它是"诗中的诗，顶峰上的顶峰"（《宫体诗的自赎》），不接触实质，但你又不得不承认他们说得对，说得好。

　　但是，自己读着这诗，总不会只有这点感觉；如果要想把自己的感觉，或者把自己理解的张若虚诗歌的意境说出来，帮助初学者更好地理解和欣赏这篇名作，也总不能仅仅就上面那几句话就行了。但是，正像很难用语言去形容西施、王嫱的美貌一样，赏析这首名诗同样很难。

　　很多赏析文章，从不同的角度，以不同的理解去欣赏这首诗，但总觉得没有搔着痒处。最大的问题，是太粘着于题目。老是认为全诗紧扣着"春、江、花、月、夜"五个字来写，而且还有人因为"江"字在诗中出现最多，于是把"江"和"月"作为"主题中的主题"。其实，《春江花月夜》是乐府古题，是陈后主首创的。陈后主的原诗已不可见，不知道他以此为题的初衷，但题目确实很美。张若虚用此题目作诗，如果真的紧扣"春、江、花、月、夜"五个字来写，那只能说他不会写诗，也决然写不出这样的好诗。为什么？散。正像现在的许多赏析文章分析得"散"，有时自己都不知道在说什么一样。

　　这首诗从头到尾只写了一样东西——月，其他的全是陪衬。

名篇赏析

古人对月亮有一份特殊的感情，从《诗经》开始，就有对月亮的描写赞美。《陈风》中有一篇叫《月出》的诗说："月出皎兮，佼人僚兮。"此后的诗人，就不断地讴歌它，赞美它。为什么呢？原因主要有两个。

首先，月亮不仅本身很美，而且在或明亮或朦胧的月光下，原本平常的景物会变得有一种清丽脱俗、超凡入圣般的美。在美学上，有人称之为"移世界"。什么叫"移世界"？就是改变世界，但并不是真的改变，而是让我们有不同的美感而已。这个词语出自明代张大复的《梅花堂笔谈》："邵茂齐有言：'天上月色，能移世界。'果然，故夫山石泉涧、梵刹园亭、屋庐竹树、种种常见之物，月照之则深，蒙之则净；金碧之彩，披之则醇；惨悴之容，承之则奇；浅深浓淡之色，按之望之，则屡易而不可了。以至河山大地，邈若皇古；犬吠松涛，远于岩谷；草生木长，闲如坐卧；人在月下，亦尝忘我之为我也。"

这样的感觉，相信人人都是有过的。

其次，望着天上的圆月或是残月，沐浴着清冷的月光，望着月光下的奇丽景色，总是会让人产生丰富的联想，触动我们感情的琴弦。月下思亲、月下思乡、月下伤己、月下怀人，因此也就有了月下徘徊、月下独酌、月下起舞、月下行吟之举。

明白了这一点，我们就可以来读张若虚的《春江花月夜》了。

"春江潮水连海平，海上明月共潮生。滟滟随波千万里，何处春江无月明。"诗人站在春潮泛泛的江边，看着春水滚滚东去，一直到大海。一轮明月和潮水一起，从海上升起。月色下的滟滟波光，千里一色，让诗人联想到了月光的浩瀚，"何处春江无月明"。

下面的四句，就完全是月光"移世界"的具体景色了。

江流宛转，萦绕着花木扶疏的芳甸，在月光的照耀下，花林中无论红花黄花紫花，全都变成了白色的霰雪一般。皎洁的月光，像让人感觉不到的飞霜流动，远远望去，江上汀洲的白沙，融入了这银色的世界之中，看不见了。这是多么美的一幅月下春江图画啊。

"江天一色无纤尘，皎皎空中孤月轮"是一个过渡句，从江边的景，过渡到纤尘不染的天空中，高悬的一轮明月，引起了诗人无穷的遐思。

诗人的思绪是由远及近，由抽象而具体的。

望着天上的一轮明月，不禁生出"江畔何人初见月，江月何年初照人"的疑问，就像李白的"青天有月来几时？我今停杯一问之"（《把酒问月》），苏轼的"明月几时有，把酒问青天"（《水调歌头》）一样，是一个看似深奥，实际上并没有多大实际意义而又无法回答的问题，其旨在引起下文的感叹。李白说"今人不见古时月，今月曾经照古人"，苏轼说"但愿人长久，千里共婵娟"，才是感叹，用月的永恒，反衬人生的短促，也就是张若虚所说的"人生代代无穷已，江月年年只相似。不知江月待何人，但见长江送流水"。

月亮带给人们的，不仅是对时空、人生的永恒思考，也带给人们种种感受和联想。"明月何皎皎，照我罗床帏"，"客行虽云乐，不如早旋归"，这是月光引起的《古诗十九首》的作者的乡思。这种乡思被李白用最简明的语言表现得淋漓尽致：

> 床前明月光，疑是地上霜。
> 举头望明月，低头思故乡。

——《静夜思》

名篇赏析

他甚至大发奇想："欲斫月中桂，持为寒者薪。"（《赠崔司户文昆季》）

"今夜鄜州月，闺中只独看。遥怜小儿女，未解忆长安"（《月夜》），这是杜甫失陷长安时由月亮引起的浓浓思亲之情。他在成都的时候，想念在异地的弟妹，写过一首著名的《月夜忆舍弟》：

> 戍鼓断人行，秋边一雁声。
>
> 露从今夜白，月是故乡明。
>
> 有弟皆分散，无家问死生。
>
> 寄书长不达，况乃未休兵。

这种月夜思乡思亲的主题，被无数诗人反复吟咏，留下了无数优美的诗篇。

张若虚也从对着月亮神游八极的恍惚中回到现实生活中。

"白云一片去悠悠，青枫浦上不胜愁。"青枫浦实有其地，在湖南浏阳县境内。但此处是泛指，等于说游子客居的他乡。这个游子，也许是诗人自己，也许也是泛指。

但是，他没有继续发展下去，而是笔锋一转，从"扁舟子"（应该是如李白《宣州谢朓楼饯别校书叔云》中那些"人生在世不称意，明朝散发弄扁舟"的隐士）过渡到明月楼中的思妇。

"可怜楼上月徘徊，应照离人妆镜台。玉户帘中卷不去，捣衣砧上拂还来。"这"卷不去""拂还来"的是月光，也是无尽的相思、无奈的情怀。已经"春半"了，心上的人儿还没有还家，无奈之中，只愿我的心跟随着明月，一直照射着你，长伴着你。与后来李白《闻王昌龄左迁龙标遥有此寄》中著名的诗句"我寄愁心与明月，随君直到夜郎西"，有异曲同工之妙。

但这又能如何呢？月已西沉，晨雾已起，久伫江干，徘徊芳甸，这如诗如画的美景，更增添了对故乡，对亲人的思念之情。但是，碣石、潇湘，天南地北，故乡遥遥，亲人远别，对月长叹，冷月无声，是归去的时候了。像我这样月夜伤怀，乘月而归的人不知几许，天上的明月，应该是司空见惯了。它那清冷的月光，伴着游子思妇的思念之情，洒落在江边的芳树，摇曳在潋潋的波光之中。

回乡偶书／贺知章

> 少小离家老大回，乡音无改鬓毛衰。
> 儿童相见不相识，笑问客从何处来。

这首诗，被许多人讲得太沉重了。抓住"鬓毛衰"三字大做文章，什么自伤老大，什么久客伤老都出来了。甚至说抒发了山河依旧，人事不同，人生易老，世事沧桑的感慨。在诗中真的能看出来这些来吗？诗人真的要在这一首小诗中表达如此深沉的内涵吗？

贺知章自号"四明狂客"，风流倜傥，豪放旷达，是著名的"饮中八仙"之一。八十六岁时自己感到身体有些不适了，才上疏请度为道士，求还乡里。唐玄宗写了诗赠他，还把鉴湖一角赏赐给他。离京的时候，皇太子亲率百官为他饯行。可以说是荣耀之至了。他晚年好道，应该对生死荣辱看得很淡了，何况已经八十六岁，堪称高寿，还有什么人生易老的感慨。叶落归根，荣归故里，应该是高兴的事，是风光的事。

名篇赏析

所以，诗人是以平常心写这首诗的，我们欣赏它，也应该以平常心来看待。

诗写的是一件非常平常的事，年轻的时候离开家乡，归来的时候已经是白发苍苍了，唯一没有改变的，只有浓浓的乡音。在路边遇到几个家乡的小孩，居然问"我"这个生在这里的老乡亲是从什么地方来的。想来诗人此时是会哈哈大笑的，哪有什么悲？哪有什么恨？

这是一幅生动的风俗画，即使有一点点落寞，也是淡淡的，淡淡的。

使至塞上／王维

> 单车欲问边，属国过居延。
> 征蓬出汉塞，归雁入胡天。
> 大漠孤烟直，长河落日圆。
> 萧关逢候骑，都护在燕然。

王维是以"诗中有画"，"画中有诗"闻名的。他的许多诗，确实可以当作一幅风景画来欣赏。

《使至塞上》是应该归入边塞诗一类的，但是却和一般的边塞诗有很大不同。没有红旗半卷，没有戈矛相拨，没有短兵相接，没有轻骑追逐，也没有对立功封侯的期望，也没有对伤亡士卒的同情。就是一个奉命劳军的使臣，将一路的所见所闻平平常常一一写出来。

但是，这首诗却因为有了第三联而变得不平常了。

大漠是什么样子？"平沙莽莽黄入天"（岑参《走马川行奉送出使西征》），单调而枯燥，不要说山水林木，就是带一点几何图形的东西都没有。突然，远处一道直直升起的狼烟，打破了大漠的单调，虽然就是一条简简单单的直线。天边的落日，吸引人的不是绚丽的色彩，而是圆圆的形状。这种感觉，只有在那让人感到窒息的单调的茫茫黄沙中的人才会有。也正因为有了这一条直线、一个圆，天地间不再单调枯燥，大漠景色变得无比壮丽，而被王国维称为"千古壮观"。

送元二使安西／王维

渭城朝雨浥轻尘，客舍青青柳色新。
劝君更尽一杯酒，西出阳关无故人。

唐诗的歌法已经失传了，但是有一首唐诗，至今仍在演唱，虽然它的曲谱已经不是唐人之旧，但传唱一千多年，不能不说是一个奇迹。这首诗，就是王维的这首《送元二使安西》。

诗是为送别一位朋友出使安西而作。"元二"，本名叫"元常"，因排行第二，所以称"元二"。唐人常常以排行（古人称为"行第"）称呼，其实，就是现在称呼的"老几"，"元二"，就是"元老二"。有时候，还把行第夹在姓名中间，比如杜甫排行第二，有时就会被称作"杜二甫"。比如李白就有《鲁郡东门送杜二甫》诗。这种排行，有时是大排列，即亲、堂兄弟（甚至姊妹）一起排，所以有时行第会有好几十，如杜甫有诗《寄彭州高三十五使君适虢州岑二十七长史参三十韵》，可见高适排行三十五，岑参排行二十七，这当然是大排列。因为唐人的这种称谓习惯，有时候只有姓和排行，如这首诗中的"元二"，再比如杜甫《赠卫八处士》中的"卫八"，因为省略了名，这些人究竟是谁，有时就搞不清楚了（岑仲勉有《唐人行第考》一书，可以参看）。

做官的人出使公干，本来是很平常的事，就像今天的人常常会出差一样。送别的诗也就不少，好的也多，但是都没有这一首那么打动人心。有一个原因，是元二出使的地方比较特别——安西。

安西在今新疆维吾尔自治区库车县，唐代在此设安西都护府。那个时候，这里就是大漠穷边了。所以这次送别，就多了一点苍凉悲壮的意味。

"渭城朝雨浥轻尘，客舍青青柳色新。"点明了送别的地点是"渭城"。渭城，在今陕西咸阳市东北，渭水北岸。秦置咸阳县，汉代改称渭城县。李贺《金铜仙人辞汉歌》中说"渭城已远波声小"，说的也就是这个地方。

"劝君更尽一杯酒，西出阳关无故人"，是千古传诵的名句。"劝"字，在现代汉语中是"规劝"的意思，带有贬义，但在古汉语中却是"勉励""鼓励"的意思，略带褒义。所以"劝酒"和"劝架"不一样。"劝架"是劝人不要打架，而"劝酒"不是劝人不要喝酒，反而是劝人喝的意思。"劝"字在这里保留了古义。

为什么要劝朋友再喝干这一杯酒呢？因为西出阳关，就是黄沙莽莽，再没有"故人"，也就是老朋友了。感情苍凉而又真挚，十分感人。很快激起人们的感情共鸣。这首诗也立即被采制入乐，受到人们的普遍喜爱，至今犹传唱不辍。

《乐府诗集》卷八十说："《渭城》，王维之所作也，本送人使安西诗，后遂被于歌。"由于诗中有"渭城""阳关"字样，又被称作《渭城曲》《阳关曲》；因为演唱时有"三叠"的结构，又被称作《阳关三叠》。至于唐人如何"三叠"法，则众说纷纭，莫衷一是。白居易《对酒》五首之一"相逢且莫推辞醉，听唱《阳关》第四声"句自注说："第四声，'劝君更进一杯酒'。"指第三句"劝君更进一杯酒"为第四句，可见歌唱是确实有"叠唱"。

宋、元以后，许多人对《阳关三叠》进行过改编，现在传世的古谱尚有很多种。

过故人庄 / 孟浩然

> 故人具鸡黍，邀我至田家。
> 绿树村边合，青山郭外斜。
> 开轩面场圃，把酒话桑麻。
> 待到重阳日，还来就菊花。

自陶渊明以后，写田园诗的人就多起来了。但是，真正甘居田园，"身杂老农间"（陆游《晚秋农家》），亲身参加农业劳动的并不多，更多的是喜欢农村清新的空气、自然的风光，酒酣耳热之后，到田间走走。他们是旁观者，虽然也写了一些不错的田园诗，但是总觉得隔了一层。

孟浩然笔下的这位"故人"，可能并不是真正的农人，也许也是一位隐士，但至少已经是像陶渊明一样的人物了。鸡黍，在古代是指极简单的饭食，要么是因为家贫，要么是因为是非常要好的朋友。

领联写乡村景色，等于交代已经到了朋友家。最好的还是颈联。朋友相见，不谈国事，不谈抱负，甚至不谈佛论道，打开轩窗，面对场圃，只谈农事，只说桑麻。这让人不禁想起陶渊明的诗："相见无杂言，但道桑麻长。"（《归园田居》）这才是真正的田园生活，这才是真正的田园诗。

大概是有共同喜欢的话题，谈得投机，宾主尽欢，于是自然引出尾联，等到秋天收获的时候，我还会再来，与你把酒赏菊，庆祝一下丰收。

题破山寺后禅院／常建

清晨入古寺，初日照高林。
曲径通幽处，禅房花木深。
山光悦鸟性，潭影空人心。
万籁此都寂，惟闻钟磬音。

这是一首别具一格的山水诗。

佛教传入中国以后，寺庙就成为中国建筑中极具特色的一类。一般的寺庙，大约有两种类型。一种是修建在闹市通衢，便于人们拈香礼佛；一种是建于山林，利于僧众潜心修行。修建于山林的寺庙，往往与山水自然融为一体，别有韵味，后人有"天下名山僧占多"的说法。

山有佛寺，山水似乎也沾溉了禅性；寺靠名山，禅院似乎也增加了灵性。常建的这首诗，把二者都很好地表现出来了。

破山寺即兴福寺，在今江苏常熟破山。后禅院，即诗中所说的"禅房"。寺庙一般分两个部分，前面从山门开始，天王殿、大雄宝殿、法堂、菩萨殿、祖师殿、伽篮殿、罗汉堂等，是僧徒诵经礼拜的地方，也是善男信女烧香礼佛的地方，是对外开放的。而"禅房"，也叫"僧寮"，是僧人居住和少数高僧修行的地方，是不对外开放的，只有特殊的客人才能进入。

常建大概就属于这种特殊的客人，所以才有颔联的出现。因为如果仅仅是在前面随众参拜，是不需要经过什么"曲径"的。

这一联太精彩了！随着弯弯曲曲的小道，来到幽深的后院，寂静而带一点神秘色彩的禅房，掩映在花木丛中。没有禅语，却带有禅意。宋欧阳修十分欣赏这一联，曾经想仿此撰写一联，却终不可得。

颈联可以看作是两个倒装句式。"山光悦鸟性"，就是"鸟性悦山光"，雀鸟喜爱的，就是这寂寂的山光水色；"潭影空人心"，就是"人心空潭影"，到了这里，人心就像潭影一样清空，没有欲念，没有贪嗔。

写到这里，尾联已是呼之欲出。"万籁"，各种各样的声音，也包括了各种各样的欲念，到这里都放下了，心灵得以静化，一片空明，只有寺中的钟磬声，缥缈入云。

凉州词／王翰

葡萄美酒夜光杯，欲饮琵琶马上催。
醉卧沙场君莫笑，古来征战几人回！

先说一说作者。杜甫有一首《壮游》，可以看作是他的自传。诗的开头说他自己自小聪慧好学，才能出众，然后说"李邕求识面，王翰愿为邻"。把王翰和著名书法家李邕并称，可见王翰在当时名气还是很大的。他的诗现存十三首，最为著名的，就是这首《凉州词》。

因为国力强盛，盛唐时的边塞诗往往有一种慷慨赴敌的昂扬之气。但是，毕竟是战争，成，固然可以腰金衣紫、荫子封妻；败，则马革裹尸、白骨露野，"一将功成万骨枯"（唐曹松《己亥岁》），这是回避不了的现实。所以在出征之前痛饮一番，醉卧沙场是非常正常的事，不是像有的人所说的消极情绪，而是略带凄婉的豪壮。

欣赏这首诗不必去追求葡萄美酒的出处、夜光杯的精美，军中未必有这样的东西，这是诗歌的夸饰，于主题的关系并不是很大的。

出塞／王昌龄

秦时明月汉时关，万里长征人未还。

但使龙城飞将在，不教胡马度阴山。

因为有边患，才有边塞诗的出现，而边患，自周、秦时起，直到唐代都没有解决。多少健儿埋骨关山。诗人只用了十四个字，就把这千年的历史，浓缩在两句诗中。

"秦时明月汉时关"，使用的互文见义的修辞手法，意思是"秦、汉时的明月，秦、汉时的关"。对唐人来说，就应该理解为"明月还是秦、汉时的明月，关还是秦、汉时的关"。再引申下去，就是"边患还是秦、汉时的边患"。"秦家筑城备胡处，汉家还有烽火燃。烽火燃不熄，征战无已时。"（李白《战城南》）这烽火，一直燃到诗人所在的唐代。

下面两句诗就有些骨头了。

为什么边患老是不能解决呢？其中一个非常重要的原因，就是将帅的无能。"战士军前半死生，美人帐下犹歌舞。"（高适《燕歌行》）这样的将帅带兵，能不打败仗吗？

说到这里，让我想起《三国演义》中曹操在赤壁之败后的一段精彩表演。

曹操从华容道逃回南郡，"曹仁置酒与操解闷，众谋士俱在座。操忽仰天大恸。众谋士曰：'丞相于虎窟中逃难之时，全无惧怯；今到城中，人已得食，马已得料，正须整顿军马复仇，何反痛哭？'操曰：'吾哭郭奉孝耳！若奉孝在，决不使吾有此大失也！'遂捶胸大哭曰：'哀哉，奉孝！痛哉，奉孝！惜哉！奉孝！'众谋士皆默然自惭。"王昌龄在这里所使用的手法，和曹操如出一辙。如果龙城飞将李广在，胡马就不能度阴山为患。言外之意是说，现在这些带兵的将帅不过是一群饭桶。高适《燕歌行》结尾处说"君不见，沙场征战苦，至今犹忆李将军"，和这首诗是一个意思。诗贵含蓄，然而含蓄蕴藉中，着实淋漓痛快。

闺怨／王昌龄

闺中少妇不知愁，春日凝妆上翠楼。
忽见陌头杨柳色，悔教夫婿觅封侯。

这是一首著名的闺怨诗，但是轻捷明快，堪称盛唐闺怨诗的代表。

　　唐人进入仕途，求取功名富贵不外三途：一、朝廷征召。这需要闹出很大的名声或者有人引荐，但最为风光。李白走的就是这条路。二、科举。隋、唐以后直至清末，都是文人出身的正途。王维走的就是这条路。三、军功。艰苦、危险，但是来得比较快，升得也比较快。高适走的就是这条路。

　　这首诗中那位不知愁的少妇的夫婿，不管是走的哪一条路，反正是求取功名富贵去了，也就是诗中所说的去"觅封侯"了。妻子在家静候佳音，等待着凤冠霞帔的到来，当然不知道愁在何处。春天到了，化好妆，登上翠楼，望着明媚的春光，也许还看到了大好春光中踏春而来的对对情侣，她突然感觉到一阵空虚，这时候，要是丈夫陪伴在自己身旁，和自己一起沐春风，赏春景，那该多好呀！

　　这首诗所表现出来的淡淡的闺怨，是典型的盛唐气象。盛唐的恢宏之气，不仅让男子有杀敌报国、立功封侯的愿望而跻身仕途或慷慨从军，也弥漫到闺阁。杜甫的《新婚别》中那位结婚才三天的新媳妇，都鼓励丈夫"勿为新婚念，努力事戎行"。王昌龄笔下的少妇，有淡淡的失落，却没有深深的怨恨；有形只影单的寂寞，也有出人头地的期望。这也许正是千百年来打动读者的原因之一。

黄鹤楼 / 崔颢

　　　　昔人已乘黄鹤去，此地空余黄鹤楼。
　　　　黄鹤一去不复返，白云千载空悠悠。

晴川历历汉阳树，芳草萋萋鹦鹉洲。

日暮乡关何处是，烟波江上使人愁。

武汉黄鹤楼是天下四大名楼之一，耸立龟山脚下，面对浩浩大江，引来许多文人才子，登楼观览，题写诗赋。据说大诗人李白来到这里，也是诗兴大发，准备题诗一首。题诗之前，当然先要去看一看前人都写了些什么。当他看到崔颢的这首题诗的时候，愣住了，冥思苦索，搜尽枯肠，还是觉得无论如何都超不过崔诗，只好搁笔。据说他写下了这样一首诗："一拳打倒黄鹤楼，一脚踢翻鹦鹉洲。眼前有景道不得，崔颢题诗在上头。"

崔颢并不算一流的诗人，但是这一首能使诗仙搁笔的名诗，却使他永远名载史册。

黄鹤楼的得名，据说是因为有仙人曾经骑鹤过此，在楼上休息过。此诗既然是题咏黄鹤楼的，开始当然得应景言事。

首联平平，但恰到好处，为下文留足了地步。昔日那个仙人已经骑黄鹤而去了，这里只留下了黄鹤楼供人凭吊。起得平，下文的空间就足，想怎么说都行。如果起句太强，就像一部音乐作品，一来就是高潮，则下面就不知道该如何写了。从这个意义上讲，像李贺的那首《雁门太守行》首句"黑云压城城欲摧，甲光向日金鳞开"确实是名句，气势恢宏，但从整体章法上讲，就未必最好，下面的三联就明显太弱。不信，问问一般的读者，还记得下面的三联吗？《红楼梦》第五十回"芦雪庵争联即景诗"，大家商定联诗，并定了次序，"凤姐儿说道：'既是这样说，我也说一句在上头。'""凤姐儿想了半日，笑道：'你们别笑话我．我只有一句粗话，剩下的我就不知道了。'众人都笑道：'越是粗话越好，你说了只管干正事去罢。'凤姐儿笑道：'我想下雪必刮北风，昨夜听见了一夜的北风，我有了一句，就是"一夜北风紧"，可使得？'众人听了，都相视笑道：'这句虽粗，不见底下的，这正是会作诗的起法，不但好，而且留了多少地步与后人。'"讲得很有道理，曹雪芹是深谙作诗之法的。

颔联紧承首联，但却以黄鹤不返，"白云千载空悠悠"引出人们无限的遐思。

颈联写眼前之景，隔着滔滔江水，极目远望，林木葱茏，芳草萋萋，景色是如此壮美。于是很自然地逗起下文，引出全诗的主题——思乡。

这首诗被后人推为唐人七律第一，虽然不一定恰当，但至少应该是唐人七律中的超一流之作。

燕歌行/高适

汉家烟尘在东北，汉将辞家破残贼。男儿本自重横行，天子非常赐颜色。摐金伐鼓下榆关，旌旆逶迤碣石间。校尉羽书飞瀚海，单于猎火照狼山。山川萧条极边土，胡骑凭陵杂风雨。战士军前半死生，美人帐下犹歌舞！大漠穷秋塞草腓，孤城落日斗兵稀。身当恩遇恒轻敌，力尽关山未解围。铁衣远戍辛勤久，玉箸应啼别离后。少妇城南欲断肠，征人蓟北空回首。边庭飘飖那可度，绝域苍茫更何有！杀气三时作阵云，寒声一夜传刁斗。相看白刃血纷纷，死节从来岂顾勋？君不见沙场征战苦，至今犹忆李将军！

对于边患、征战、杀戮、胜败，政治家、军事家、统帅的看法和感受与普通文人或下层士卒是有很大不同的。

高适是唐代大诗人中居官最高者之一，也是真正有政治才能和将帅之能的人。他的边塞诗在唐人边塞诗中独树一帜，主要就是能够从宏观的角度去分析战争胜败得失的原因，所站的角度显然比一般的描写战争场面、边塞风光、同情士卒的诗要高明一些。或者说，是唐人边塞诗中的另一种类型。

诗的前面有一段小序："开元二十六年（738），客有从元戎出塞而还者，作《燕歌行》以示适，感征戍之事，因而和焉。"高适所感的"征戍之事"，是指开元二十四年（736）幽州节度使张守珪使安禄山讨奚、契丹，安禄山败；开元二十六年，部下赵琪等矫张之命，逼平卢节度使乌知义讨奚、契丹，又败。张守珪隐瞒败绩，反而上奏朝廷获胜之功。高适所说的"元戎"，就是张守珪。他所谓的"感征戍之事"，就是指此而言。

诗的前八句，写出征之事，"枞金伐鼓下榆关，旌旆逶迤碣石间"，何等气势。然而也隐斥了将帅的轻敌。所以紧接下来就是"校尉羽书飞瀚海，单于猎火照狼山"，大概是一接仗，唐军就败了，于是"羽书"由瀚海飞传：败了，而且败得很惨。为什么呢？"战士军前半死生，美人帐下犹歌舞。"如此鲜明的对比，如此昏庸无能的将领，正是战争失败的原因。

将领们可以全身而退，甚至冒领军功，而战士们却只有埋骨黄沙了。征人铁衣远戍，少妇城南断肠，带给人民大众的是多么巨大的伤痛。战士们仍然在阵前厮杀，将军们仍在帐中歌舞，令人不由得想起飞将军李广，其实也是对边将们最无情的指斥和鞭挞。

这首诗的艺术成就极高，称它为唐人边塞诗中的第一力作也不为过。全诗的语言非常生动形象，结构完整，气势很大。在修辞手法上，采用了对比的写法，以战士的以死报国与将帅的昏庸淫逸对比，情感张力非常强。虽然是七古，但却采用大量的律句入诗，平仄协调，对仗工稳，增加了诗歌的艺术感染力。

最可贵的，是诗人通过艺术的表现，揭示了战争失败的原因在于带兵的将帅贪功冒进、昏庸无能、纵情声色、不恤士卒。这样的仗再打下去，还是只有失败，只会给战士和他们的家人带来更大的痛苦和灾难。

走马川行奉送出师西征／岑参

君不见走马川行雪海边，平沙莽莽黄入天。轮台九月风夜吼，一川碎石大如斗，随风满地石乱走。匈奴草黄马正肥，金山西见烟尘飞，汉家大将西出师。将军金甲夜不脱，半夜军行戈相拨，风头如刀面如割。马毛带雪汗气蒸，五花连钱旋作冰，幕中草檄砚水凝。虏骑闻之应胆慑，料知短兵不敢接，车师西门伫献捷。

天宝十三载（754）到天宝十四载（755），岑参曾在名将安西北庭节度使封常清幕府任节度判官，亲身参与了西北边塞艰苦卓绝而又壮美异常的军旅生活。他最好的边塞诗，差不多都写于这一时期。

这一首《走马川行奉送出师西征》也写于此时，奉送之人，应该就是封常清。这首诗，读起来是有一点让人惊心动魄的。

岑参的边塞诗，以长于描写边地风光著称，构思奇特、语言奇丽。平沙莽莽，一直黄到天边；斗大的碎石，被风吹得满地乱走，这样的景象，未到过边地的人是难以想象的。生长在边地的人也是会魂悸魄惊、面红心跳的。如此写景，可谓先声夺人，人物尚未登场，气氛已十分紧张。

汉家大将就是在这样险恶的环境中出师了。紧接着是对行军、草檄等场面的描写，句句显示出部队的军威。结尾处很自然地转到对战事胜负的逆料，对献捷的乐观，首尾照应，一气呵成。

这首诗在结构上也非常有特色，打破了诗歌偶数句为单位的组合形式，采用十分罕见的三句一组，每组一转韵的句式结构，给人一种全新的韵律节奏感，当你在习惯上感觉还应该有一句的时候，它已经转入下一组意思，而且连用韵也改变了，给人一种非常紧凑促迫的节奏感，在古典诗歌中是不多见的。

杜甫曾经说"岑参兄弟皆好奇"（《美陂行》）。所谓"好奇"，其实就是能从与别人不同的角度去观察事物，能够用与别人不同的方式去描写事物。这首诗，正是非常形象地体现了岑参的"好奇"。

次北固山下／王湾

客路青山外，行舟绿水前。
潮平两岸阔，风正一帆悬。
海日生残夜，江春入旧年。
乡书何处达，归雁洛阳边。

什么样的诗才算好诗？从意境和字句结构上讲，主要有两种情况，一种是浑成，没有哪一句特别好，特别突出，但全诗意境高远，字句流畅，读起来惊心动魄或赏心悦目；另一种是有警句名言，即陆机《文赋》中所说的"立片言以居要，乃一篇之警策"，比如杜甫《自京赴奉先县咏怀五百字》中的"朱门酒肉臭，路有冻死骨"，白居易《赋得古原草送别》中的"野火烧不尽，春风吹又生"等即是。当然，警句之外的其他字句也不能太弱，要能与之相配，共同构成一个完美的整体，不然，就会像后人形容谢灵运等人的诗有佳句而无全篇了。

王湾的这首诗，显然属于后一类。这首诗的警策，就是颈联"海日生残夜，江春入旧年"。殷璠《河岳英灵集》说"'海日生残夜，江春入旧年'，诗人已来，少有此句"。明胡应麟《诗薮·内篇》说"海日"一联"形容景物，妙绝千古"。与王湾同时，既是名相又是名诗人的张说，把这两句亲手题写在政事堂上。那么，这两句诗究竟好在哪里呢？

我们还得回过头来，从题目说起。

诗的题目是《次北固山下》。北固山，在今江苏镇江北面的长江边上，三面环水。作者乘船路过这里，天色已晚，就泊舟山下，住了一晚。"次"，是临时驻扎的意思。这个字，在先秦典籍如《左传》《礼记》等书中经常用到，《礼记·檀弓上》郑注就说："次，舍也。"那么，"次北固山下"，就是停泊在北固山下。之所以在这里要费这么多精神去解释"次"字，是因为看到一些赏析文章，把这首诗讲成是行船中所见。比如有的人明明已经说是泊舟于北固山下所作，说着说着，又说是作者在岁暮残腊，连夜行舟。只图说得痛快，全然不顾前后矛盾，更不顾是不是真正理解了诗意。

这首诗写的是在泊舟北固山下休息了一晚上，第二天的拂晓时分所见。

"客路"，是归家的路。"青山外"是言其远，言其长，言其不可望更不可及，为诗的思乡主题和末尾的感叹预留伏笔。"行舟"，不是正在走的船，就是船。古人这样的用法很多。有一点像我们今天说"飞机""跑车"，不能理解为"正在飞着的机"和"正在跑着的车"是一样的。当年和我的老师王文才先生一起出去考察，他一路上写了些诗，也念给我们听，久了，差不多都忘记了，但还记得在奉节，也就是三峡的瞿塘峡口所写的一句诗"行舟小泊瞿塘口"，这"行舟"，也是停泊下来了的。所以"行舟绿水前"，就是船停泊在绿水前的意思。

"潮平两岸阔"，写长江的宽阔，没有什么歧义。只是有人说"阔"字本当作"失"，也就是宽得连两边的岸都看不见了。其实"失"表面看起来似乎更像形容长江的宽阔，但一是失实，因为长江还没有宽到那个程度，二是仍然不合事实。两岸都"失"到看不见，除非是把船停在江心，大概再另类的船夫，都没有这样停船的，所以，还是"阔"字好。

"风正一帆悬"，也是许多人讲错了的一句。"风正"被讲成了"顺风"，而且还是"和风"，这样，才能"一帆悬"，说是船帆高高地端端正正地挂起的样子，而且，这船，又说成了作者乘坐的那一艘。这里又有一个常识问题，船在停泊的时候，帆一定是落下来了的。所以作者所说的，应该是看到江中驶过的另一艘船的帆。那么"悬"字怎么讲呢？当然不是"端端正正高挂着的样子"，而且还特别交待是"没有被和风吹成鼓形的帆"。你知道山水画是怎样画船的吗？近处的船纤毫毕现，中景的船勾其轮廓。最妙的是远处烟波浩渺中的船，是只画帆，帆下面不画船的，这就是"一帆悬"。远远望去，能看见的确实是帆而不是船。

"海日生残夜，江春入旧年"，是锻造得非常优美的两句诗。

所谓名言名句，主要也有两种情况。一是意思警策，比如"海内存知己，天涯若比邻"；"朱门酒肉臭，路有冻死骨"；"野火烧不尽，春风吹又生"等。一种是语言锻造精美，比如"香稻啄余鹦鹉粒，碧梧栖老凤凰枝"（杜甫《秋兴八首》之一），并没有什么高深的含义，就是把本来应该是"鹦鹉啄余香稻粒，凤凰栖老碧梧枝"这样平平常常的话，组织得别有趣味而已。"海日生残夜"，基本上属于后一种。

"海日生残夜"，简简单单的道理，夜残了，也就是夜尽了，太阳就慢慢地升起来了，但语言很美，读起来很舒服。不必像有的人讲的东边的太阳升起来了，回头一看西边，夜还残着呢。

同样，"江春入旧年"也是如此，春天来了，旧年也就过去了，不过用了"江春"，更用了"入"字，非常新奇。

结尾两句很平常，却是全诗的主题所在，作者整首诗要表达的就是浓浓的思乡之情。

凉州词／王之涣

黄河远上白云间，一片孤城万仞山。
羌笛何须怨杨柳，春风不度玉门关。

王之涣是盛唐著名诗人，与王昌龄、高适等经常一起唱和。他的诗，很多都被教坊乐人入乐歌唱。可惜他一生仕途蹭蹬，诗也只有六首流传下来。但是，就是这六首之中，就有两首是千古传诵的名篇。一首就是这首《凉州词》；一首是《登鹳雀楼》。

《凉州词》本是乐曲名。唐代"胡部"中的大曲多以州名,如《凉州》《伊州》《甘州》《渭州》《熙州》《石州》《陆州》等。《凉州词》大概是最著名的,以此为题的诗也不少,王之涣这首《凉州词》,算得上是最好的之一。

这首诗仅仅在描写边塞风光,但是却有着言外之意。

大漠的景色是壮观的,远远望去,奔腾的黄河就像在白云之上、白云之间穿流。一座孤零零的城池,矗立在一座座万仞之高的群山之中。如此景象,雄壮苍凉,令人心雄万夫,豪气干云。

然而这里又是那样的艰苦,那样的荒凉。天苍苍,野茫茫,悠悠羌管,吹奏着《杨柳怨》,好像在怨恨,春风从来就没有到过这里,被玉门关阻挡在关外了。

读者可以展开想象的翅膀了。如果这仅仅是一座孤城,甚至一座死城,苍凉荒芜又与我们何干?但是,这里却驻扎着戍边的将士,这里在进行着殊死的战争。"羌管悠悠霜满地,人不寐,将军白发征夫泪。"(宋范仲淹《渔家傲》)让我们感伤,也让我们敬佩。

登鹳雀楼 / 王之涣

白日依山尽,黄河入海流。
欲穷千里目,更上一层楼。

诗不长于说理,但未尝不可以说理。说宋人以文为诗,以议论为诗,以学问为诗,不过是宋人这样做得多一些而已,或者说宋诗有意以此与唐诗区别。但是以文为诗,以议论为诗,以学问为诗，在唐诗中也有不少，而且有许多还是千古传诵的名篇。王之涣的《登鹳雀楼》，就是以议论为诗的杰出代表。

以议论为诗，如果要成功，取决于两个条件。第一，要真正讲出一个有意义，能为大家接受的道理。第二，诗毕竟是诗，不能像散文一样说得直白，不能像宋、明理学家的诗和明、清八股文那样板着面孔训人，令人生厌。同样的说理议论，诗歌一贵含蓄，二贵兴寄。

王之涣的《登鹳雀楼》，省略了登楼的程序，直接从登上楼以后说起。"白日依山尽，黄河入海流"这样的壮丽景色，在平地，甚至在低矮的楼台都是看不见的，只有登上高高的鹳雀楼，这一壮观的景象才清楚地出现在眼前。正像杜甫《望岳》诗中所写的，"会当凌绝顶"，才会有"一览众山小"的感觉。

于是诗人得出"欲穷千里目，更上一层楼"的结论，就一点也不显得突兀了。

蜀道难／李白

噫吁戏，危乎高哉！蜀道之难，难于上青天！蚕丛及鱼凫，开国何茫然。尔来四万八千岁，不与秦塞通人烟。西当太白有鸟道，可以横绝峨眉巅。地崩山摧壮士死，然后天梯石栈相钩连。上有六龙回日之高标，下有冲波逆折之回川。黄鹤之飞尚不得过，猿猱欲度愁攀援。青泥何盘盘，百步九折萦岩峦。扪参历井仰胁息，以手抚膺坐长叹。问君西游何时还，畏途巉岩不可攀。但见悲鸟号古木，雄飞雌从绕林间。又闻子规啼夜月，愁空山。蜀道之难，难于上青天，使人听此凋朱颜。连峰去天不盈尺，枯松倒挂倚绝壁。飞湍瀑流争喧豗，砯崖转石万壑雷。其险也如此，嗟尔远道之人胡为乎来哉！剑阁峥嵘而崔嵬，一夫当关，万夫莫开。所守或匪亲，化为狼与豺。朝避猛虎，夕避长蛇，磨牙吮血，杀人如麻。锦城虽云乐，不如早还家。蜀道之难，难于上青天！侧身西望长咨嗟。

蜀道之难，自古而然，是让人畏而却步的。古时出入蜀地，只有水陆两途。水路出夔门，过三峡，激流险滩，凶险无比。陆路有好几条，都通过秦岭山脉，主要有褒斜道、子午道、陈仓道、金牛道等，地势都很险要，尤以金牛道最险。

金牛道（又称石牛道、栈道）实际主要还是四川境内这一段，由成都经绵阳、梓潼至剑阁，过"一夫当关，万夫莫开"的剑门关，渡嘉陵江至武则天的故乡广元。然后再过嘉陵江，经过绝壁上开凿的栈道，至朝天七盘关，经勉县五丁关、金牛驿至汉中。这条道，就是传说中五丁开凿的，李白《蜀道难》所描写的，主要就是这一段路。

蜀道天险，封闭了四川，出川入川，被视为畏途。但是四川物产丰富，文化发达，风景秀美，气候宜人，蜀道的艰难，又隔断了外界的侵侮，相对比较安定。所以唐玄宗和唐僖宗等逃难，就往四川跑。唐代的成都，已经是和扬州齐名的天下第二大商业都会，有"扬一益二"的美誉。许多文人雅士也喜欢到四川，甚至有"自古诗人例到蜀"（清李调元语）的说法，所以难于上青天的蜀道，又是马嘶驴鸣，行人不断。

李白《蜀道难》描绘者在此，有感者也在此。

诗比较长，关键性的词语"蜀道之难难于上青天"在诗中出现了三次，我们可以以此为线索，分三个部分来理解和欣赏它。

第一个部分，从开始到"然后天梯石栈相勾连"。这一段叙述蜀道开凿的历史传说。从蚕丛、鱼凫等蜀国开国之君开始，若干年过去了，都没有和中原发生太多的联系，当然也就无路可通。路也有一条，那就是从太白山（秦岭山脉之一）到峨眉山的"鸟道"。换句话说，这样的险阻，大概只有飞鸟才能越过。

传说后来有了五丁开山，蜀道终于修通了。那是怎样的道路啊！天梯石栈、危崖层峦，不过路总算是通了。

第二部分，从"上有六龙回日之高标"至"嗟尔远道之人胡为乎来哉"。这一部分写景，也是诗歌中最美的一部分。这种美，有一点让人惊心动魄，李白诗歌那种汪洋恣肆、想象奇丽的风格已经表现得很完美，而语言的高度凝练性和形象性，在这一段中也表现得淋漓尽致。

第三部分，从"剑阁峥嵘而崔嵬"起至结尾。这一部分言人事。蜀道之难，也使蜀地能够以天险自固。尤其是剑门关，"一夫当关，万夫莫开"，易守而难攻，一直到元代，蒙古大军都还吃了蜀道天险的大亏。所以，如果镇蜀之人使用不当，"所守或匪亲"，就容易造成战乱。俗话有"天下未乱蜀先乱，天下已治蜀后治"的说法，这也是"蜀道难"，但它已经不是自然的险峻，而是人事的凶危了。据说此诗是李白送给将要入蜀的友人王炎的。李白有一篇《剑阁赋》，主旨与此诗差不多，题下有作者自注"送友人王炎入蜀"，这首诗可能也是为此而作的。如果真是这样，那么，"锦城虽云乐，不如早还家"，就有了着落，那是规劝友人不要贪恋蜀中的富贵荣华而忘掉了蜀地的种种风险，还是早一点归来吧。

就是这首诗，为李白赢得了"谪仙人"的美誉。据说李白初到长安，去拜见贺知章。贺知章读到这篇《蜀道难》时，大为动容，说："你真是贬谪到人间的仙人啊。"与李白差不多同时的殷璠编《河岳英灵集》，选入此诗，称它"奇之又奇，自骚人以还，鲜有此体调"。李白此诗是当之无愧的。

登金陵凤凰台／李白

凤凰台上凤凰游，凤去台空江自流。
吴宫花草埋幽径，晋代衣冠成古丘。
三山半落青天外，二水中分白鹭洲。
总为浮云能蔽日，长安不见使人愁。

李白在黄鹤楼因崔颢的诗而搁笔的事，元代辛文房的《唐才子传》有记载，未必是空穴来风。不过李白既然搁笔，恐怕最主要还是一个字："服"。

既然服，说明它好，也就成为李白学习模仿的对象。但李白又未必真服，他是当世大诗人，这次输了一招，总还是想找回来的。

他有两首诗，都可以看出崔诗的影响。一首是《鹦鹉洲》。诗的前四句说："鹦鹉东过吴江水，江上洲传鹦鹉名。鹦鹉西飞陇山去，芳洲之树何青青。"模仿的痕迹很明显。另一首，就是这首《登金陵凤凰台》了。

诗的写作年代，一说是被"赐金还山"赶出朝廷以后，一说是流放夜郎遇赦返回之后。

金陵是六朝建都之地，隋、唐以后，昔日王气不再，令游人至此，都会发思古之幽思。李白也不例外。当他登上遥对长江的

名篇赏析

凤凰台，望着如画美景，思绪万千。也许他突然想起了崔颢的《黄鹤楼》"昔人已乘黄鹤去，此地空余黄鹤楼。黄鹤一去不复返，白云千载空悠悠"，于是锦词丽句冲口而出："凤凰台上凤凰游，凤去台空江自流。"把崔诗的四句，浓缩为两句。占了如此地步，下面的诗就好写了。

颔联承首联之意，感叹往事。三国东吴时这里是京城，现在，吴宫旧地的花草，都埋入无人行走的幽径了；东晋时期，这里也是建都之地，但那些风云人物（"衣冠"在这里指贵戚士大夫）已经成为丘墓中的枯骨。物是人非，让人感慨系之。

颈联一转，十分有力。"三山半落青天外，二水中分白鹭洲"，写眼前之景，极富想象，极有情致，而且极其开阔，其艺术性是超过崔诗颈联"晴川历历汉阳树，芳草萋萋鹦鹉洲"的。估计李白写到这里，会感到大出了一口气，因崔诗搁笔的压抑应该一扫而空了。这两句诗，也确实堪称千古绝唱。

李白被逐被放，虽然口里说自己"五岳寻仙不辞远，一生好入名山游"，寻仙访道去了，但是他毕竟是李白，他不可能像王维一样去潜心事佛，不问政事；也不可能像孟浩然一样忘情山水田园，他的胸中，始终沸腾着匡时济世、杀敌报国的热血。尾联有些许期望，但更多的是无奈。朝政被群小（浮云）把持，长安大概是回不去了。

这首诗是李白不太多的七律中的一首。李白不太喜欢受格律限制，和宋代苏轼填词不受格律限制一样，都是"曲子中缚不住者"（宋王灼《碧鸡漫志》评苏轼语）。李白此诗也不完全依照格律，比如第三句、第五句当粘而不粘，反而用对。第四句、第六句仍用对，等于把平仄关系完全颠倒了，但这似乎并不影响此诗的艺术魅力。

行路难／李白

　　金樽清酒斗十千，玉盘珍馐直万钱。停杯投箸不能食，拔剑四顾心茫然。欲渡黄河冰塞川，将登太行雪满天。闲来垂钓碧溪上，忽复乘舟梦日边。行路难，行路难，多歧路，今安在。长风破浪会有时，直挂云帆济沧海。

　　《行路难》是乐府古题，以此题写作的人很多，在李白之前，最有名的是南北朝时期的鲍照所作。前人所作《行路难》，大多牢骚太盛，情调都比较低沉。

　　天宝三年（744），李白被逐出长安，他突然感到是那样的失落，前途是那样的渺茫，于是也不免会唱起《行路难》来了。诗一共三首，这里所选的是其中的一首。

　　面对玉盘珍馐、金樽清酒，却食难下咽，拔剑四顾，连出气着力的地方都找不到。人生于此，可算是失意到家了。这四句显然是从鲍照《拟行路难》"对案不能食，拔剑击柱长叹息"中变化出来的。

　　"欲渡黄河"两句是比。自己希望有所作为，但是仕进的道路被群小们堵得死死的。

　　在这种境遇下，鲍照就"弃置罢官去，还家自休息。朝出与亲辞，暮还在亲侧。弄儿床前戏，看妇机中织"去了，但这不是李白的性格。李白的人生态度一直是积极的，虽然有时候真率得近乎天真。他马上想到了两位古人，一位是渭滨垂钓，最后遇到

名篇赏析

157

周文王，成就一番大业的吕尚（即姜子牙），"闲来垂钓碧溪上"说的就是他；另一位是辅佐商汤的贤臣伊尹，据说他在遇到商汤之前，梦见自己乘船从日边经过，后来果然受到商汤的礼聘，"忽复乘舟梦日边"说的就是他。李白虽然被赶出了朝廷，看来还是没有丧失进取之心的。

既然有如此信念，接下来的诗句就越来越激昂，越来越充满希望了。虽然行路难，虽然多歧路，但是一定会有长风破浪、挂云帆济沧海的时候，会有实现理想抱负的一天。

我们说李白是积极浪漫主义诗人，其原因也就在这里。

将进酒／李白

君不见黄河之水天上来，奔流到海不复回。君不见高堂明镜悲白发，朝如青丝暮成雪。人生得意须尽欢，莫使金樽空对月。天生我材必有用，千金散尽还复来。烹羊宰牛且为乐，会须一饮三百杯。岑夫子、丹丘生，将进酒，杯莫停。与君歌一曲，请君为我侧耳听。钟鼓馔玉不足贵，但愿长醉不愿醒。古来圣贤皆寂寞，唯有饮者留其名。陈王昔时宴平乐，斗酒十千恣欢谑。主人何为言少钱，径须沽取对君酌。五花马，千金裘，呼儿将出换美酒，与尔同销万古愁。

李白是诗仙，也是酒仙。他一生嗜酒，杜甫《饮中八仙歌》说"李白一斗诗百篇，长安市上酒家眠。天子呼来不上船，自称臣是酒中仙"。古代饮者中，大概没有比他更豪爽的了，难怪从古至今许多酒楼都打着"太白遗风"的招牌。

李白好饮，与酒有关的诗也就很多。他说自己"百年三万六千日，一日须倾三百杯"（《襄阳歌》），"三百六十日，日日醉如泥"（《赠内》）。他得意的时候，"高谈满四座，一日倾千觞"（《赠刘都使》）；他失意的时候，"且乐生前一杯酒，何须身后千载名"（《行路难》）；他在孤独的时候，可以"举杯邀明月，对影成三人"（《月下独酌》之一）；他在多情的时候，可以高唱"风吹柳花满店香，吴姬压酒唤客尝"（《金陵酒肆留别》）。他在《月下独酌》之二中甚至写道：

> 天若不爱酒，酒星不在天。
> 地若不爱酒，地应无酒泉。
> 天地既爱酒，爱酒不愧天。
> 已闻清比圣，复道浊如贤。
> 贤圣既已饮，何必求神仙？
> 三杯通大道，一斗合自然。
> 但得酒中趣，勿为醒者传。

在李白所有的与酒有关的诗歌中，甚至在古代诗歌史上咏酒的篇什中，最好的还是这首《将进酒》。

诗约写于天宝十一载（752），当时他与友人岑勋（就是诗中的"岑夫子"）在嵩山另一好友元丹丘（即诗中的"丹丘生"）的颍阳山居做客。当时李白被唐玄宗"赐金放还"已有八年之久，壮志犹未磨尽，牢骚还是有的。

诗一开头，就以雄浑的意境与豪放的诗句让人激动莫名。"黄河之水天上来，奔流到海不复回"，这是何等气势！何等豪壮！能以如此气势，锻造出如此诗句的，李白堪称千古一人。

但是，豪壮的诗句背后掩藏的，却是岁月易逝、人生易老、功名难成的遗憾与哀伤，诗意是化用了"子在川上曰，逝者如斯夫，不舍昼夜"（《论语·子罕》）的意思。所以第二句紧接着就说"高堂明镜悲白发，朝如青丝暮成雪"，感叹人生苦短，去日苦多了。

面对这种状况，许多人的反应是及时行乐，"昼短苦夜长，何不秉烛游"（《古诗十九首》之《生年不满百》）。李白诗的下两句"人生得意须尽欢，莫使金樽空对月"，表现的也正是这种思想。但是李白绝不是甘于下贱、甘于寂寞的人，他的一生，无论受到怎样的打击，其情绪的基调始终是乐观的，所以诗人笔锋一转，"天生我材必有用，千金散尽还复来"，对人生仍然充满着希望。这也正是李白诗歌的特色之一，在无比的愤懑失意、悲观消极中，总是有顽强的希望、光明的影子挣扎出来。

此下的劝酒高歌，看似旷达，实为抒愤，只不过换了一种形式而已。

诗歌又以极为豪爽的气概结束。名马貂裘，皆可换酒，这应该是非常豪壮之举，清末志士秋瑾《对酒》就借用此意说："不惜千金买宝刀，貂裘换酒也堪豪。"

李白最好的知己杜甫曾经用这样两句话来概括李白的一生："敏捷诗千首，飘零酒一杯。"（《不见》）可以算是李白的盖棺定论了。

早发白帝城／李白

朝辞白帝彩云间，千里江陵一日还。
两岸猿声啼不住，轻舟已过万重山。

李白因永王璘事件，被长流夜郎。夜郎很小，但名气不小，缘于那个"夜郎自大"的故事。其实夜郎本是西南少数民族的一个部族，分散在贵州西北、云南东部、四川南部。古夜郎旧址在今贵州桐梓县。李白就是被流放到那里，当然，他实际上并没有去。

他流放的路线是从长江逆流而上，先到四川，再去贵州。当船到夔州（今重庆奉节）时，遇到大赦，于是原船返回江陵。

郦道元《水经注》中"三峡"一段说："有时朝发白帝，暮到江陵，其间千二百里，虽乘奔御风，不以疾也。"诗的前两句，化用郦道元语。

郦道元还说："每至晴初霜旦，林寒涧肃，常有高猿长啸，属引凄异，空谷传响，哀转久绝。故渔者歌曰：'巴东三峡巫峡长，猿鸣三声泪沾裳。'"李白过三峡之时，是"两岸猿声啼不住"的，但是他却没有一丝"泪沾裳"的感觉，从"轻舟已过万重山"看，他反而是充满了喜悦之情的。

自京赴奉先县咏怀五百字 / 杜甫

杜陵有布衣，老大意转拙。

许身一何愚！窃比稷与契。

居然成濩落，白首甘契阔。

盖棺事则已，此志常觊豁。

穷年忧黎元，叹息肠内热。

取笑同学翁，浩歌弥激烈。

非无江海志，潇洒送日月。

生逢尧舜君，不忍便永诀。

当今廊庙具，构厦岂云缺？

葵藿倾太阳，物性固难夺。

顾惟蝼蚁辈，但自求其穴。

胡为慕大鲸，辄拟偃溟渤？

以兹悟生理，独耻事干谒。

兀兀遂至今，忍为尘埃没？

终愧巢与由，未能易其节。

沉饮聊自遣，放歌破愁绝。

岁暮百草零，疾风高冈裂。

天衢阴峥嵘，客子中夜发。

霜严衣带断，指直不能结。

凌晨过骊山，御榻在嵽嵲。

蚩尤塞寒空，蹴踏崖谷滑。

瑶池气郁律，羽林相摩戛。

君臣留欢娱，乐动殷膠葛。

赐浴皆长缨，与宴非短褐。

彤庭所分帛，本自寒女出。

鞭挞其夫家，聚敛贡城阙。

圣人筐篚恩，实欲邦国活。

臣如忽至理，君岂弃此物？

多士盈朝廷，仁者宜战栗！

况闻内金盘，尽在卫霍室。

中堂舞神仙，烟雾蒙玉质。

暖客貂鼠裘，悲管逐清瑟。

劝客驼蹄羹，霜橙压香橘。

朱门酒肉臭，路有冻死骨。

荣枯咫尺异，惆怅难再述。

北辕就泾渭，官渡又改辙。

群水从西下，极目高崒兀。

疑是崆峒来，恐触天柱折。

河梁幸未拆，枝撑声窸窣。

行李相攀援，川广不可越。

老妻寄异县，十口隔风雪。

谁能久不顾？庶往共饥渴。

入门闻号啕，幼子饥已卒！

吾宁舍一哀，里巷亦呜咽。

所愧为人父，无食致夭折。

岂知秋禾登，贫窭有仓卒。

生当免租税，名不隶征伐。

抚迹犹酸辛，平人固骚屑。

默思失业徒，因念远戍卒。

忧端齐终南，澒洞不可掇。

这首诗很长，却是杜甫最重要的诗歌之一，所以应该对它有些了解。

先说一说诗歌的背景。

杜甫三十五岁到京城长安，困顿十年，才谋得了个从九品的小官——右卫率府胄曹参军，俸禄太低，长安米贵，不得不把妻子儿女寄养在物价稍微便宜一些的奉先县（今陕西蒲城）。天宝十四载（755）十一月，也就是"安史之乱"爆发的前夕，他得到一个机会去奉先县省亲，旅途所见，已是表面繁荣掩盖下的民不聊生。于是，他把自己的所见所闻和感想写成此诗。

这一年，杜甫已经四十五岁了，而且身体很差。两次科举不中，困守十年不售，也有一些自怨自艾了。当年"自比稷与契"，"穷年忧黎元"，现在想起来，真是有点可笑。不是没有泛舟江湖的"江海志"，但是，自己忠君爱国、忧民伤时的思想，是与生俱来的天性，就像"葵藿倾太阳"一样，"物性固难夺"。这对我们了解杜甫是非常重要的。

杜甫冒着严寒，从骊山下经过，唐明皇和杨贵妃正在山上避寒，欢饮歌舞。贵戚之家，"暖客貂鼠裘，悲管逐清瑟。劝客驼蹄羹，霜橙压香橘"，而"彤庭所分帛，本自寒女出。鞭挞其夫家，聚敛贡城阙"。杜甫感叹了，他把这一不合理的社会现象，浓缩为震烁千古的十个字："朱门酒肉臭，路有冻死骨。"

历尽千辛万苦，杜甫终于到家了。但是，他遇到的是人生最惨痛的事："入门闻号咷，幼子饥已卒。"个人的悲痛，触动了杜甫同情人民的伟大胸怀。自己毕竟还是一个小小的官吏，"生当免租税，名不隶征伐"，尚且如此，那些"失业徒""远戍卒"就更不用说了。诗的结尾两句，是说自己的忧愁像终南山一样高，像茫茫的大海一样不可收拾。

杜甫的伟大也正在于此，这种思想与后来在蜀中所写的《茅屋为秋风所破歌》中"安得广厦千万间，大庇天下寒士俱欢颜，风雨不动安如山。呜呼，何时眼前突兀见此屋，吾庐独破受冻死亦足"的思想是一脉相承的。

石壕吏／杜甫

　　暮投石壕村，有吏夜捉人。老翁逾墙走，老妇出门看。吏呼一何怒！妇啼一何苦！听妇前致词：三男邺城戍。一男附书至，二男新战死。存者且偷生，死者长已矣！室中更无人，惟有乳下孙。有孙母未去，出入无完裙。老妪力虽衰，请从吏夜归。急应河阳役，犹得备晨炊。夜久语声绝，如闻泣幽咽。天明登前途，独与老翁别。

这是著名的"三吏"（《新安吏》《石壕吏》《潼关吏》）"三别"（《新婚别》《垂老别》《无家别》）中的一首。

杜甫因为替房琯说话，得罪肃宗，差一点被定罪。乾元元年（758）被贬为华州司户参军，被赶出了朝廷。前一年冬天，唐肃宗长子李俶（即后来的唐代宗）、名将郭子仪等收复了两京（长安、洛阳）；当年冬天，郭子仪、李光弼、王思礼等九节度使围安庆绪所在邺城（即相州，今河南安阳），因内部矛盾和史思明援军赶到，唐军全线崩溃，郭子仪等退守河阳（即古孟津，今河南孟州市西），四处征兵，准备再与叛军力战。这时杜甫到河南探亲，然后返回华州任所，所过之处，即两军交战之地，他就将沿途所见，写成这一组光耀千古的乐府组诗。

平定"安史之乱"的战争仍然是惨烈的，人民大众遭受着空前的蹂躏和痛苦。但是，这样的战争又是相对正义的，所以举国上下，又有一种同仇敌忾的悲壮之气。杜甫对这样的战争，态度是矛盾的。他同情战乱中的人民大众，又支持和鼓励大家从军杀敌。因此这一组战争题材的诗歌，与其他反战诗歌有不同的主题色彩和气氛。

石壕是一个小镇，在今河南陕县东七十余里处。如果不是杜甫这首诗，恐怕至今都不为人知。诗人投宿于此，就遇上了官吏夜捉人的一幕。他把亲眼所见、亲耳所闻的事忠实地记载下来，并没有加以评论，但对统治者的指斥，对民众的同情和敬佩都已跃然纸上。

诗歌一开始，很快进入主题。全诗的重点，是老妇的自述。三个儿子都到邺城当兵去了，一个儿子尚有消息，两个儿子已经战死。家中只剩下老两口和媳妇孙子，家里已经贫困得连一件完整的衣裙都没有了，战争带给大众的灾难可想而知。

这位老妇人是让人敬佩的。"老妪力虽衰，请从吏夜归。急应河阳役，犹得备晨炊。"我虽然已经老迈，扛不动枪，举不起刀了，但是，我还可以为将士们煮早饭。

老妇人被带走了，她的命运如何，不得而知了，而这一个风雨飘摇的家，也差不多全毁掉了。

读到这首诗，是让人心情十分沉重的，虽然事情已经过去了一千多年。诗人什么都没有说，但是我们却要去想，却要去问，造成这一切的原因是什么？谁应该为这一切承担责任？这也许是诗人想说但终于没有说的话吧。

春夜喜雨 / 杜甫

> 好雨知时节，当春乃发生。
> 随风潜入夜，润物细无声。
> 野径云俱黑，江船火独明。
> 晓看红湿处，花重锦官城。

诗贵兴寄，但不是什么样的诗都能讲出高尚情操、深刻内涵的，如果首首诗都非要去挖掘附会诗外之旨，还会有诗意诗味吗？

有人说，这是一首赞美春雨无私奉献的诗，还拈出"潜"字，"润"字，说是赞美春雨默默无闻、无私奉献的崇高品质。又因为诗中有一个"好"字，又联想到好人好事。有这样解诗的吗？

这就是一首因春夜小雨而引起喜悦之情的小诗。

春天，万物萌生，需要水的滋润。春雨果然下起来了，就像知道时节一样，所以杜甫称之为"好雨"（及时雨）。

成都多夜雨，一到天亮，雨就停了。杜甫在草堂所写的《水槛遣心》中就写道："蜀天常夜雨，江槛已朝晴。"春天的雨不大，细细密密，悄然无声。但是，你能感觉到它来了，感觉到它在静悄悄地滋润着含苞的花、茸茸的草，滋润着池边吐绿的柳丝，滋润着田间青青的麦苗。

推开窗户，四周一片漆黑，蜿蜒的小径，也隐没在浓浓的夜色之中，只有浣花溪上的小船，还亮着一星两星渔火。这是一个望着潇潇春雨，诗人展开了想象的翅膀：明天早上，雨停了，朝阳升起的时候，满城的鲜花，带着雨露，一定会更加娇艳，一定会更加美丽。诗人在这里用了一个"重"字，非常形象，与李白的"犬吠水声中，桃花带雨浓"（《访戴天山道士不遇》）有异曲同工之妙。

杜甫写雨的诗很多，大多与农事有关，宝应元年（762）在成都，他还写过一首《大雨》，虽然是另一番景象，但是可以和此诗参看：

西蜀冬不雪，春农尚嗷嗷。上天回哀眷，朱夏云郁陶。
执热乃沸鼎，纤缔成缊袍。风雷飒万里，霈泽施蓬蒿。
敢辞茅苇漏，已喜黍豆高。三日无行人，二江声怒号。
流恶邑里清，矧兹远江皋。荒庭步鸛鹤，隐几望波涛。
沉疴聚药饵，顿忘所进劳。则知润物功，可以贷不毛。
阴色静陇亩，劝耕自官曹。四邻耒耜出，何必吾家操。

久旱不雨，春耕春种都没有办法进行，"春农尚嗷嗷"，最忧心的是农人。所以当大雨倾盆而下的时候，诗人高兴地写道："敢辞茅苇漏，已喜黍豆高。"看到"四邻耒耜出"，庄稼有救了，自己的茅屋虽然又漏雨了，那又有什么关系呢？诗中也提到雨的"润物功"，比之"春夜喜雨"的时候，诗人要兴奋很多。

蜀相／杜甫

> 丞相祠堂何处寻？锦官城外柏森森。
> 映阶碧草自春色，隔叶黄鹂空好音。
> 三顾频烦天下计，两朝开济老臣心。
> 出师未捷身先死，长使英雄泪满襟。

成都出过许多名人，成都也来过许多名人，而与成都关系最密切、影响最大、至今仍受蜀人礼拜并为成都留下举世闻名的遗迹的，恐怕非诸葛亮和杜甫莫属了。

杜甫为成都留下了一座草堂，诸葛亮则为成都留下了一座祠堂。两处圣地，都在浣花溪畔，中间隔着著名的百花潭，相距不是很远。杜甫可能不止一次去武侯祠凭吊。他移居夔州后，在《古柏行》里还说"忆昨路绕锦亭东，先主武侯同閟宫"，对成都武侯祠念念不忘。

诗的起句很有意思。丞相的祠堂在哪里，你不用去问，出南门，过万里桥，就会看到一片苍翠的柏树林，那里就是著名的武侯祠了。至今，武侯祠的柏树仍然高大挺拔。

武侯祠的柏树之所以茂盛，据说是蜀人热爱诸葛亮，从来不去剪伐祠堂的柏树。杜甫《八哀诗》中的《赠左仆射郑国公严公武》中说："诸葛蜀人爱，文翁儒化成。"宋田况守成都，作有《古柏记》说："自唐季凋瘁，历王孟二国，蠹槁尤甚。然以祠中树，无敢伐者。"

颔联紧承首联，写进入祠中所见。春草凝碧，黄鹂鸣叫，但是，从一个"自"字，一个"空"字看出，这里却有些荒凉了。

刘备三顾茅庐，虽然不像《三国演义》上面写的那样，但亲自去拜见邀请，而且去了三次，却是事实，《三国志·蜀书·诸葛亮传》中就有"由是先主（刘备）遂诣亮，凡三往，乃见"的记载。诸葛亮也一生忠于蜀汉，刘备死后，尽心辅佐后主刘禅，"鞠躬尽瘁，死而后已"。刘备对诸葛亮的知遇，诸葛亮对刘备的忠心，这种君臣风云际会，是被后人所啧啧称道的。颈联所写，就是对此的缅怀。

诗的尾联，是千古传诵的名句。虽然客观上蜀国的北伐不可能战胜曹魏，但是，诸葛亮"出师未捷身先死"的个人悲剧，却引起了无数仁人志士的感叹与共鸣。

杜甫有不少吟咏诸葛亮的诗，还有一首七律，也非常有名，是他在夔州时写的著名的《咏怀古迹五首》之五，今录于下，可以与这首《蜀相》参看：

> 诸葛大名垂宇宙，宗臣遗像肃清高。
> 三分割据纡筹策，万古云霄一羽毛。
> 伯仲之间见伊吕，指挥若定失萧曹。
> 运移汉祚终难复，志决身歼军务劳。

茅屋为秋风所破歌 / 杜甫

八月秋高风怒号，卷我屋上三重茅。茅飞渡江洒江郊，高者挂罥长林梢，下者飘转沉塘坳。南村群童欺我老无力，忍能对面为盗贼，公然抱茅入竹去。唇焦口燥

呼不得，归来倚杖自叹息。俄顷风定云墨色，秋天漠漠
向昏黑。布衾多年冷似铁，骄儿恶卧踏里裂。床头屋漏
无干处，雨脚如麻未断绝。自经丧乱少睡眠，长夜沾湿
何由彻。安得广厦千万间，大庇天下寒士俱欢颜，风雨
不动安如山。呜呼，何时眼前突兀见此屋，吾庐独破受
冻死亦足。

杜甫在成都，生活也并不是一直都像《江村》所描写的那样惬
意，老朋友严武对他很好，不免会引起他人的嫉妒；有时故人的禄
米未至，也有揭不开锅的时候。他曾经写过一首《百忧集行》：

忆昔十五心尚孩，健如黄犊走复来。
庭前八月梨枣熟，一日上树能千回。
即今倏忽已五十，坐卧只多少行立。
强将笑语供主人，悲见生涯百忧集。
入门依旧四壁空，老妻睹我颜色同。
痴儿未知父子礼，叫怒索饭啼门东。

上元二年（761）秋的一场大雨，更让杜甫苦不堪言。屋上的
茅草被风刮跑了，本想多少捡一些回来，修补一下屋顶的罅漏，
但茅草又被顽皮的孩子抱走了。

风倒是暂时停了，但是雨却落了下来，床头屋漏，布衾破裂，
这长长的寒冷雨夜，如何才能熬到天明。这大概就是人们常说的
屋漏偏遭连夜雨了。更何况还有老妻，还有幼子，杜甫真是要再
一次感叹"所愧为人父"（《自京赴奉先县咏怀五百字》）了。

如果诗仅仅写到这里，那么，不过是老生常谈的叹老嗟卑，

名篇赏析

171

与贾岛、孟郊的穷诗没有什么区别。但这是杜甫，他的心里，永远都不是只装着妻儿和小家。他博大的胸怀，使他每一次遭受不幸的时候，都能够推己及人，把目光和关爱投向下层人民。"安得广厦千万间，大庇天下寒士俱欢颜，风雨不动安如山"，如果什么时候"眼前突兀见此屋"，他愿意"吾庐独破受冻死亦足"。其境界之高尚，已经远远超越了儒家的"达则兼济天下"，而是一种大公无私、舍己为人的思想光辉，千古以来，唯杜公一人而已！

闻官军收河南河北／杜甫

> 剑外忽传收蓟北，初闻涕泪满衣裳。
> 却看妻子愁何在，漫卷诗书喜欲狂。
> 白日放歌须纵酒，青春作伴好还乡。
> 即从巴峡穿巫峡，便下襄阳向洛阳。

此诗堪称杜诗中的第一快诗。

"安史之乱"自天宝十四载（755）爆发，两年后，安禄山被儿子安庆绪所杀；两年后，安庆绪被部将史思明所杀；两年后，史思明被儿子史朝义所杀；两年后，史朝义兵败自杀。整个"安史之乱"，就这样闹了八年。

宝应元年（762）冬十月，仆固怀恩等屡破史朝义军，叛军大将薛嵩、张志忠等降唐。广德元年（763）春正月，史朝义在莫州（今河北任丘北）自杀，延续近八年的"安史之乱"结束。

宝应元年，严武受调回朝，杜甫一直把他送到绵州（今四川绵阳）。哪知道严武一走，西川兵马使徐知道就造反，于是杜甫只好继续北上，到梓州（今四川三台县）。严武走了，杜甫在成都也有点呆不住，年底，干脆回成都，把家人也接到梓州来了。直到广德二年（764）严武再镇蜀，他才又回到成都草堂。

"安史之乱"平定的时候，杜甫在梓州。听到这个喜讯，杜甫高兴极了。苦难已经过去，天下终于太平，自己也可以回到故乡了，他甚至已经设想好了返回故乡的路线。

《闻官军收河南河北》就写于这个时候。

剑外，即剑门关外，也就是四川，这是站在中原人的角度来看的。忽然听到蓟北（安禄山的根据地）收复的消息，诗人不觉喜极而泣。书是看不下去了，妻子的愁眉也舒展开了。放歌纵酒，诗人已经在准备返乡的事了。

尾联极有情致。这是诗人展开想象的翅膀，为自己设想了一条回家的路线。从长江顺流而下，经过三峡，先到湖北，再回洛阳。

遗憾的是，诗人的这个愿望并没有能够实现。严武死后，他去了东川，寓居夔州，然后乘船出峡，不过仍未能返回故乡，而是漂泊湖、湘，最后死在湖南耒阳的船上。

登高／杜甫

> 风急天高猿啸哀，渚清沙白鸟飞回。
>
> 无边落木萧萧下，不尽长江滚滚来。
>
> 万里悲秋常作客，百年多病独登台。
>
> 艰难苦恨繁霜鬓，潦倒新停浊酒杯。

这一首七律，被《杜诗镜铨》的作者杨伦称为"杜集七言律

名篇赏析

诗第一"。明胡应麟《诗薮》更推重此诗精光万丈，是古今七言律诗之冠。为什么呢？是因为那震烁古今的一联"无边落木萧萧下，不尽长江滚滚来"，还是因为诗人万里悲秋、百年多病的人生悲剧打动了读者？

此诗作于大历二年（767），杜甫在夔州已经住了两年。这时，他已经五十五岁，是一个百病缠身、风烛残年的老人了。

诗的前四句写登高所见之景。颔联"无边落木萧萧下，不尽长江滚滚来"，被视为歌咏长江秋色的千古绝唱。

后四句写登高感触之情，意蕴丰厚。罗大经评颈联"万里悲秋常作客，百年多病独登台"说："万里，地辽远也；秋，时惨凄也；作客，羁旅也；常作客，久旅也；百年，暮齿也；多病，衰疾也；台，高迥处也；独登台，无亲朋也。十四字之间，含有八意。"（《鹤林玉露》）分析得琐碎了一些，但也是实情。杜甫此时，对仕途已经完全绝望，他的悲秋之感，主要是两个方面。一、"常作客"。他一直想回到故乡，主要是想回洛阳。杜甫少年时代是在洛阳度过的，他寄居在姑母家中读书。他在洛阳，可能还有一点田产，《闻官军收河南河北》杜甫自注说："余有田园在东京（洛阳）。"但一直到死，他都未能回去。二、多病。杜甫中年以后，身体就很不好。他有糖尿病，在《同元使君春陵行》中说："我多长卿病，日夕思朝廷。肺枯渴太甚，漂泊公孙城。"长卿即司马相如，他患有消渴症，也就是今天所说的糖尿病。杜甫的肺病也一直很严重，他的诗中常常提及，如"病肺卧江童"（《别唐十五诫因寄礼部贾侍郎》），"肺病几时朝日边"（《十二月一日三首》），"衰年病肺惟高枕"（《近照》），"肺气久衰翁"（《秋峡》）等。他还有严重的风湿麻痹症。他在《遣闷奉呈严公二十韵》中说："老妻忧坐痹，幼女问头风。"后来甚至半身不遂了。他在

《清明》诗中说："此身飘泊苦西东，右臂偏枯半耳聋。"而且眼也花了（"春水船如天上坐，老年花似雾中看"《小寒食舟中作》），齿也落了（"齿落未是无心人"《暮秋枉裴道州手札，率尔遣兴，寄近呈苏涣侍御》），身体差到了极点。

罗大经说"独登台"是"无亲朋也"，说得很好。以杜甫现在的身体，他要去登高，不可能没有人陪着，至少儿子宗武应该在身边，但是他却说"独登台"，是因为他最关心的弟妹和最知心的朋友都不在身边。杜甫有四个弟弟，只有最小的弟弟一直跟在他身边，其他的弟弟和妹妹天各一方，有时连消息都没有。他的诗中常常说到"思家步月清宵立，忆弟看云白日眠"（《恨别》）；"有弟皆分散，无家问死生"（《月夜忆舍弟》）。他登上高台，思念亲朋，其孤寂的心情溢于言表。

尾联很伤悲，也很无奈。时事艰难，生活也艰难，头上的白发倒是不断地增加了，而且因为病，最近连酒都不能喝了，人生至此，可谓惨痛至极了。

这首诗为后人所推崇的，还有炉火纯青、不露一丝斧凿痕的技法。明胡应麟说："此章五十六字，如海底珊瑚，瘦劲难移，沉深莫测，而精光万丈，力量万钧。通章章法、句法、字法，前无昔人，后无来学。此篇当为古今七言律第一，不必为唐人七言律第一也。"（《诗薮》）

贼退示官吏并序／元结

癸卯岁西原贼入道州，焚烧杀掠几尽而去。明年，贼又攻永州破邵，不犯此州边鄙而退。岂力能制敌欤？盖蒙其伤怜而已。诸使何为忍苦征敛，故作诗一篇以示官吏。

昔岁逢太平，山林二十年。

泉源在庭户，洞壑当门前。

井税有常期，日晏犹得眠。

忽然遭世变，数岁亲戎旃。

今来典斯郡，山夷又纷然。

城小贼不屠，人贫伤可怜。

是以陷邻境，此州独见全。

使臣将王命，岂不如贼焉。

今彼征敛者，迫之如火煎。

谁能绝人命，以作时世贤。

思欲委符节，引竿自刺船。

将家就鱼麦，归老江湖边。

元结的《舂陵行》和《贼退示官吏》，是"安史之乱"时期杜甫诗以外最好的现实主义诗歌，也因此受到杜甫的激赏，写下了《和元使君〈舂陵行〉》。

小序说"癸卯岁"，即唐代宗广德元年（763），又说"明年"，当是作于广德二年（764）。当时"安史之乱"刚刚平定一年，天下尚未太平。元结被任命为道州（今湖南道县）刺史。道州是一个小州，又经战乱和南方少数民族的骚扰，已经残破不堪。元结在《舂陵行》的小序中说："道州旧四万余户，经贼以来，不满四千，大半不胜赋税。"连"贼"都觉得道州民很可怜，破城而不屠。但是，贼退了以后，官吏们却不管那么多，照样横征暴敛，元结因此写了这两首诗。

诗的前句回忆从前，在太平的时候，"井税有常期，日晏犹得眠"，还算过得去。

然后说自己这几年一直在军中，现在才到这里做地方长官。这里曾经因为太小太穷，所以连"贼"都"不屠"，算是在战乱中得以保全。但是，现在这些使臣，却打着奉朝廷之命的招牌，"忍苦征敛"。"岂不如贼焉"，是诗人愤怒的指斥。

作为一个有良心的官吏，在这种情况下，虽然对人民大众充满了同情，不愿意像那些狠毒的"使臣"一样，昧着良心去征敛，让百姓们陷入绝境，自己博得一个"时世贤"的美名，但却又无能为力。诗的后四句，说自己想弃官不做，"思欲委符节"，带着家人，撑船归隐，去打鱼种田，老死江湖算了。

元结虽然并没有真的弃官归隐，但在封建社会中，能有如此想法，已经算是很不错的了。

枫桥夜泊／张继

月落乌啼霜满天，江枫渔火对愁眠。
姑苏城外寒山寺，夜半钟声到客船。

这是一首意境和语言都优美得让人心颤的小诗。

江南有个姑苏（苏州），姑苏有座寒山寺（建于南朝梁代，却因唐代著名的和尚寒山、拾得曾住于此而得名），寒山寺傍古运河流过，河上有一座枫桥。这一切，其实都普通得不能再普通了。也许随着时间的推移，除了姑苏古城以外，那些寺呀、桥呀都已经不复存在了，甚至连一点影子都不会流传下来。但是，这一切，

唐诗小百科

却因为张继的这首诗,千载以后,仍然享着盛名,甚至蜚声海外。

这首诗,差不多都解作是月已落下,暮霭降临之时,但我认为诗人描写的时间,应该是天快要亮了的时候。如果这样理解,诗中的一切都顺理成章,不会显得牵强了。

月落,其实已经很清楚地指明了时间。也许有人说诗人写的可能是上弦月,夜半月落很正常。但这就不是解诗,而是科学论文了。

如果是夜半,乌啼也没有着落。如果没有特殊情况,夜半的鸟也休息了,除非像王维《鸟鸣涧》所描写的"月出惊山鸟,时鸣春涧中"。可惜在张继这里,月亮已经落了。而天快亮的时候,江乌啼叫就很正常了。

霜满天的景象,在秋天,也是出现在天快亮了的时候。

那么,"江枫渔火对愁眠"又应该怎样理解呢?有人解此句为"江枫渔火伴愁眠",理解是正确的。满腹愁思的客人,伴着江枫、渔火入眠。这渔火,可以出现在夜晚,也可以出现在凌晨。柳宗元《渔翁》诗"渔翁夜傍山崖宿,晓汲清江燃楚竹",这渔火,也许就是渔翁点燃的楚竹。

如果这样讲,也就不必去为"夜半钟声"寻找解释了。半夜敲钟,于情于理皆不合,欧阳修就对此提出过疑问:"诗人贪求好句而理有不通,亦语病也。如……唐人有云'姑苏城外寒山寺,夜半钟声到客船',说者亦云句则佳矣,其如三更不是打钟时。"有人说唐时寺庙确有在半夜敲钟之事,引白居易"新秋松影下,半夜钟声后",于鹄诗"遥听缑山半夜钟"等为证。白、于时代都稍晚于张继,未尝不是受张继诗的影响而发的。

诗不要讲得太实。"夜半",不必一定要理解为子时。寺庙的晨钟,一般都敲得很早,差不多都是在天亮之前。钟声传到客船,愁中的客人或者尚未入眠，或者被钟声惊醒。四周还是一片漆黑，称钟声为"夜半钟声"是可以理解的。

据说，现在的枫桥、寒山寺已经开发为旅游风景区，而且寒山寺半夜真的会敲响钟声，有许多国内外的游客，也就专门到这里来听一听这"半夜钟"，其实这都是钱闹的，与张继当年诗歌的意境已经一点关系都没有了。

张继，字懿孙。襄州（今湖北襄阳）人。天宝十二年（753）进士。他的诗，流传下来约有五十首。除了这首诗外，还有一首《阊门即事》也比较有名：

> 耕夫召募逐楼船，春草青青万顷田。
> 试上吴门窥郡郭，清明几处有新烟。

滁州西涧 / 韦应物

> 独怜幽草涧边生，上有黄鹂深树鸣。
> 春潮带雨晚来急，野渡无人舟自横。

韦应物以五言诗闻名，但流传最广的却是这首七言绝句。

这是一首很优美的山水诗。诗人时任滁州刺史。公事之余，到郊外游玩，把眼前所见之景，平平道来，并没有什么很深刻的兴寄，却为我们勾画了一幅幽静美丽的春景。

韦应物的诗风冲淡，这首诗充分体现了他的诗歌的这一艺术特色。春天到了，涧边的春草绿得惹人怜爱，黄鹂的鸣叫更增添了寂静的气氛。雨后涨潮的小河上，只有一只小舟横泊，更衬托出一切是那样的清幽。

欣赏这样的诗，不一定要像有的讲解一样，去体会诗人的兴寄，去体味诗人的自伤、自爱的情怀。不然，会彻底破坏了诗人苦心营造的优美意境。

雁门太守行／李贺

黑云压城城欲摧，甲光向日金鳞开。
角声满天秋色里，塞上燕脂凝夜紫。
半卷红旗临易水，霜重鼓寒声不起。
报君黄金台上意，提携玉龙为君死。

《雁门太守行》是乐府古题，多写边庭征战之苦。中唐时期战争频仍，一是与边疆少数民族的战争，一是与各地藩镇的战争和藩镇之间的战争。一方面，战争给国家和人民带来巨大的灾难，一方面，又给人们提供了一个建功立业、博取功名的机会。

李贺希望有这样的机会，他在《南园》诗中写道：

男儿何不带吴钩，收取关山五十州。
请君暂上凌烟阁，若个书生万户侯。

——《南园》十三首之五

虽然老天没有给他机会，他只能感叹：

寻章摘句老雕虫，晓月当帘挂玉弓。

不见年年辽海上，文章何处哭秋风。

——《南园》十三首之六

但是却并没有泯灭他的希望："天眼何时开，古剑庸一吼。"（《赠陈商》）他盼望着有老天开眼的一天。

李贺的这首《雁门太守行》，既是对时事的咏叹，也是理想的申诉。

诗的一开头，气魄就非常大，"黑云压城城欲摧"是比，表面上看，写的是气候，浓黑的乌云低压，就像要把城墙都压垮了一样。但这里的"黑云"，比喻的是敌军铁骑扬起的灰尘和不可一世的气势。这个比喻非常精彩，已经成为经典名言。

第二句一出，立刻就扫去了人们心中的压抑与阴霾。"甲光"，指守城唐军的甲胄，在太阳的照射下，金光闪耀。

三、四两句写战场景色。秋天本来就是万物肃杀的季节，更何况充斥天地的是无尽的号角声。在一片暮霭之中，边地的云山都变成凝重的紫色。

五、六句写出战，也有人说是援军。这里说到"易水"，不一定实指其地，而是借用荆轲易水饯别时那种"风萧萧兮易水寒，壮士一去兮不复还"的壮志。

最后两句，看似老生常谈，却是全诗主旨。边庭的将士为报国恩，不惜"提携玉龙为君死"，这何尝又不是李贺的愿望。

这首诗是古体，用词用韵都比较自由。

名篇赏析

登柳州城楼寄漳汀封连四州刺史 / 柳宗元

城上高楼接大荒，海天愁思正茫茫。
惊风乱飐芙蓉水，密雨斜侵薜荔墙。
岭树重遮千里目，江流曲似九回肠。
共来百粤文身地，犹自音书滞一乡！

柳宗元因参加王叔文为首的"永贞革新"，与刘禹锡、韩泰、韩晔等八人都被贬为州司马，就是历史上著名的"八司马"。他被贬为永州司马。后来奉诏入朝，马上又被贬到更远的柳州（今属广西）任刺史。后人有诗说："柳州柳太守，种柳柳江边。柳馆今尚在，千株柳拂天。"他在任上确实为百姓做了许多好事，但这并不是他想要的生活。他和刘禹锡等好友本为国家富强参与革新，却被罗织罪名贬谪边地，肯定是牢骚满腹的，更何况远离故乡，思乡之情不可断绝。当他登上柳州城楼，看到岭树江流，感觉到惊风密雨，不觉如骨鲠在喉，当然要长吁一两声了。

柳州在广西，是很荒凉的地方，登上城楼，所望即是茫茫大荒，在这里，不可能有什么作为了，因此，如海如天的愁思涌上心头。

颔联写眼前之景，用"惊风""密雨"烘托气氛。

颈联是名句。"岭树重遮千里目"，是遮断了诗人望帝京，望故乡的目光，换句话说，就是见不着帝京，回不了故乡了。因此很自然地引出下句"江流曲似九回肠"。司马迁《报任安书》中写自己遭受腐刑之后，"乡党戮笑，污辱先人"，没有脸面再上父母之丘墓，所以"肠一日而九回"。柳宗元很巧妙地把它与江流的婉转曲折联系在一起，锻造出这一千古传诵的名句。

诗是寄给漳、汀、封、连四州刺史的，所以有"共来百粤文身地"的话。漳州即今福建龙溪县，汀州即今福建长汀县，封州即今广东封开县，连州即今广东连州市，当时都是少数民族居住的地方。"粤"是对南方少数民族的称呼。"百粤"，极言民族之多。文身，是当时南方少数民族的习俗，据说是打鱼的时候用来吓唬蛟龙的。这四州的刺史都是"八司马"中的人，其命运遭际和柳宗元完全一样，柳宗元在感慨之余，设想到他们和自己也应该有同感，所以写诗寄给他们。

江雪／柳宗元

千山鸟飞绝，万径人踪灭。
孤舟蓑笠翁，独钓寒江雪。

这是柳宗元被贬为柳州司马时的诗作。

这是一个怎样凄清冷寂的意境啊！"独钓寒江雪"，不是"钓雪"，而是"钓于寒江的雪中"。这样的意境，我们在其他的诗人笔下也经常见到，比如李白的《独坐敬亭山》：

众鸟高飞尽，孤云独去闲。
相看两不厌，只有敬亭山。

再如王维的《竹里馆》："独坐幽篁里，弹琴复长啸。深林人不知，明月来相照。"又如郑板桥《自遣》诗中写的"看花不妨人去尽，对月每恨酒来迟"。他们营造出这样孤寂的意境，表达的只是自己愤嫉落寞、苏世独立的品格与心情。说得悲观一些，是"世与我而相违，复驾言兮焉求"（陶渊明《归去来辞》）；说得乐观一些，是"举世皆浊我独清，众人皆醉我独醒"（屈原《渔父》）。

我曾经看见过有的老师的教案，他们向学生提出过这样的问题："柳宗元究竟在钓什么？"遇到这样的老师，是学生的不幸。你说呢，柳宗元在钓什么？是不是也该问问李白在"看"什么，王维在"啸"什么呢？

绝句和律诗是规定必须押平声韵的，但是这一首诗押的是仄声韵。这种诗，又被称为"古绝"。

左迁蓝关示侄孙湘／韩愈

一封朝奏九重天，夕贬潮州路八千。
欲为圣明除弊事，肯将衰朽惜残年！
云横秦岭家何在？雪拥蓝关马不前。
知汝远来应有意，好收吾骨瘴江边。

韩愈的诗，当以这首流传最广，虽然，它并不能完全代表韩愈的诗歌风格。

"左迁"是贬谪。古人尚右，所以以"左迁"为贬谪。"蓝关"，即蓝田关，在今陕西蓝田县南。侄孙湘，即韩湘，后来神话传说中把他列入八仙之一，即韩湘子。诗题已经把写诗的原因、写诗的地点、诗写给谁，交待得清清楚楚了。

"一封朝奏九重天，夕贬潮州路八千。"什么事会惹得皇上如此震怒，给了韩愈这么重的惩罚？

韩愈是力辟佛老的，这当然和他标榜自己是儒家道统的继承人有关，但也还有一些其他的原因。

唐代佛教，虽然也遭遇过武宗灭佛这样的打击，但是总的来说，势力很大，尤其是中唐以后。初、盛唐时期，对寺院僧尼所占田产是有规定的："凡道士给田三十亩，女冠二十亩，僧尼亦如之。"（《唐六典》卷三）唐玄宗曾经下令："其寺观常住田，听以僧尼道士女冠退田充。一百人以上，不得过十顷；五十人以上，不得过七顷；五十人以下，不得过五顷。"（《唐会要》卷五十九）但中唐以后，全都成为一纸空文。《旧唐书·王缙传》说："凡京畿之丰田美利，多归于寺观，吏不能制。"《全唐文》十九载唐睿宗的诏书说："寺观广占田地及水碾硙侵略百姓。"这还不包括贵戚的捐赠、信徒的布施。僧徒的生活奢侈，"以十户不能善养一僧"（《佛祖统纪》四十二）。寺院经济已经严重影响到国家的财政收入。

陕西凤翔县法门寺有释迦牟尼的指骨舍利，唐代三十年一开塔，据说必致国泰民安。元和十四年（819），例当开塔，唐宪宗令群僧到凤翔迎佛骨于宫禁中瞻仰，这又是一件劳民伤财的事。韩愈因此写了《论佛骨表》，谏迎佛骨，因此触怒宪宗，被贬谪到潮州去做刺史。诗的首联，说的就是这件事。"朝奏""夕贬"不一定要理解得那么实，只是极言其快而已。

颔联承上，表白自己的忠心，当然也就在鸣自己的冤屈。

颈联很有名，以"云横秦岭"对"雪拥蓝关"，非常贴切。既是写景，又是伤怀。

名篇赏析

185

尾联看似对韩湘的嘱托，其实是愤激之言。我这一去，就将老死于瘴疠不毛之地，你到时候到那里来为我收尸吧。

从格律上讲，这首七律很精美，对仗工稳，语言优美，是韩愈诗歌中的精品。

夜上受降城闻笛／李益

回乐峰前沙似雪，受降城外月如霜。
不知何处吹芦管，一夜征人尽望乡。

中唐的边塞诗人，当以李益为第一；中唐前期的七绝，当以李益为第一；李益的七绝边塞诗，当以这首《夜上受降城闻笛》为第一。

中唐边塞诗，写慷慨从军、英勇杀敌的作品仍然不少，如卢纶的《塞下曲》：

月黑雁飞高，单于夜遁逃。
欲将轻骑逐，大雪满弓刀。

李益的《塞下曲》：

伏波惟愿裹尸还，定远何须生入关。
莫遣只轮归海窟，仍留一箭射天山。

中唐国力大不如前，而将帅腐败无能却更胜往昔，征战无功，铁衣久成，将士也产生了厌战思归的情绪，这首《夜上受降城闻笛》就是这一类诗歌的翘楚。

音乐的感染力是很强的，尤其是在异地他乡听到故乡的音乐。四面楚歌，可以唱散项羽的八千子弟兵；朝云吹篪，可以平息诸羌叛乱。这受降城月下的芦管，自然也会勾起征人们的思乡之情。

遣悲怀三首录一／元稹

谢公最小偏怜女，自嫁黔娄百事乖。

顾我无衣搜荩箧，泥他沽酒拔金钗。

野蔬充膳甘长藿，落叶添薪仰古槐。

今日俸钱过十万，与君营奠复营斋。

悼亡诗，在古代诗歌中也算是一体。许多悼亡诗，因为情真意切，所以感人至深，尤其是悼亡妻亡子的诗。最早的悼亡妻的诗，是西晋潘岳的《悼亡诗》三首，而最好的、最感人的，是元稹的三首《遣悲怀》，大概只有苏轼悼亡妻王弗的词《江城子》能够与之相比。

元稹早年家贫，元和元年（806）二十八岁就举制科，对策第一，被授予左拾遗，迁监察御史。他的元配妻子韦丛是朝廷显贵韦夏卿的幼女，贞元十九年（803）与元稹成婚，当时元稹还是一介布衣。虽然家贫，但韦丛十分贤惠，两人伉俪情深。不料七年后，即元和四年（809）韦丛就去世了。元稹非常悲痛，写了好多诗悼念亡妻。他在《叙诗寄乐天书》中说自己"不幸少有伉俪之悲，抚存感往，成数十诗，取潘子《悼亡》为题"。他的诗集中，还有《六年春遣怀八首》等悼妻之作。

元稹的《遣悲怀》之所以感人，是因为他所叙都是生活中的小事，但正是这些小事，让人感受到夫妻之间的深情。"顾我无衣搜荩箧，泥他沽酒拔金钗"，让人觉得多么温馨；"野蔬充膳甘长藿，落叶添薪仰古槐"，又多么让人感动。

有人因为元稹在韦丛死后又纳妾娶妻，再加上他又是著名唐传奇《莺莺传》的作者。故事中的张生是一个薄幸之人，对崔莺莺始乱终弃，还美其名曰为"善补过"，而许多人都认为张生实际上就是元稹自己，所以，认定元稹言行不一，其实是轻薄小人。这些话，如果是古人说说，还情有可原，但是现在有的研究元稹的人也接受这个观点，就有一点奇怪了。悼念亡妻和再婚再娶是两码事，怎么能混为一谈。莫非要元稹从此鳏居，才算是对得起亡妻？才算是感情专一？今天都什么时代了，头脑还如此冬烘。

石头城 / 刘禹锡

山围故国周遭在，潮打空城寂寞回。

淮水东边旧时月，夜深还过女墙来。

这是刘禹锡著名的《金陵五题》的第一首。

《金陵五题》同是金陵怀古之作，但与前面那首《西塞山怀古》略有些不同。《西塞山怀古》写战事，而《金陵五题》感叹金陵六朝国都、王谢旧居，歌舞享乐之地，如今繁华不再，抚今追昔，感慨系之。

《石头城》是《金陵五题》的第一首，也是刘禹锡最得意的一首。表面上看，全是写景，但营造的意境气氛，却让人十分压抑。

首句说山川依旧，但此地已是"故国"，也就是从前的都城，已点出主题。第二句的"空城"和"寂寞"，更加深了这种荒凉落寞的氛围。这一句最为白居易所激赏。刘禹锡在《序》中说："他日友人白乐天掉头苦吟，叹赏良久，且曰：'《石头》诗云"潮打空城寂寞回"，吾知后之诗人，不复措词矣。'"

第二句已说"空城"，末二句更加重这种感觉。金陵王气繁华不再，只有淮水东边升起的月亮，还是依然明亮。夜深了，它慢慢地从城墙上滑过，又默默地渐渐西沉。它曾经照耀过的宫苑豪宅，歌台舞榭，都已经不复存在了。潮水"寂寞"，月亮更"寂寞"，难怪此诗会受到白居易的如此喜爱了。

乌衣巷 / 刘禹锡

朱雀桥边野草花，乌衣巷口夕阳斜。

旧时王谢堂前燕，飞入寻常百姓家。

这是《金陵五题》的第二首。

乌衣巷，在金陵城东南，因东吴时在此地设军营，战士皆着黑衣，所以称"乌衣巷"。六朝时期，这里是王、谢等大姓聚居的地方，如同现在的富人区。朱雀桥为金陵城南门外大桥，在乌衣巷附近，既是交通要道，也是繁华之地。

前两句写朱雀桥、乌衣巷似乎仍然是原来的样子，野草花开，夕阳西斜，但诗人刻意选取"野草花"和"夕阳斜"，又让人总感到有点萧索的意味。

后两句不直接写六朝豪门大姓的没落，只写春天到了，燕子归来，仍然在原来的屋梁上筑巢，但是，房子虽然还是老房子，而主人却已经不是旧主人了，原来的王谢旧居，已经成了平民的住宅了。这既是对豪门的讽刺，也是对世事沧桑的感叹。

竹枝词/刘禹锡

杨柳青青江水平，闻郎江上唱歌声。
东边日出西边雨，道是无晴却有晴。

明代诗人李梦阳《诗集自序》借王叔武之口说："真诗乃在民间。"古今成功的诗人，都是很善于向民间学习的。

"竹枝"本是四川、湖南一带的民歌。张籍《送枝江刘明府》诗有"向南渐渐云山好，一路唯闻唱《竹枝》"；顾况《竹枝曲》诗有"巴人夜唱《竹枝》后，断肠晓猿声渐稀"；李益《送人南归》诗有"无奈孤舟夕，山歌闻《竹枝》"；于鹄《巴女谣》诗有"巴女骑牛唱《竹枝》，藕丝菱叶傍江时"，都说明《竹枝》本是南方的山歌。冯贽《云仙杂记》说："张旭醉后唱《竹枝》，反复必至九回乃止。"可见，至少在盛唐时候《竹枝》已广泛流传。

《竹枝》的清新活泼，很受人们的欢迎，并引起文人的拟作兴趣。刘禹锡在《竹枝词序》中说："四方之歌，异音而同乐。岁正月，余来建平，里中儿联歌《竹枝》，吹短笛击鼓以赴节，歌者扬袂睢舞，以曲多为贤。聆其音，中黄钟之羽，其卒章激讦如'吴声'。虽伧伫不可分，而含思宛转，有淇、濮之艳音。昔闻屈原居沅、湘间，其民迎神，辞多鄙陋，乃为作《九歌》，至于今，荆楚歌舞之。故余亦有《竹枝》九篇，俾善歌者扬之。"

这里选的这首《竹枝词》，是最著名的一首。

诗是以一个船家女子的口吻写的。她暗恋上了一个"郎"，这个"郎"会在"杨柳青青江水平"的时候在江上唱歌，应该是一个在江上生活的渔家。这种江上儿女的爱情很多，也很正常，在古代诗歌中也有很多描写。南朝乐府民歌中就有很多这样的描写，比如《莫愁乐》：

> 闻欢下扬州，相送楚山头。
> 探手抱腰看，江水断不流。

又如北宋李之仪的《卜算子》：

> 我住长江头，君住长江尾。日日思君不见君，共饮长江水。 此水几时休？此恨何时已？只愿君心似我心，定不负、相思意。

写的都是这种情爱。

刘禹锡的这首《竹枝词》无疑是这一类诗歌中的上乘之作。首先，是对陷入爱情的女孩子的心理刻画极为细腻传神。"郎"在江上也许有心，也许无心的歌声，拨动了少女的心弦。但是，她却不知道心中的恋人对自己究竟是有情还是无情。他们肯定是相识的，甚至有过对爱情的暗示，但是那一层薄薄的纸还没有捅破。女孩子是深深地爱上了唱歌的小伙子，但是他呢？这是一种非常微妙的感情，甜蜜而痛苦，江上的歌声，已经完全把少女的心扰乱了。

名篇赏析

这首诗是学习民歌成功的典范。语言完全是民歌化的，尤其被大家所欣赏的，是末句学习南朝乐府民歌中非常喜欢和善于使用的"双关"修辞手法。"东边日出西边雨"，是夏天常见的景象，民间甚至有"大雨隔牛背"的说法。那么是有晴还是无晴呢？这两个天晴的"晴"字，又巧妙地谐感情的"情"字，这才是女孩子心中最彷徨的感觉。

赋得古原草送别／白居易

> 离离原上草，一岁一枯荣。
> 野火烧不尽，春风吹又生。
> 远芳侵古道，晴翠接荒城。
> 又送王孙去，萋萋满别情。

这首诗，也是白居易的成名作之一。

离离，是草长得很高的样子。由此想到秋天一到，草就会枯黄了，但第二年的春天，新的草又会长出来。

颔联是名句，荒芜的草，哪怕野火烧尽，只要春风一吹，又会绿了山冈，绿了郊原。这其实又是一个人事代谢，新生力量不可战胜的真理，所以传诵至今。当年顾况也是因为这一句诗而收起了对年轻的白居易的轻视之心的。

颈联实写草，"古道""荒城"紧扣诗题的"古原"；"远芳""晴翠"则扣"草"。字字落实。

尾联扣"送别"，用《楚辞·招隐》"王孙游兮不归，春草生兮萋萋"的意思。萋萋，是草茂盛的样子。

现在的一些中小学教材中，差不多都选入了这首诗。但是，很多教材却只选了前四句，甚至连诗题都改成《草》了。我是并不赞成这种做法的。

好的诗歌，一种是浑成的，全诗是一个不可分割的整体，诗中没有名句、警句，全诗浑然天成，陶渊明的许多诗歌就是这样。还有一类是诗中有名句、警句，虽然其他诗句相对平庸一些，但因为有名句、警句，也很成功。比如谢灵运被后人赞不绝口的"池塘生春草，园柳变鸣禽"（《登池上楼》）；王勃的"海内存知己，天涯若比邻"（《杜少府之任蜀川》）；王维的"大漠孤烟直，长河落日圆"（《使到塞上》）；元稹的"曾经沧海难为水，除却巫山不是云"（《离思五首》其四）；李商隐的"身无彩凤双飞翼，心有灵犀一点通"（《无题》）；温庭筠的"鸡声茅店月，人迹板桥霜"（《商山早行》）等皆是。虽然其他的句子和这些名句、警句相差很远，但是在选编的时候，还是不应当把原作斩断，误导初学者。我小时候的语文教材，聂夷中的《伤田家》"二月卖新丝，五月粜新谷。医得眼前疮，剜却心头肉。我愿君王心，化作光明烛。不照绮罗筵，只照逃亡屋"，后面四句也是被取掉了的，直到长大后自己看书，才知道误读了许多年。

说到诗题，也想说几句。某高校招收古代文学研究生的试题中，曾有一题是写出一些名篇名句的时代、作者和篇名，其中就有"野火烧不尽，春风吹又生"。许多考生都知道这是唐代诗人白居易的名句，但却不知道诗题是什么。其实许多诗歌的题目非常重要，诗歌的写作背景、时间，甚至作者需要记叙的事情，需要表达的情感等等，都写明在诗题之中。诗题和正文是一个不可分割的整体。而且，不记住题目，往往不便于查找。当然，随意更改诗题就更不应该了。

卖炭翁 / 白居易

卖炭翁，伐薪烧炭南山中。满面尘灰烟火色，两鬓苍苍十指黑。卖炭得钱何所营？身上衣裳口中食。可怜身上衣正单，心忧炭贱愿天寒。夜来城外一尺雪，晓驾炭车辗冰辙。牛困人饥日已高，市南门外泥中歇。翩翩两骑来是谁？黄衣使者白衫儿。手把文书口称敕，回车叱牛牵向北。一车炭，千余斤，宫使驱将惜不得。半匹红绡一丈绫，系向牛头充炭直。

这是白居易《新乐府》诗的第三十二首，也是最为人熟知的一首。

白居易的五十首《新乐府》诗，一题一事，诗题下都有自注，说明是讽喻的什么事。这首诗的自注说："苦宫市也。"

什么是"宫市"。皇宫中虽然只住着皇帝一家人，但是却有大量太监、宫女和侍卫，他们的食物和日用生活用品，所需甚大。历代皇宫所需，都有专门的官府承办，但唐德宗贞元末年起，改由直接让太监向民间采购。这些太监及爪牙打着皇帝的招牌，在民间和市场强买硬夺，百姓苦不堪言，被称为"宫市"。《卖炭翁》就是感于此而作的。

诗人善于描写，又善于烘托气氛。前面部分把烧炭卖炭的老人的生活已经写得十分清苦。但是为了"身上衣裳口中食"，也就是说，为了生存，为了维持最低的生活水平，老人不得不如此辛劳。

"可怜身上衣正单，心忧炭贱愿天寒"，这是读来让人鼻酸的，所以，当读到"夜来城外一尺雪"的时候，我们一方面为老人担忧，一方面也为老人高兴。当读到"市南门外泥中歇"的时候，大家都有略松了一口气的感觉。

正是在这个时候，诗人的笔锋一转，两个"黄衣使者白衫儿"的出现，让老人的希望彻底破灭了。打着替皇上买东西的招牌，你敢抗拒吗？老人只好眼睁睁地看着一千余斤辛辛苦苦烧出来，准备换衣食的炭被拉走了。

是强抢吗？不是，别人是给了钱的，"半匹红绡一丈绫"不是"系向牛头充炭直"了吗？稍有常识的人都知道，这些东西和一千余斤炭等值吗？何况老人拿这些东西来有什么用！

诗人对此没有加任何评论，但还用得着评论吗？读此诗的人都会担心，老人以后怎么生活？他还捱得过那个严寒的冬天吗？

诗人对宫市的控诉是相当有力的。

长恨歌 / 白居易

汉皇重色思倾国，御宇多年求不得。

杨家有女初长成，养在深闺人未识。

天生丽质难自弃，一朝选在君王侧。

回眸一笑百媚生，六宫粉黛无颜色。

春寒赐浴华清池，温泉水滑洗凝脂。

侍儿扶起娇无力，始是新承恩泽时。

云鬓花颜金步摇，芙蓉帐暖度春宵。

春宵苦短日高起，从此君王不早朝。

承欢侍宴无闲暇，春从春游夜专夜。

后宫佳丽三千人，三千宠爱在一身。

金屋妆成娇侍夜，玉楼宴罢醉和春。

姊妹弟兄皆列土，可怜光彩生门户。

遂令天下父母心，不重生男重生女。

骊宫高处入青云，仙乐风飘处处闻。

缓歌慢舞凝丝竹，尽日君王看不足。

渔阳鼙鼓动地来，惊破《霓裳羽衣曲》。

九重城阙烟尘生，千乘万骑西南行。

翠华摇摇行复止，西出都门百余里。

六军不发无奈何，宛转蛾眉马前死。

花钿委地无人收，翠翘金雀玉搔头。

君王掩面救不得，回看血泪相和流。

黄埃散漫风萧索，云栈萦纡登剑阁。

峨嵋山下少人行，旌旗无光日色薄。

蜀江水碧蜀山青，圣主朝朝暮暮情。

行宫见月伤心色，夜雨闻铃肠断声。

天旋地转回龙驭，到此踌躇不能去。

马嵬坡下泥土中，不见玉颜空死处。

君臣相顾尽沾衣，东望都门信马归。

归来池苑皆依旧，太液芙蓉未央柳。

芙蓉如面柳如眉，对此如何不泪垂？

春风桃李花开日，秋雨梧桐叶落时。

西宫南苑多秋草，落叶满阶红不扫。

梨园弟子白发新，椒房阿监青娥老。

夕殿萤飞思悄然，孤灯挑尽未成眠。

迟迟钟鼓初长夜，耿耿星河欲曙天。

鸳鸯瓦冷霜华重，翡翠衾寒谁与共？

悠悠生死别经年，魂魄不曾来入梦。

临邛道士鸿都客，能以精诚致魂魄。

为感君王辗转思，遂教方士殷勤觅。

排空驭气奔如电，升天入地求之遍。

上穷碧落下黄泉，两处茫茫皆不见。

忽闻海上有仙山，山在虚无缥缈间。

楼阁玲珑五云起，其中绰约多仙子。

中有一人字太真，雪肤花貌参差是。

金阙西厢叩玉扃，转教小玉报双成。

闻道汉家天子使，九华帐里梦魂惊。

揽衣推枕起徘徊，珠箔银屏迤逦开。

云鬓半偏新睡觉，花冠不整下堂来。

风吹仙袂飘飘举，犹似霓裳羽衣舞。

玉容寂寞泪阑干，梨花一枝春带雨。

含情凝睇谢君王，一别音容两渺茫。

昭阳殿里恩爱绝，蓬莱宫中日月长。

回头下望人寰处，不见长安见尘雾。

惟将旧物表深情，钿合金钗寄将去。

钗留一股合一扇，钗擘黄金合分钿。

但令心似金钿坚，天上人间会相见。

临别殷勤重寄词，词中有誓两心知。

七月七日长生殿，夜半无人私语时。

在天愿作比翼鸟，在地愿为连理枝。

天长地久有时尽，此恨绵绵无绝期。

用诗歌来讲故事，而且是讲一个哀怨凄婉的故事，很难。但是，汉乐府中的长诗《孔雀东南飞》做到了，白居易也做到了，那就是他著名的长诗《长恨歌》。

"在天愿作比翼鸟，在地愿为连理枝"，多么美好的爱情宣言，多么美好的爱情愿望。然而，"一别音容两渺茫"，"他生未卜此生休"（李商隐《马嵬》），转眼之间，已是人鬼殊途，剩下的，就只有摧肝裂肺，喟然叹息，就只有"此恨绵绵无绝期"了。这绵绵不绝、无休无止的"长恨"，不是仇怨，而是深深的遗憾与悔恨。

唐明皇李隆基是很可能被划入陈后主、隋炀帝、李后主、宋徽宗等一伙的，其实他与那几个亡国之君是有很大不同的。

李隆基生于武则天垂拱元年（685），"安史之乱"发生的时候（755）他已经七十岁了。杨玉环是天宝四年（745）入宫被封为贵妃的，那时李隆基六十岁了。在此之前，李隆基是堪称明君的。他早年与太平公主一起，杀了想做第二个武则天又没有武则天雄材大略的韦后和安乐公主，安定了唐室，后来又杀了企图作乱的太平公主，巩固了政权。即位以后，励精图治，开创了中国封建社会时期最繁荣富庶的开元、天宝盛世。他的昏聩，大约也是在六十岁以后，轻信和重用了一些祸国殃民的小人，如李林甫、安禄山一类的人，在一片歌舞升平的麻痹大意中，酿成了"安史之乱"。这大概是人们同情他而不太同情同样是艺术天才而亡国的李后主和宋徽宗的主要原因。

杨玉环是皇家嫔妃中许多悲剧性人物中的一个，但她不招人恨而招人怜，不是因为她的美貌，而是她的命运。

杨玉环肯定是很漂亮的，不仅漂亮，而且丰满，这又符合了唐代的审美趣味。她本来是唐明皇的儿子寿王李瑁的妃子，被唐明皇看上了，就把她纳为自己的后妃。那一年，唐明皇六十岁，她二十一岁。

唐明皇是大音乐家，连国手李龟年等人都自愧不如。他能够亲自教导教坊梨园的乐工，教坊梨园的水平是相当于今天的国家歌舞团或中央音乐学院的。

杨玉环也是大音乐家，琵琶弹得极好，好多皇室子弟都是她的学生。她还是大舞蹈家，据史书记载，她的《霓裳羽衣舞》和极难的《胡旋舞》都跳得很好。《全唐诗》中，还收录有她的诗。她只争宠（和唐明皇的另一位宠妃梅妃，可参看《杨太真外传》和《梅妃传》），但不干政，也没有什么野心。

不幸"安史之乱"爆发了，于是杨贵妃成了最大的牺牲品，在逃往四川的路上，到马嵬坡，护卫的禁军在统领陈元礼的带领下不走了，要求诛杀杨国忠，而且要求连杨贵妃也一起杀了。于是，杨玉环被唐明皇亲自下令，高力士亲自动手，缢杀了。"宛转蛾眉马前死，花钿委地无人收"，多么优美的语言，多么惨痛的场面！

长安收复后，唐明皇又回到京城，但是儿子李亨已经自己做了皇帝，尊他为太上皇，这时候他已经接近八十高龄了。实际上，还没有等到"安史之乱"彻底平定，他就已经去世了（他死于762年）。长安虽然收复，但是战争还没有结束，长安已经完全不是当年的模样，他太上皇的生活，也与当年完全不能相比，惨痛孤寂的心情中，让他更加深了对住日生活的怀念，也就加深了他对杨贵妃的怀念与愧疚。

本来，故事到这里就已经结束了，可是这故事的结局不够浪漫，文人学士们不满意了，他们想起了当年汉武帝和李夫人的故事。

据说汉武帝很宠爱的妃子李夫人死了以后，汉武帝一直非常思念她。有一个叫李少翁的方士知道后，就跑去见汉武帝，说他能施法让汉武帝与李夫人相会。汉武帝很高兴，就让他入宫施法。

李少翁要了李夫人生前的衣服，准备净室，中间挂着薄纱幕，幕里点着蜡烛，李夫人的影子就出现在纱幕上。汉武帝看到李夫人的影子，吟道："是邪，非邪？立而望之，偏何姗姗其来迟。"（《汉书·外戚传》）李少翁因此被封为文成将军。

其实李少翁表演的不过是一出简单的影戏，汉武帝未尝不知道，但总算是聊慰相思了，又何必去说破。

这个传说给中唐的文人很大启发，他们不可能也去搞一场同样的表演，因为唐明皇也早就死了，但是，他们可以制造一个更为浪漫的故事。于是，就有了"能以精神致魂魄"的"临邛道士鸿都客"的出现。既然不需要像李少翁那样表演，只是用文字来叙述，一切就简单了。于是，又有了这位"临邛道士""上穷碧落下黄泉"的寻找，而且在海外仙山居然找到了已是仙人的杨玉环，她还托道士带了东西给唐明皇。这不是像李夫人一样的影子，也不是道士回来的信口胡说，因为这位名叫"太真"的仙女，叮嘱唐明皇的话，是他们当年七夕的时候在长生殿"夜半无人私语时"的爱情誓言："在天愿作比翼鸟，在地愿为连理枝。"这是二人世界的隐私，别人是不可能知道的。

这一个凄婉而又优美的故事，一是被陈鸿写成了传奇《长恨歌传》，一是被白居易写成了长诗，就是这首《长恨歌》。

写作这首诗的时候，白居易三十五岁，离他和元稹发起"新乐府运动"还有好几年。

白居易曾经说过："一篇《长恨》有风情。"（《编集拙诗成一十五卷因题卷末戏赠元九李二十》）这对我们很好地理解和欣赏《长恨歌》是有很大帮助的。

习惯了什么样的文学艺术作品都要挖掘深刻主题的现代文艺批评与赏析，要么，把简单的问题搞得非常复杂，要么，把非常优美的文学艺术作品搞得如同政治教科书，让欣赏者尚来不及认真欣赏，来不及获得作品带来的美感，就已经兴味索然了。

让我们先认真地去读一读原诗。

这是一首以叙事为主的长诗，为了便于理解，我们还是按内容分为四个段落来欣赏。

第一段，从开头到"尽日君王看不足"。

"汉皇重色思倾国，御宇多年求不得。"平平常常的一句，不过是为了下面杨玉环的出场所作的烘托。就像关云长要温酒斩华雄，先得有几个武艺平常的去送死，铺垫一下一样。但是，许多赏析文章都抓住第一句不放，说是全诗的纲领，于是全诗的基调也就定下来：唐明皇重色误国，杨玉环女色误国。如此一来，全诗都是谴责，还能读得下去么？

前面已经说过，唐明皇绝不是只重女色、不理国事的君王，酿成"安史之乱"的原因很多，也绝不是因为唐明皇宠爱杨玉环。唐明皇后宫也不缺美女，至少还有一个和杨玉环争宠的梅妃。这两句只是为杨玉环的出场作铺垫，没有那么深的含义。所以，紧接着就是杨玉环的闪亮登场。

从"一朝选在君王侧"开始，是一大段李、杨恩爱生活的描写，语言非常优美。

白居易极善叙事，层次分明，层层递进。先写杨玉环的美，"回眸一笑百媚生，六宫粉黛无颜色"。抓住了女性最美最动人的一瞬——"回眸一笑"。后来王实甫《西厢记》中写崔莺莺，就借用于此，化为"怎当他临去秋波那一转"。接下来写她的娇，赐浴华清池，"春寒水滑洗凝脂"已是让人难当，但最动人心的，是"侍儿扶起娇无力"，女性的柔弱，往往能引起男性的怜爱，像孙二娘那样的女性，是不大讨人喜欢的。于是才有了"春从春游夜

名篇赏析

201

专夜"，才有了"三千宠爱在一身"，才有了"尽日君王看不足"。

于是有人就说白居易写《长恨歌》，是"欲惩尤物"。最先说这个话的，是和白居易同时、写《长恨歌传》的陈鸿，但白居易自己并没有说。即使是说了，也不过是从古至今大男子主义的女色误国的翻版，不值得肯定的。五代花蕊夫人有一首诗：

> 君王城上竖降旗，妾在深宫那得知？
>
> 十四万人齐解甲，更无一个是男儿！

把亡国的责任，推为红颜祸水，是最没有出息的，白居易的本意也未必如此。倒是有一句值得注意："姊妹弟兄皆列土，可怜光彩生门户。"后妃的一家如果从政，那就可怕了，因为这些人一般都没有本事，而又倚仗皇室为非作歹，历代史书都有《外戚传》，所记没有几个不误国的。不幸杨玉环有两个姐姐：虢国夫人和秦国夫人，也是天生的美人，还有一个堂兄杨国忠，草包一个，但却因为杨贵妃的关系做到了宰相。如果说"安史之乱"和杨家一点关系也没有，也是不符合历史事实的。

第二段从"渔阳鼙鼓动地来"到"回看血泪相和流"。这首诗不可能去讨论"安史之乱"的原因，只是记载了"安史之乱"给李、杨爱情带来的悲剧性结局。在逃往四川的路上，军士哗变，要求诛杀罪魁祸首，杨玉环不幸成了替罪羊，"六军不发无奈何，宛转蛾眉马前死"。这是惨绝人寰的，当时杨玉环才三十多岁，而且是唐明皇亲自下的命令！这件事要是发生在普通老百姓身上，那是要遭到万世唾骂的，但不幸这是帝王家。唐明皇有不能殉情的苦衷，何况他已是七十岁的老人。从诗句中，我们看不到白居易的快意，反倒觉出对杨玉环之死的同情。

第三段从"黄埃散漫风萧索"到"魂魄不曾来入梦"。写杨玉环死后唐明皇对她的思念之情。写了三个场景。

第一个是避难蜀中时。"蜀江水碧蜀山青,圣主朝朝暮暮情。行宫见月伤心色,夜雨闻铃肠断声。"

第二个是回京的路上。"天旋日转回龙驭,到此踌躇不能去。马嵬坡下泥土中,不见玉颜空死处。"

第三个是回长安以后。"归来池苑皆依旧,太液芙蓉未央柳。芙蓉如面柳如眉,对此如何不泪垂。""鸳鸯瓦冷霜华重,翡翠衾寒谁与共?悠悠生死别经年,魂魄不曾来入梦。"

三个场景的描写,刻画了思念之深,大概李、杨爱情最感人的地方即在此。从前看有人分析同样题材的白朴的《唐明皇秋夜梧桐雨》和洪升的《长生殿》,说帝王之家难有真正的爱情,因此唐明皇与杨玉环的爱情就显得难能可贵,是有一定道理的。

第四段从"临邛道士鸿都客"到结束。这是一段极具浪漫色彩的爱情颂歌。尤其是结尾处"太真"的叮嘱:"临别殷勤重寄词,词中有誓两心知。七月七日长生殿,夜半无人私语时。在天愿作比翼鸟,在地愿为连理枝。"不要忘记了这生生世世永做夫妻的誓言。读到这里,我不知道是不是还有人会大谈"欲惩尤物"。

当然,这一切都是虚幻的、美好的愿望,并不等于事实,所以只能感叹"天长地久有时尽,此恨绵绵无绝期"了。

白居易把自己的诗分为四类,即讽喻诗、闲适诗、感伤诗、杂律诗。他并没有把《长恨歌》归入"讽喻诗"中,而是归入"感伤诗"中的。当然,"感伤诗"并非完全没有讽喻,没有兴寄,但总不及"讽喻诗"来得直接和激烈。

《长恨歌》之所以千百年来受到人们的喜爱,还因为它的语言极为精美,有许多都成为经典名句,甚至成为格言,比如"天生

名篇赏析

203

丽质难自弃"，"回眸一笑百媚生"，"从此君王不早朝"，"上穷碧
落下黄泉，两处茫茫皆不见"，"梨花一枝春带雨"，"在天愿作比
翼鸟，在地愿为连理枝"等。当然，佳词秀句还远不止此，相信
你在吟诵这首诗的时候会时有所得的。

琵琶行/白居易

浮阳江头夜送客，枫叶荻花秋瑟瑟。
主人下马客在船，举酒欲饮无管弦。
醉不成欢惨将别，别时茫茫江浸月。
忽闻水上琵琶声，主人忘归客不发。
寻声暗问弹者谁？琵琶声停欲语迟。
移船相近邀相见，添酒回灯重开宴。
千呼万唤始出来，犹抱琵琶半遮面。
转轴拨弦三两声，未成曲调先有情。
弦弦掩抑声声思，似诉平生不得志。
低眉信手续续弹，说尽心中无限事。
轻拢慢捻抹复挑，初为《霓裳》后《六幺》。
大弦嘈嘈如急雨，小弦切切如私语。
嘈嘈切切错杂弹，大珠小珠落玉盘。
间关莺语花底滑，幽咽泉流水下滩。
冰泉冷涩弦凝绝，凝绝不通声暂歇。
别有幽愁暗恨生，此时无声胜有声。
银瓶乍破水浆迸，铁骑突出刀枪鸣。
曲终收拨当心画，四弦一声如裂帛。

东船西舫悄无言，唯见江心秋月白。
沉吟放拨插弦中，整顿衣裳起敛容。
自言本是京城女，家在虾蟆陵下住。
十三学得琵琶成，名属教坊第一部。
曲罢曾教善才服，妆成每被秋娘妒。
五陵年少争缠头，一曲红绡不知数。
钿头银篦击节碎，血色罗裙翻酒污。
今年欢笑复明年，秋月春风等闲度。
弟走从军阿姨死，暮去朝来颜色故。
门前冷落车马稀，老大嫁作商人妇。
商人重利轻别离，前月浮梁买茶去。
去来江口守空船，绕船月明江水寒。
夜深忽梦少年事，梦啼妆泪红阑干。
我闻琵琶已叹息，又闻此语重唧唧。
同是天涯沦落人，相逢何必曾相识！
我从去年辞帝京，谪居卧病浔阳城。
浔阳地僻无音乐，终岁不闻丝竹声。
住近湓城地低湿，黄芦苦竹绕宅生。
其间旦暮闻何物？杜鹃啼血猿哀鸣。
春江花朝秋月夜，往往取酒还独倾。
岂无山歌与村笛？呕哑嘲哳难为听。
今夜闻君琵琶语，如听仙乐耳暂明。
莫辞更坐弹一曲，为君翻作琵琶行。
感我此言良久立，却坐促弦弦转急。
凄凄不似向前声，满座重闻皆掩泣。
座中泣下谁最多？江州司马青衫湿。

白居易的两首长诗——《长恨歌》和《琵琶行》实在是太出色了。

用一种艺术形式去阐释另一种艺术形式，比如用音乐去阐释绘画，用诗歌去阐释音乐等等，是非常困难的事，因为它们的表现形式和载体完全不同。但是，也有少数例外，比如俄国作曲家穆索尔斯基的交响乐《图画展览会》，就很成功地用音乐去阐释了绘画。

唐人诗歌中，描写音乐的作品很多，也有一些非常成功的。如李白的《听蜀僧濬弹琴》、李颀的《听董大弹胡笳声兼寄语弄房给事》、元稹的《琵琶歌》、韩愈的《听颖师弹琴》、李贺的《李凭箜篌引》等。其中最有名的，还得数白居易的《琵琶行》。

白居易因为《新乐府》和犯颜直谏，得罪了皇帝和权贵，于元和十年被贬为江州（今江西九江）司马。按此诗前的《小序》，诗写于贬谪后的第二年秋天。

诗是七言歌行体，很长，凡六百一十六字。但结构严谨，首尾呼应，过渡自然，一气呵成。

全诗可以分为四段。

第一段，从开头至"别时茫茫江浸月"。交待了事情发生的时间、地点，并且非常成功地营造了一种气氛，让琵琶女尚未出现，已经有先声夺人的感觉。从"浔阳江头夜送客，枫叶荻花秋瑟瑟"起，到"醉不成欢惨将别"，就已经有一种非常强烈的悲凉感觉。到"别时茫茫江浸月"这一句出现的时候，已经把这种因离别而带来的悲凉气氛推到了极致，如果没有意外的事情出现，诗到这里已经写不下去了。但是，"忽闻水上琵琶声"，如峰回路转，绝处逢生，一下子把人们的注意引到了这突然出现在水上的琵琶声中，很自然地逗起下文。

第二段，从"忽闻水上琵琶声"至"唯见江心秋月白"。这是全诗最精彩的部分，也是最成功的部分。从江上传来的琵琶声，到琵琶女的"千呼万唤始出来，犹抱琵琶半遮面"，已吊足了听众和读者的胃口。是谁值得身为大诗人、大音乐家、大音乐评论家的白居易如此重视，乃至"千呼万唤"？

琵琶女终于答应演奏了。我们无缘听到，这是让人遗憾的。音乐是听觉艺术，不亲耳聆听，无论别人怎样介绍，感觉都完全不一样。就像一道美味，如果不能亲口尝一尝，别人再怎么描述，都是没有用的。但白居易的描写，却让我们竟然有了身临其境的感觉。"转轴拨弦三两声，未成曲调先有情。"白居易真是欣赏音乐的高手，琵琶女也真是演奏琵琶的高手。转轴拨弦，是演奏之前重新调一下弦，这声音本是很单调的，但如果演奏者是高手，又当别论了。据说一流的小提琴演奏家，调弦时奏出的声音就可以让你陶醉，于此，我是有亲身体验的。这大概就是俗语所说的"行家一伸手，就知有没有"吧。白居易大概也就从这几声中，已经听出了琵琶女的高超水平。

下面是对琵琶演奏的一段非常精彩的描写。诗人用了大量的比喻，让读者虽然没有直接听到琵琶女的演奏，但是却能够通过想象把它再现出来。

我不在这里饶舌，因为只有通过慢慢品味原诗，才能得到那种强烈的美感享受。我只是作一点简单的提示。

一般的赏析文章，都非常欣赏诗中对音乐的具体描写，比如"轻拢慢捻抹复挑"，"大弦嘈嘈如急雨，小弦切切如私语。嘈嘈切切错杂弹，大珠小珠落玉盘"等，应该承认，这些描写确实是非常高明的。但是白居易是一个非常高明的音乐家、音乐理论家，他是绝不会满足或者停留在对音乐的表面描写中的。比如"大珠

名篇赏析

小珠落玉盘",描写弹弦乐器的清脆饱满,也就是行话所说的"颗粒感",确实很形象又很优美,但是稍懂音乐的人都知道,要做到这一点其实并不难,现在音乐学院附中的学生都可以做到。而真正难的,是通过这些技法去充分表现情感,而这一点,非大师不能做到。

我们可以先来看一看白居易的另外一首诗《问杨琼》:

古人唱歌兼唱情,今人唱歌唯唱声。

欲说向君君不会,试将此语问杨琼。

唱情和唱声,是艺术家和匠人的根本区别。唱歌如此,器乐演奏也是如此。白居易是深谙此道的,而琵琶女感动他的,正是音乐中所表现出来的幽怨之情。其实白居易已经做了暗示,就是上面已经说到的"未成曲调先有情"。

琵琶女先弹的,大概是一支文曲(琵琶曲分文曲和武曲两类)。"弦弦掩抑声声思,似诉平生不得志。低眉信手续续弹,说尽心中无限事。"白居易真是知音,他从音乐中听到的是"情",是"平生不得志",是"心中无限事"。

接下来演奏的,大概是一支武曲,激昂而热烈,但主题仍然是悲壮,或者说是悲愤的。

音乐由幽咽、冷涩到凝绝,是一步步地把情绪推向高潮,当这种幽怨悲愤的情绪达到顶点的时候,是一个大的休止,音乐戛然而止。什么是"此时无声胜有声",是情绪的积累,就像水库蓄水一样,一旦开闸,则一泻千里,不可收拾。果然,"银瓶乍破水浆迸,铁骑突出刀枪鸣",压抑已久的情感爆发了,乐曲也被推向高潮,而且就在这时,"曲终收拨当心画,四弦一声如裂帛",乐曲就在高潮中结束了。

这样的艺术，其感染力是巨大的，甚至是震撼的。"东船西舫悄无言，唯见江心秋月白"，如果是在音乐厅中演出，恐怕观众连鼓掌都会忘记了。

白居易写此诗，绝不仅仅是为了描述琵琶女高超的演奏，他是要借此抒怀的，也就是我们常说的"借他人酒杯，浇自家块垒"。

第三段，从"沉吟放拨插弦中"至"梦啼妆泪红阑干"。这一段是琵琶女对自己身世的自述。从自己当年"名属教坊第一部"，"曲罢曾教善才服，妆成每被秋娘妒。五陵年少争缠头，一曲红绡不知数"，沦落到"老大嫁作商人妇"，如此大的命运落差，确实是让人叹息的。

于是自然引出了最后的一段。其实在白居易心中，这一段应该才是全诗的主题，才是他想要说的话。他在诗《序》里说："予出官二年，恬然自安，感斯人言，是夕始觉有迁谪意。""恬然自安"未必是老实话，但"是夕始觉有迁谪意"却是真话。他是引琵琶女的身世自况，或者说，琵琶女的遭遇引起了他思想上的共鸣，所以发出了为后人激赏的名言："同是天涯沦落人，相逢何必曾相识。"也难怪再听到琵琶女凄婉的演奏之后，会"江州司马青衫湿"了。

过华清宫绝句／杜牧

长安回望绣成堆，山顶千门次第开。

一骑红尘妃子笑，无人知是荔枝来。

杜牧的七绝是很有名的，他的咏史诗也同样有名。《过华清宫绝句》是他的咏史七绝中的精品。

"安史之乱"是唐人心中的痛，好好个大唐帝国，就这样搞得一蹶不振了。唐明皇难辞其咎，杨贵妃一家也背上了千古骂名。

华清宫，在长安附近的骊山上，不仅风景如画，而且有著名的温泉，于是这里就成了唐明皇和杨贵妃等人避寒消夏的好地方。白居易《长恨歌》里的"春寒赐浴华清池，温泉水滑洗凝脂"，写的就是这件事。

本来，身为一国之君，贵为天子嫔妃，去避一避暑，泡一泡温泉，再喜欢吃几颗荔枝，也算不得什么大事，但是如果连国家大事都不管，甚至因此酿成大乱，就不是小问题了。

再说荔枝，本来也是平平常常的水果，不过因为杨玉环特别喜欢，所以现在有的商家已经把它叫做"贵妃果"了。荔枝是热带水果，陕西没有出产，而且极易腐坏，古代又没有很好的保鲜技术，据说摘下来三天以后就腐败不可食用了。于是，每到荔枝成熟，就由专人骑快马运送，一路上换马不换人，争取尽快送到宫中。宋苏轼《荔枝叹》说："十里一置飞尘灰，五里一堠兵火催。颠坑仆谷相枕藉，知是荔支龙眼来。飞车跨山鹘横海，风枝露叶如新采。宫中美人一破颜，惊尘溅血流千载。"为吃几颗荔枝，如此兴师动众，如此扰民，难怪杜牧要讽刺说"一骑红尘妃子笑，无人知是荔枝来"了。明代汤显祖的戏剧《长生殿》，还专门写了"进果"一出，也是对李、杨进行讽刺的。

江南春绝句 / 杜牧

千里莺啼绿映红，水村山郭酒旗风。

南朝四百八十寺，多少楼台烟雨中。

　　描写江南美景的名句，有南朝梁时丘迟《与陈伯之书》中的"暮春三月，江南草长。杂花生树，群莺乱飞"；元虞集《风入松》的"杏花春雨江南"。江南的美，在春，在水，在烟雨迷蒙，在莺飞草长，在水郭山村，酒旗迎风。杜牧的这首《江南春》，把这一切全都抓住了，而且用极优美的语句，把它们浓缩在短短的二十八个字中，确实是妙笔生花。

　　这首诗的第一句，有一段公案，牵涉对诗歌的欣赏理解，所以提出来说一说。

　　明代杨慎（升庵）在《升庵诗话》中说："千里莺啼，谁人听得？千里绿映红，谁人见得？若作十里，则莺啼绿红之景，村郭、楼台、僧寺、酒旗，皆在其中矣。"清何文焕不同意杨慎的说法，他在《历代诗话考索》中驳斥说："即作十里，亦未必尽听得着，看得见。题云《江南春》，江南方广千里，千里之中，莺啼而绿映焉，水村山郭无处无酒旗，四百八十寺楼台多在烟雨中也。此诗之意既广，不得专指一处，故总而命曰《江南春》。"何文焕的意见无疑是正确的。诗重想象，不能写得太实，当然也就不能讲得太实，如果都这样以科学的态度去解诗，那么李白的"白发三千丈，缘愁似个长"（《秋浦歌》），"桃花潭水深千尺"（《赠汪伦》）当如何理解？杜甫《古柏行》"孔明庙前有古柏，柯如青铜

名篇赏析

根如石。霜皮溜雨四十围，黛色参天二千尺"，宋沈约就认为描写不实，他说："杜《古柏行》'霜皮溜雨四十围，黛色参天二千尺'，四十围乃是径七尺，无乃太细长乎？"如此解诗，是不懂得诗歌的夸饰和想象，把它当成科学论文了。

无题 ／李商隐

> 相见时难别亦难，东风无力百花残。
> 春蚕到死丝方尽，蜡炬成灰泪始干。
> 晓镜但愁云鬓改，夜吟应觉月光寒。
> 蓬山此去无多路，青鸟殷勤为探看。

先说一说诗题。

诗歌的题目，一般是根据内容来取的，是对所吟咏之事，诸如时间、地点、为什么写此诗、诗要说什么等等的一个概括。让看的人从诗题中可以对诗作有一个大致的了解。比如我们看见李白的《望庐山瀑布》，就知道他要吟咏的是庐山的瀑布；我们看到杜甫的《闻官军收河南河北》，就知道他因为官军打败了安史叛军，河南、河北已经收复，他也因此而欣喜若狂。但有些诗歌，也许是诗人不想写出诗题，或者不便写出诗题，所以我们看到的诗题和内容是基本无关的。这种情况大致可以分为三类。一、只写出体裁，比如只写出"绝句""七律"等。比如杜甫的"两个黄鹂鸣翠柳"那首诗，就只题为《绝句》。这种情况，在宋以后的词中更是大量存在，也就是说只有词牌名，而没有题目。二、取诗歌的开头几个字作诗题，实际上等于没有题目。这种情况在《诗经》中就已经很多了，比如《周南·麟之趾》就用首句为题；《卫风·氓》就干脆用第一句"氓之蚩蚩"的第一个字为题。后来许多诗人都采用这种方法，比如杜甫，他的诗歌中这种情况很多。如《不见》，以首句"不见李生久"的前两个字为题；《客从》，以首句"客从南溟来"首二字作题。三、直接标题为《无题》。这种情况，一般是有的事不方便明说，或者不必明说。后来李商隐写了大量的《无题》诗，基本上都是爱情题材的。这里所选的，是他的《无题》三首中的第一首，也是李商隐《无题》诗中最著名的一首。

诗一开头就紧紧地把读者的心抓住了。不要说是在男女见面不是很方便的古代，就是现代，热恋中的男女，稍作分别，就想聚会；只要在一起，就不想分别。见亦难，别亦难，总为一个深深的情字。

"东风无力百花残"本来是写暮春时光，但却又给人一种与第一句的感觉十分相配的情绪烘托。

颔联是名句，使用了乐府民歌中大量使用的双关修辞手法，以"丝"谐音"思"，将春蚕吐丝和思念恋人这两件本来毫不相干的事连在一起了。"烛炬"句则使用拟人的修辞手法，把蜡烛滴蜡比作流泪，与杜牧"蜡烛有心还惜别，替人垂泪到天明"（《赠别》）同。句中以"到死"和"成灰"喻思念之深，思念之长，很有感染力。

颈联承颔联，继续言情之深、相思之苦。早上照镜子，就愁头发因思念而白了；晚上睡不着，吟咏着思念的诗句，只有清冷的月光照着离人。

不能见面，打个电话，发个短信也好，但是古人做不到，可以说连一点消息都不知道，更谈不上互诉衷情了，"心有灵犀一点通"（《无题》），还是没有办法改变"身无彩凤双飞翼"（同上）

名篇赏析

的处境的。唯一的办法，就是希望有一个能在中间传递消息的人，比如《西厢记》里的红娘。无奈之中，想起了西王母那只飞来飞去为西王母打探消息、传送情报的青鸟，如果它能够替我"殷勤""探看"，那就好了。

锦瑟 / 李商隐

锦瑟无端五十弦，一弦一柱思华年。
庄生晓梦迷蝴蝶，望帝春心托杜鹃。
沧海月明珠有泪，蓝田日暖玉生烟。
此情可待成追忆，只是当时已惘然。

同样先说诗题。这首诗以《锦瑟》为题，全诗并非咏锦瑟，而仅以首二字为题，实际上等于是"无题"，这符合我在上一首诗中所说的第二种情况。

这首诗历来被认为是李商隐诗歌中比较难懂的一首。字句并不难懂，难懂的是他究竟要说什么，或者说，究竟为什么而作。历来有爱情说、悼亡说、自伤身世说、政治寓意说等等，但又似乎都不贴切，大概是诗人晚年回忆过去的感伤之作。

诗以锦瑟起兴，也不过因为诗人写此诗是大约五十来岁，为了下句"一弦一柱思华年"便于叙述而已。

"锦瑟"就是瑟，古时弹弦乐器，最早有五十弦，据说黄帝听素女演奏时，感觉声音太过哀怨而破为二十五弦。但诗人写作，往往不一定完全遵照事实，辛弃疾《破阵子·为陈同甫赋壮词》也说"五十弦翻塞外声"。

"思华年"，就是回忆过去年轻时美好的岁月。

　　颔联和颈联连用了四个传说故事。"庄生晓梦迷蝴蝶"，是庄子的一个著名的寓言。《庄子·齐物论》说庄子梦见自己变成了蝴蝶，他就真以为自己是蝴蝶。醒了以后，不知道蝴蝶是在自己的梦中，还是现在这个自己是在蝴蝶的梦中。"望帝春心托杜鹃"，是蜀国的开国之君杜宇的传说。据说，杜宇也就是望帝后来变成了杜鹃鸟，但心系故国，常常在春天飞回来在田间鸣叫，催人春耕。这两个故事，是表示世事变化莫测，美好理想化为梦幻。"沧海月明珠有泪"，传说海中的鲛人，哭泣的眼泪会化为珠。"蓝田日暖玉生烟"，蓝田是地名，在今陕西蓝田县东南，是著名的产玉之地，据说在太阳的照射下，美玉的光泽就像烟霞一样。这两句很美，但诗人的意思，不过是借此说明往事如水泡，如烟霞，都已经幻灭，不能再追寻了。

　　尾联有一点沉痛。这样的感觉，并不是要等到今天来回忆的时候才有，其实在当时，也就是身临其境的时候，就已经感到惘然了。

橡媪叹／皮日休

秋深橡子熟，散落榛芜冈。

伛偻黄发媪，拾之践晨霜。

移时始盈掬，尽日方满筐。

几曝复几蒸，用作三冬粮。

山前有熟稻，紫穗袭人香。

细获又精舂，粒粒如玉珰。

持之纳于官，私室无仓箱。

如何一石余，只作五斗量！

狡吏不畏刑，贪官不避赃。

典时作私债，农毕归官仓。

自冬及于春，橡实诳饥肠。

吾闻田成子，诈仁犹自王。

吁嗟逢橡媪，不觉泪沾裳。

这是皮日休《正乐府》十首中的第二首。

晚唐时期，社会已经极为黑暗，而贪官墨吏更是明目张胆地盘剥百姓，民众的生活苦不堪言，晚唐诗人的斗争精神虽然远不能和杜甫、白居易等相比，但还是有不少诗人在诗歌中对这种黑暗现象进行了大胆地揭露，这首《橡媪叹》就是其中之一。

"橡媪"是皮日休随意创造的一个名词，也就是收采橡实的老妇人。就像李白在《秋浦歌》中别出心裁地称被炉火映得全身通红的冶炼工人为"赧郎"一样。

"橡实"是什么东西呢？就是橡树的果实，味苦，多食易中毒。诗的前半部分写一个"伛偻黄发媪"，从早到晚在山中拾橡实，"黄发"，指年老。人老了以后，头发一般先变黄，再变白。陶渊明《桃花源记》说"黄发垂髫，并怡然自乐"，就是指老人和小孩。穷人以拾橡实为生，是没有种好庄稼吗？不是的。诗的下面接着就说"山前有熟稻，紫穗袭人香。细获又精舂，粒粒如玉珰"。但是，这些是用来交租税的，"私室无仓箱"，家里是一点也没有剩下。

更为可气的，是官吏明目张胆地贪赃，以大斗量入，一石只当作五斗计，他们在光天化日之下这样豪夺，根本就不畏惧刑罚。老百姓把所有的收成都交给了官家，一年到头，只能靠橡实来哄一哄饥肠了，这是多么惨痛的情景啊！

诗的最后提到田成子，他是春秋时齐国的相，名陈恒。他曾经把粮食借给老百姓，以大斗借出去，以小斗收回来，所以得到人民大众的拥护，后来杀掉了齐简公称王。在儒家的眼中，田成子对老百姓的"仁"是假的，是为了某种目的的，所以叫"诈仁"。但是现在这些官吏，连"诈仁"都做不到，完全撕掉了遮羞布，明目张胆地巧取豪夺了。诗人对此也无可奈何，只能洒下一些同情的泪水："不觉泪沾裳。"

咏田家 / 聂夷中

二月卖新丝，五月粜新谷。
医得眼前疮，剜却心头肉。
我愿君王心，化作光明烛。
不照绮罗筵，只照逃亡屋。

唐诗中斗争性很强的，是一些直接描写民生疾苦的诗歌，如李绅的《悯农》二首：

其 一

春种一粒粟，秋收万颗子。
四海无闲田，农夫犹饿死。

其 二

锄禾日当午，汗滴禾下土。
谁知盘中餐，粒粒皆辛苦。

名篇赏析

217

聂夷中的《咏田家》也是其中比较著名的。

"二月卖新丝，五月粜新谷。"二月，蚕尚未结茧，就已经提前把以后缫出的丝卖了；五月，禾苗还在田中，就已经把以后成熟的谷子卖了。这种卖法，价钱会压得很低。所以下面马上说："医得眼前疮，剜却心头肉。"

后面四句，被有的选本删掉了，其实没有必要。这是诗人对"君王"的一种规劝和希望，虽然近于痴人说梦，但诗人的愿望是好的。

贫女 / 秦韬玉

蓬门未识绮罗香，拟托良媒益自伤。
谁爱风流高格调，共怜时世俭梳妆。
敢将十指夸针巧，不把双眉斗画长。
苦恨年年压金线，为他人作嫁衣裳！

表面上看，写的是一位贫女的自伤自怜，其实是作者借此表述自己怀才不遇的感慨。这一类的诗作在唐诗中还有很多，比较有名的有朱庆馀的《闺意献张水部》、张籍的《节妇吟》、王建的《新嫁娘》等。

朱庆馀的《闺意献张水部》：

洞房昨夜停红烛，待晓堂前拜舅姑。
妆罢低声问夫婿，画眉深浅入时无？

表面上看，是新婚的妻子在早起梳妆的时候，问丈夫自己的打扮合不合时宜。其实是朱庆馀在向当时任水部侍郎的张籍询问自己的文章合不合主考官的口味。张籍还回了他一首诗：

越女新妆出镜心，自知明艳更沉吟。
齐纨未足人间贵，一曲菱歌敌万金。

张籍的《节妇吟》：

君知妾有夫，赠妾双明珠。感君缠绵意，系在红罗襦。妾家高楼连苑起，良人执戟明光里。知君用心如日月，事夫誓拟同生死。还君明珠双泪垂，恨不相逢未嫁时。

表面上看，是一位已婚的女子在婉拒另一位男子的追求，实际上是拒绝当时的平卢淄青节度使李师道对自己的拉拢。

秦韬玉的《贫女》，也是这样的诗作。

"蓬门"写女子出身贫家，也暗指自己出身低微。"拟托良媒益自伤"，对贫女而言，是因为出身贫寒，而世人所重的是富贵；对诗人而言，自己品格高尚、才华横溢，但世人所重的是门第金钱。

中间四句，在贫女，是表示自己不慕荣华，不随流俗，而自信心灵手巧；于诗人而言，则是表示自己不攀附权贵，独善其身。遗憾的是世人所重的是权势富贵，有谁来赏识自己出众的才华和高尚的情操呢？

话虽然这样说，但贫女未必不想一段美好的姻缘，贫士也未必不想有一场好的际遇。只不过一年又一年，希望总是落空。"采

名篇赏析

得百花成蜜后，为谁辛苦为谁忙"（罗隐《蜂》），诗人也只能感叹"为他人作嫁衣裳"了。

唐诗小百科

山中寡妇／杜荀鹤

夫因兵死守蓬茅，麻苎衣衫鬓发焦。
桑柘废来犹纳税，田园荒后尚征苗。
时挑野菜和根煮，旋斫生柴带叶烧。
任是深山更深处，也应无计避征徭。

在晚唐揭露社会矛盾，表现人民困苦的诗歌中，杜荀鹤的这首《山中寡妇》算得上是最出色的一篇了。

晚唐社会黑暗，最痛苦的还是老百姓。"四海十年人杀尽"（杜荀鹤《哭贝韬》），没有被杀的人，也不过是饥寒交迫，挣扎在死亡线上而已。这首诗的主人公，就是丈夫已经因兵燹死去，在沉重的租税下无法生活，逃进了大山深处的一位寡妇。

她为什么要逃进深山呢？因为"桑柘废来犹纳税，田园荒后尚征苗"。农民们赖以生存的，不过是耕织而已，但是桑柘已废，田园荒芜，连基本的生存条件都不具备了，而统治者们仍然课以沉重的租税。"征苗"，指代宗广德二年开始增设的田赋附加税"青苗税"，因在粮食未成熟前征收，所以称"征苗"。

颈联是写寡妇逃进深山的生活情况，可以用"惨不忍睹"四个字来形容。

但就是这样，也逃不脱官府的追索。他们会追到深山的更深处，催租逼税，敲骨吸髓，贫民们最后大概也只有死路一条。

唐诗故事

莫以今时宠，难忘旧时恩

王维有一首叫《息夫人》的诗：

> 莫以今时宠，难忘旧时恩。
> 看花满眼泪，不共楚王言。

息夫人，是春秋时息国国君的妻子，名叫息妫，因为长得美，所以人称"桃花夫人"。楚国灭掉息国以后，把息夫人掳掠回去。她虽然被迫与楚王生活在一起，并且生了两个孩子，但是终身不与楚王说一句话。

王维为什么会写这首诗呢？说起来还有一段故事。

宁王李宪是唐睿宗的长子，他本来是应该继承皇位的，但是他把皇位让给了唐玄宗李隆基，所以他死后被追赠为"让皇帝"。

李宪也是一位风流才子，他有宠妓数十人，个个都貌美如花，而且能歌善舞。有一次，他路过府门旁边的一家饼店，看见饼师的妻子身材窈窕，皮肤雪白，人长得很美。于是，他给了饼师一些钱，把他的妻子"要"了去。宁王对她非常宠爱。

过了一年，宁王问饼师的妻子说："你还想念那个饼师吗？"女人低着头没有回答。

第二天，宁王大宴宾客，席间，他让人把饼师叫来，让他们夫妻见上一面。

女人看着自己的丈夫，非常悲痛，眼泪止不住流了出来。

宁王把事情的原委告诉了大家，大家对这一对夫妻都充满了同情。宁王让大家就这件事赋诗。当时在座的王维就写了上面那首《息夫人》。表面上看，是说的息夫人，但影射的，是宁王和饼师夫妻的事。

后来，宁王把女人还给了饼师，算是成就了破镜重圆的一段佳话。

聊题一片叶，寄与有情人

中唐诗人顾况，有一次和几位诗友在御苑边的流水旁休息，忽然看见许多阔大的梧桐叶随着御苑流水漂了出来，仔细一看，有一片梧桐叶上好像有字。他们把它捞上来，看见上面有一首诗：

> 一入深宫里，年年不见春。
> 聊题一片叶，寄与有情人。

从诗句看，是一位宫女的自伤之词。

第二天，顾况跑到御苑的另一边，也在一片梧桐叶上写了一首诗，把叶子放在沟中，让它随着流水漂进了深宫。诗是这样写的：

> 花落深宫莺亦悲，上阳宫女断肠时。
> 帝城不禁东流水，叶上题诗欲寄谁？

十多天后，有人在苑中踏青赏春，在水中又发现一片写有诗句的树叶。他知道顾况的事，就把它捞起来，送给顾况。顾况接过来一看，只见上面写着：

> 一叶题诗出禁城，谁人酬和独含情？
> 自嗟不及波中叶，荡漾乘春取次行。

后来怎么样了，不知道，大概也就没有了下文。

但另一位御沟题诗的宫女，却有一个美好的结局。

唐代宗时，有一位叫卢渥的青年，在御沟中拾到一片红叶，叶上有一首诗：

> 流水何太急，深宫尽日闲。
> 殷情谢红叶，好去到人间。

他也没有在意，但是觉得字迹娟秀，诗也有一点情致，就把它收藏在书箱里。

唐宣宗时，放了一批宫女出宫嫁人，有一位姓韩的宫人嫁给了卢渥。婚后，她在丈夫的书箱里无意中发现了这一片题诗的红叶，大吃一惊。原来，她就是当年题诗的宫人，没有想到，竟有如此巧遇，居然与拾得红叶的人结为伉俪。

人面桃花相映红

博陵崔护，是一个风度翩翩的美少年。他到长安应试，不幸名落孙山。他就留在京城，没有回乡。清明那天，他独自一人出南门游玩，走了很久，不觉有点口干舌燥。他看见一座小小的庄院，花木扶疏，却没有人迹，就跑去叩门。过了很久，有一个女子把门打开一条缝，露出半张脸，问道："你是谁呀？"崔护赶紧告诉他自己的姓名，说明自己是一个落第的举子，因为游春口渴，想讨一碗水喝。

女子进去了，一会儿，捧了一杯水出来，开门请崔护进来，让他坐下休息，自己倚在桃树边上看着他。崔护这才仔细看了看女子，发现她长得很美。女子好像对崔护也有一点动情，但最终什么都没有表示。崔护喝完水，就告辞了，但心里总有点放不下。

第二年清明，崔护忽然想起去年的邂逅，于是专程到城南去寻访。找到那座庄院，看见门墙房舍依旧，仍然是桃红柳绿，只是庄门锁了。他很失望，就在墙上题了一首诗：

去年今日此门中，人面桃花相映红。

人面不知何处去，桃花依旧笑春风。

过了几天，崔护有事去城南，又到那座庄院去看看。来到庄院门口，却听见里面隐隐传来哭声。他大吃一惊，敲开门，一位老人走了出来，问他说："你是不是叫崔护？"崔护点了点头，老人哭着说："你杀了我的女儿了！"崔护吓了一跳，不知道老人在说什么。老人说："我女儿自从去年见到你以后，就一直有点神不守舍的样子。前两天偶然出门回来，看到墙上的题诗，知道你又来过了，却错失了见面的机会，于是就病了，几天没有吃东西，已经去世了。"崔护十分伤感，就请求到灵前哭拜。他把女孩子的头放在自己的腿上，哭着说："我来了！我在这里！"女孩子居然渐渐苏醒了。

后来他们就结成了夫妇，恩恩爱爱地生活在一起。

骆宾王续句

宋之问晚年，被放归江南。有一次，他到杭州灵隐寺游玩。那天晚上，月色明亮，他在长廊中漫步，吟诗道："鹫岭郁岧峣，龙宫锁寂寥。"写了两句，就写不下去了。大殿中有一位老和尚在点长明灯，就问他："这么晚了，你还不睡，在干什么呢？"宋之问说："想写一首诗题灵隐寺，只想好了一联，一直想不出好句接下去。"老和尚说："你把想好的那一联读给我听听。"老和尚听了以后说："何不接'楼观沧海日，门对浙江潮'。"宋之问大惊，觉得这两句诗简直太好了。老和尚说："我干脆替你把后面写完算了。"于是又随口念道："桂子月中落，天香云外飘。扪萝登塔远，刳木取泉遥。霜薄花更发，冰轻叶未凋。待入天台路，看余渡石桥。"宋之问佩服得五体投地。

第二天一早，宋之问就去探访那个老和尚，却不料他已经不在了。寺中有和尚告诉他，昨天晚上的那个老和尚，就是得罪了武则天、隐身寺院的著名诗人骆宾王。

云想衣裳花想容

李白被征召入京后，诗名大著，唐明皇也十分看重他，但是看重的只是他的文才诗笔，也不过是把他当成一个御用文人而已。

唐人很喜欢牡丹，连宫禁中都栽种了很多。当时有红、紫、浅红、通白四本，特别名贵，唐明皇把它们移栽到兴庆池东的沉香亭前。

这一年，春暖花开的时候，牡丹也开得特别茂盛。唐明皇骑着昭陵六骏之一的名马照夜白，杨贵妃乘坐步辇，到沉香亭赏牡丹。梨园中的十六位高手，包括李龟年、贺怀智、马仙期等也跟随前往。当他们准备演唱的时候，唐明皇说："赏名花，对妃子，哪能唱那些陈词滥调。"于是命李龟年去宣召李白进宫写新词。

李白当时已经喝得酩酊大醉，但还是欣然承旨，援笔立就，写下了著名的《清平调》三章：

> 云想衣裳花想容，春风拂槛露华浓。
> 若非群玉山头见，会向瑶台月下逢。

> 一枝红艳露凝香，云雨巫山枉断肠。
> 借问汉宫谁得似，可怜飞燕倚新妆。

> 名花倾国两相欢，长得君王带笑看。
> 解释春风无限意，沉香亭北倚阑干。

唐明皇让梨园弟子"约略调抚丝弦，遂促李龟年歌"。诗中把杨贵妃与名花相比。杨贵妃持颇梨七宝盏，慢慢地喝着西凉州的葡萄美酒，笑容满面地领受着对自己的歌颂，唐明皇亲自吹玉笛伴奏。

杨贵妃很喜欢这三首《清平调》，没有事的时候，总会吟诵它们。高力士因为李白曾经让他脱靴，深以为耻，就挑拨说："这些诗是李白在骂你。"杨贵妃很奇怪。高力士说："他把你比作汉代扰乱宫闱的汉成帝的皇后赵飞燕，这不是在骂你吗？"杨贵妃也生气了。后来唐明皇好几次想重用李白，杨贵妃都在旁边说李白的坏话阻挠，最后，终于以"赐金还山"的方式，把李白赶出了朝廷。

旗亭赌胜

开元中，诗人王昌龄、高适、王之涣齐名。有一次，他们相约到旗亭喝酒。饮到半酣的时候，有十多个男男女女的梨园乐人也上楼饮宴来了。他们三人就移到角落边的酒桌，边烤着火边看乐工们要干什么。一会儿，又有四个年轻漂亮的女演员也来了，她们穿得很时髦，气质风韵都很好。这些乐工都是当时的著名演员。王昌龄等三人就相约说："我们几个诗名都大，但是分不出究竟谁更好些。今天我们悄悄听那些乐工演唱，唱谁的诗多，谁就最优。"

一会儿，有一位乐工拊节而唱："寒雨连江夜入吴，平明送客楚山孤。洛阳亲友如相问，一片冰心在玉壶。"这是王昌龄的《芙蓉楼送辛渐》。王昌龄就用手在墙壁上画了一道痕迹说："一绝句。"过了一会儿，又有一位乐工唱了，她唱的是："开箧泪沾臆，见君前日书。夜台何寂寞，犹是子云居。"这是高适的《哭单父梁九少府》的前四句。高适也用手画壁说："一绝句。"又有一位乐工唱："奉帚平明金殿开，强将团扇共徘徊，玉颜不及寒鸦色，犹带昭阳日影来。"这是王昌龄的《长信秋词》。王昌龄则又在壁上画了一道痕迹说："二绝句。"

王之涣自以为得名已久，但乐工还没有唱他的诗，他就对王昌龄和高适说："刚才唱你们诗的都是普通的乐工，只配唱些《下里》《巴人》，他们哪里会唱《阳春》《白雪》。"他指着乐工中最漂亮的一位女演员说："等她唱的时候，如果唱的不是我的诗，我一辈子都不敢与你们争胜了。如果她唱的是我的诗，你们就要拜我为师。"过了不久，那个长得最漂亮的女演员开始唱了，她唱的是："黄河远上白云间，一片孤城万仞山。羌笛何须怨杨柳，春风不度玉门关。"这是王之涣的《凉州词》。王之涣就推二子说："乡巴佬，我没有说错吧。"三人哈哈大笑。

那些乐工们不知道发生了什么事情，王昌龄就把他们赌胜的事告诉了乐工们。乐工们一听，原来他们就是这些诗的作者，是他们平时崇拜的人，赶紧起来，拜倒在地说："我们这些肉眼凡胎不识神仙，还望你们不要见怪。"又邀请他们过来一起喝酒，三人高兴地答应了，直到尽欢而散。

堂前扑枣任西邻

严武死了以后，杜甫在成都呆不住，就离开草堂，乘船顺江而下，到夔州（今重庆奉节）住了两年。他在瀼西也修了一座草堂。草堂的前面有一株枣树，每年夏天枣子熟了的时候，都有一位贫穷的老大娘来打枣，杜甫从不干涉她。后来，杜甫搬到东屯去了，就把这间草堂借给一个叫吴郎的远房亲戚。哪知道吴郎一住进草堂，就修筑了一道篱笆，把枣树也围了进去，那个来打枣的老大娘再也进不去了。

杜甫知道这个消息以后，对吴郎的做法很不满意，于是，就写了一首《又呈吴郎》给他。诗是这样写的：

> 堂前扑枣任西邻，无食无儿一妇人。
>
> 不为困穷宁有此，只缘恐惧转须亲。
>
> 即防远客虽多事，便插疏篱却甚真。
>
> 已诉征求贫到骨，正思戎马泪盈巾。

吴郎看了这首诗以后，是不是拆了篱笆让老妇人来打枣了不得而知，但是，杜甫那种博爱的精神，却感动着一代又一代的读者。

曲终人不见，江上数峰青

唐代以诗赋取士，一般是一首五言排律，六韵十二句，题目当然是现场给的。因为没有准备，而且要求很严，又要揣摩考官的喜好，所以这一类的应试诗很少有好的作品传世。但是中唐诗人钱起的一首应试诗，却写得很好。

钱起去应试的路上，住宿在一家旅舍。晚上，他听见外面有人在吟诗。仔细一听，反反复复吟咏的就只有两句："曲终人不见，江上数峰青。"钱起以为遇到了同道中人，就打开门，想邀他一叙。但是门外空荡荡的，没有人影。这是怎么一回事呢？钱起赶紧关上门，门外的吟咏声也没有了。

到了考试那一天，钱起早早地来到考场，等时辰一到，考题发下来，是《湘灵鼓瑟》，这是一个美丽的传说。

据说舜管理天下，经常要去各地巡查，有一次，他南巡到洞庭湖，因为过分辛劳，突然病倒，很快就离开了人世，被葬在湖南的苍梧山上。他的两个妻子，也就是尧的两个女儿娥皇和女英听到噩耗，立刻赶到洞庭湖，只见青山苍苍、湖水茫茫、三尺黄土、千里孤坟，与丈夫已经人鬼殊途。她们非常伤心，在洞庭湖边痛哭，祭拜了夫君，然后双双投水而死。

人们被感动了，他们心目中的君王大舜不会死去，是成了神了。娥皇和女英也成了神，就是湘水女神。据说，她们常常会到江边鼓瑟，怀念夫君。

诗题中的"湘灵"，就是舜之二妃——湘水女神。

以这样一个美丽的传说作为诗题，比起那些枯燥无味的题目，要好做一些，但是要写得很好也不容易。

突然，钱起想起了旅舍中那个不知是人是鬼的人所吟咏的两句诗，这不是"湘灵鼓瑟"的绝好写照吗！

他的灵感被激发了！于是文思泉涌，一挥而就：

善鼓云和瑟，尝闻帝子灵。

冯夷空自舞，楚客不堪听。

苦调凄金石，清音入杳冥。

苍梧来怨慕，白芷动芳馨。

流水传湘浦，悲风过洞庭。

曲终人不见，江上数峰青。

这首诗不但让钱起高中了，而且也给他带来了很大的诗名。

汉家清史内，计拙是和亲

　　唐宪宗时，北方少数民族频频在边疆挑起战事，大臣们都主张和亲，并且上疏言和亲有五利。

　　宪宗没有正面回答，对左右说："听说有一个士子善写诗，就是名字有点古怪，是谁？"宰相问是不是包子虚、冷朝阳，宪宗都说不是。随后，宪宗吟诗说：

> 山中青松陌上尘，云泥岂合得相亲。
> 世路尽嫌良马瘦，唯君不弃卧龙贫。
> 千金未必能移性，一诺从来许杀身。
> 莫道书生无感激，寸心还是报恩人。

　　左右说，这是戎昱的诗。

　　戎昱的姓是有一点怪，姓"戎"的人还真不算多。据说当时有一位御史中丞，名叫崔瓘，很看重戎昱的才华，但是不喜欢他的姓。他愿意把女儿嫁给戎昱，条件是戎昱得把姓名改了。当然，戎昱并没有答应。

　　宪宗又接着说："我还记得戎昱的另一首《咏史》。"诗云：

> 汉家清史内，计拙是和亲。
> 社稷依明主，安危托妇人。
> 岂能将玉貌，便欲静胡尘。
> 地下千年骨，谁为辅佐臣。

宪宗借戎昱的诗，已经表明了自己的态度，于是，大家都不再提和亲的事了。

好去春风湖上亭

这也是戎昱的一个故事。

唐代善画牛的大画家、著名的《五牛图》的作者韩滉（晋公）镇浙西的时候，戎昱是他治下的一个郡的刺史。郡内有一个佐酒的官妓，歌唱得很好，人也长得漂亮，戎昱非常喜欢她。浙西乐将（管理乐妓的官吏）闻其名，就对韩滉献媚，把这个酒妓召到制所，列入乐籍之中。命令下来以后，戎昱不敢留，就写了一首诗给酒妓，并且对她说，你到了韩晋公那里，如果让你唱歌，你记住一定要唱这首诗。

后来，在韩晋公的酒席宴上，果然让酒妓唱歌，她就唱了戎昱写给她的诗。韩滉听了以后，问她说："是戎使君让你唱的吗？"酒妓吓了一跳，赶紧站起来说："是。"说完，眼泪就流了下来。韩滉让她去换衣服待命，席上的宾客不知道韩滉的意思，都替她捏了一把汗。

韩滉把乐将叫上来，责备他说："戎使君是名士，他喜欢这个酒妓，你难道不知道，还把她召来，差一点让我铸成大错。"让人鞭打乐将。韩滉送给酒妓百匹缣素，马上派人把她送了回去。

戎昱的诗是这样的：

好去春风湖上亭，柳条藤蔓系离情。
黄莺久住浑不识，欲别频啼四五声。

春城无处不飞花

韩翃是唐德宗时的诗人，仕途一直不很得意，在家闲居了十多年。李勉镇守夷门的时候，把他辟为幕僚，他当时年纪已经很大了。

有一天快半夜的时候，有朋友很急促地来敲他的房门。韩翃打开门，朋友一进门就对他说："你被任命为驾部郎中知制诰了。"韩翃很惊愕地说："哪会有这样的事，肯定你搞错了。"朋友说："没有错。制诰缺人，中书省两次提名，皇上都没有答应。去问皇上，皇上说：'给韩翃。'当时有两个都名叫韩翃的人，一个是你，一个现任江淮刺史。中书省搞不清楚应该是哪一个韩翃，就把你们两人的材料都报上去了。皇上看了以后，御批：

> 春城无处不飞花，寒食东风御柳斜。
> 日暮汉宫传蜡烛，轻烟散入五侯家。

又批道：'给这个诗人韩翃。'这首诗是你的成名作，不会错吧？"

韩翃说："这确实是我的诗，看来你的消息也不会错了。"

韩翃的这首诗确实写得很好。

第一句就是名句。早春二月，花满春城，"飞"字尤其传神，把花团锦簇的春天写活了。

章台柳，章台柳

据说韩翃有一位很宠爱的姬妾柳氏，他到淄青侯希逸幕下任从事，柳氏不便从行，就寄居在京城。都好几年了，韩翃十分想念她，也不知道她现在究竟怎样了，就写了一首诗寄给她：

> 章台柳，章台柳，颜色青青今在否。纵使长条似旧垂，也应攀折他人手。

唐人有折柳枝送别的传统，所以韩翃以此为喻。柳氏看了以后，也回了一首诗：

> 杨柳枝，芳菲节，可恨年年赠离别。一叶随风忽报秋，纵使君来岂堪折。

柳氏是以秋天叶落比喻自己一年一年就会老了。当时时局混乱，柳氏知道自己很漂亮，怕遭人骚扰，就搬到寺庙里面去住，但是还是被蕃将沙吒利抢了去。

韩翃听到消息后，十分难过。后来他入中书，在城东与柳氏相遇，当时沙吒利很得势，柳氏无法脱身。

临淄镇军侯希逸在酒楼置酒高会，韩翃也去参加了。但想到柳氏，在席上闷闷不乐，大家很奇怪，韩翃就把事情的原委告诉了大家。座中有一个名叫许俊的年轻人，站起来说："请员外（韩翃）写一张字条为凭据，我马上把柳氏给你带来。"他跑到沙吒利家，沙吒利不在。他就对沙家人说："将军不幸坠马，恐怕救不活了，让柳夫人去见最后一面。"柳氏出来，许俊悄悄地把韩翃的字条给她看了，然后带着她回到酒楼。一座的客人都大吃一惊。

侯希逸说："我年轻的时候也有这样的侠义之风，今天又看到许俊也是如此了。"于是，他马上给代宗皇帝上奏章，数落沙吒利强抢人妻之罪。代宗感叹良久，赏赐了沙吒利二千匹绢，把柳氏还给了韩翃。

魏公怀旧嫁文姬

《柘枝》，是唐代著名的歌舞大曲。李翱任潭州刺史的时候，有一次在酒席上，乐伎们表演《柘枝》。其中有一个跳舞的女子颜色憔悴，眉头深锁，但又不像是有病的样子。有一位知道原委的侍御史，名叫殷尧藩，即席写了一首诗：

> 姑苏太守青娥女，流落长沙舞《柘枝》。
> 满座绣衣皆不识，可怜红脸泪双垂。

李翱看了诗，大吃一惊，把那个女子召上前询问。女子告诉李翱，自己是原姑苏太守韦应物爱姬所生的女儿。韦应物死后，兄弟也夭亡了，自己一个孤身女子，没有办法，才委身乐部，做了舞女，辱没了父母先人。说完，失声痛哭。

李翱感叹良久，对女子说："别哭了，我和韦家还有点亲戚关系。"他让女子脱去舞衣，为她换了衣裳，带她去后堂见夫人韩氏。韩氏是韩愈的女儿，说来也与韦家有旧。韩夫人见韦氏女子虽然是个舞女，但语言清雅，人也长得端庄秀丽，隐隐有一种大家闺秀的风范，十分喜欢。于是，李翱就在席上的宾客中，选了一位士人，让他与韦氏女成婚。

舒元舆侍郎在京城听说了这件事，专门写了一首诗，派人送来。诗是这样写的：

> 湘江舞罢忽成悲，便脱蛮靴出绛帏。
> 谁是蔡邕琴酒客，魏公怀旧嫁文姬。

诗中用了曹操念与蔡邕的旧情，把他流落到匈奴的女儿蔡文姬赎回，让她嫁给董祀为妻的典故。

三十年来尘扑面，而今始得碧纱笼

唐穆宗时的宰相王播，少年时很贫穷，甚至常常断炊。他客居扬州的时候，就经常跑到惠照寺木兰院去，随和尚一起吃斋饭。寺院的规矩是饭前敲钟为号。王播一听到钟声，就跑来蹭饭。时间久了，寺中的和尚就有点讨厌他，于是，就悄悄地改为吃完饭再敲钟，等王播听到钟声赶去的时候，斋饭早就开过了。

三十年后，王播从相位下来，出任淮南节度使，他又到惠照寺来寻旧。他早年在寺壁上题有诗，和尚们听说他要来，赶紧用碧纱把它罩起来。王播很感慨，也觉得好笑，就又在寺壁上题了两首诗：

> 三十年前此院游，木兰花发院新修。

如今再到经行处，树老无花僧白头。

上堂已了各西东，惭愧阇黎饭后钟。

三十年来尘扑面，而今始得碧纱笼。

后来，又把这个故事附会到宋代名相吕蒙正身上，演绎出他与王宝钏贫贱不移的爱情故事。他也是遭遇到僧人的饭后钟，气得当时就在寺壁上题了"十度投斋九度空，可耐阇黎饭后钟"两句诗。他状元及第后再游故地，寺中的和尚来不及刮去旧诗，赶紧用碧纱把它笼罩起来。吕蒙正觉得很好笑，就在后面续了两句："二十年前尘扑面，而今始见碧纱笼。"

世上如今半是君

从前看书，看到一个小故事，说维也纳有一支送丧的队伍，走着走着，突然停了下来，大家都安静下来，连哭声都止住了。原来是乐圣贝多芬蹲在路中间，大概是灵感来了，正在专注地作曲。大家默默地站着，一直到贝多芬写完，站起来离开以后，送丧的队伍才继续前行。有人就很感叹地说，只有如此尊重艺术的民族，才能诞生出贝多芬的音乐。

其实中国人民也是很尊重文化、尊重艺术的，据说当年黄巾起义军经过郑玄（东汉著名学者，曾遍注群经）的家乡都要绕道而行，不去骚扰，称其地为"郑公里"。

中唐诗人李涉，曾任太和博士，人称"李博士"。他有一首《题鹤林寺僧舍》的诗很有名：

终日昏昏醉梦间，忽闻春尽强登山。

因过竹院逢僧话，又得浮生半日闲。

他曾经过九江遇盗，强盗拿着明晃晃的刀枪问："你们是什么人？"

仆人回答说："是李博士。"

强盗又问："是不是李涉李博士？"

仆人回答说是。

强盗说："如果真是李涉博士，我们不要他的钱财，就希望他送我们一首诗。"

于是李涉提笔写了一首诗给他们：

春雨潇潇江上行，绿林豪客夜知闻。

他时不用相回避，世上如今半是君。

强盗拿到诗，很高兴地离开了。

晚唐诗人王毂，曾经有《玉树曲》闻名天下。其中有名句"歌舞未终乐未阕，晋王剑上沾腥血。君臣犹在醉乡中，一面已无陈日月"。他年轻时有点轻佻，曾经被人殴打。他对打他的人说："莫要无礼，我就是写'君臣犹在醉乡中，一面已无陈日月'的那个人。"殴打他的人赶忙停手，马上给他道歉。

压倒元、白

中唐诗人杨汝士，与白居易、元稹同时而有诗名。唐敬宗宝历年间（825－827），仆射杨于陵入朝觐见，他的儿子杨嗣复带领生徒到潼关迎接，大宴于新昌里的府第。杨于陵和老友坐于正厅中间，杨嗣复率诸生坐于两边廊庑，当时白居易、元稹等都在座，杨汝士官刑部侍郎，也在座中。

饮宴过程中免不了要分题限韵，赋诗言志了。白居易、元稹也都写了。杨汝士的诗后写成，白居易和元稹看了以后，大吃一惊，相对失色，自愧弗如。诗是这样写的：

> 隔座应须赐御屏，尽将仙翰入高冥。
> 文章旧价留鸾掖，桃李新阴在鲤庭。
> 再岁生徒陈贺宴，一时良史尽传馨。
> 当年疏傅虽云盛，讵有兹筵醉酕醄。

杨汝士当天大醉而归，对子弟们说："我今天终于压倒元、白了。"

杨汝士压倒元、白，还不止这一次。

裴度镇守洛阳的时候，曾和朋友聚会饮酒，白居易、元稹、杨汝士都在座。裴度让大家联句，也就是一人两句，依次接下去。汉武帝就曾经和群臣在柏梁台联过句，句句入韵，后人还把这种句句入韵的体裁称为"柏梁体"。

因为是联名，一人只能说两句，既要承上，又要启下，本身意境还要高，语言还要美，时间还不能拖太久，很能试出文才诗笔的高下。白居易和元稹很自信，脸上不觉露出得意的神色。

联句开始，自然是主人裴度出首二句破题，接下来就轮到杨汝士。他略加思索就联了两句："昔日兰亭无艳质，此时金谷有高人。"白居易一看就傻眼了，自忖不可能超过杨汝士，就把联诗的纸撕了，说："现在酒香菜美，又有歌舞表演助兴，何必去冷冷清清地联什么句啊。"元稹知道白居易的意思，就说："白乐天真是所谓能够保全名声的人。"

裴度、白居易、元稹、杨汝士是很好的朋友，白居易还是杨汝士的妹夫，所以才这么随便。

吟安一个字

晚唐许多诗人，都以苦吟著称。卢延让《苦吟诗》就说"吟安一个字，捻断数茎须"；裴说《洛中吟》也说"莫怪苦吟迟，诗成鬓亦丝"。其实不仅是晚唐诗人，连杜甫都说自己"新诗改罢自长吟"（《解闷》）。所以李白曾经有《饭颗山头》诗给杜甫开玩笑说：

> 饭颗山头逢杜甫，头戴笠子日卓午。
> 借问因何太瘦生，只为从前作诗苦。

白居易也说自己"新诗日日成，不是爱声名。旧句时时改，无妨说性情"（《解诗》）。北宋张耒曾得到一部白居易诗的手稿，他说里面"真迹点窜，多与初作不侔"。可见其创作态度之认真。

但也正是这种苦吟的精神，使他们甚至对一字一句都不放过。

晚唐诗人王贞白，当时的诗名很大。他有一首《御沟》诗，是其得意之作：

> 一派御沟水，绿槐相荫清。

此波涵帝泽，无处濯尘缨。

鸟道来虽险，龙池到自平。

朝宗心本切，愿向急流倾。

有一次，他把这首诗抄给著名的诗僧贯休看。贯休说："很好。只是有一个字不太好。"王贞白很不服气，拂袖而去。贯休对旁边的人说："这个人文思很敏捷，一定会想到怎么改的。"于是，他提前写了一个字在手掌中。过了一会儿，王贞白果然回来了，说："我已经想了，应该是'此中涵帝泽'。"贯休把手掌伸出来，上面正写着一个"中"字。

我得之矣

晚唐诗人周朴，曾寓居于闽（今福建），在一座寺庙中借一间僧房居住。和尚们早上食粥，卯时进食，他也拿着一个饭碗到斋堂吃饭，和尚也不觉得他讨厌。他喜欢写诗，也是一个苦吟诗人，遇到好的景物，搜索枯肠，寻觅好句，如果想出一联一句甚佳，就高兴得很。

有一次，他在野外漫步，遇到一位背着柴的樵夫。他突然一把把樵夫抓住，厉声说："我得之矣！"

樵夫大吃一惊，挣脱手臂就跑，连柴都不要了。正好有一队巡逻的士兵走过，以为他抓住了小偷，就把樵夫抓起来了。一问，周朴才说："我刚才是说得到了一个好句。"士兵们哭笑不得，把樵夫放了。

他得到的好句是："子孙何处闲为客，松柏被人伐作薪。"

　　因为他太沉迷于诗了，有一个人故意整他。一天，这人骑驴在路上，远远看见周朴过来了，就故意把帽子拉得很低，把脸遮住。走到周朴面前，大声吟道："禹力不到处，河声流向东。"然后继续赶路。周朴一听，很生气，就回过头去赶那个人。驴走得快，赶了好几里路才赶上。周朴拦住那个人，对他说："我的诗是'河声流向西'，你怎么说是'河声流向东'呢?"那个人只是口里"啊啊"了几声，点了点头，继续骑着驴走他的路，周朴已经赶了几里路，气喘吁吁了。

　　这件事被人们传为笑谈，但是也可以看出唐人对诗歌的认真态度。

唐诗格律

唐诗分类

我国的诗歌，从《诗经》的四言、《楚辞》的杂言、汉魏的五言和七言（也包括少数的六言甚至九言等），到唐代，各种体裁已经大备。如果把宋以后的词和元以后的曲排除在狭义的诗的范畴之外，那么，在近代白话新体诗出现之前，几乎所有的诗歌体裁形式，在唐代都已经出现了。

唐诗的类型，按照不同的标准，可以有好多种分法。但最简单实用的分法，是分为古体和近体两大类。

所谓古体，是指不需要特别讲究格律的诗歌。它可以是五言，可以是七言，也可以是杂言，甚至可以是六言、八言、九言等。句数也没有限制，可以是四句、六句、八句，也可以到一百韵、二百韵甚至更长。它对用韵要求也不高，可以押平声韵，也可以押仄声韵，甚至平仄通押。也不要求一韵到底，中途可以换韵。

举几个例子来说明一下。

《诗经·周南·关雎》开始两句"关关雎鸠，在河之洲"，按唐、宋以后的诗韵，八个字中，除了"在"字是仄声外，其余七个字都是平声，这在近体诗中是不允许的。

谢灵运《登池上楼》中最为人激赏的两句诗"池塘生春草，园柳变鸣禽"，上句前四个字都是平声，只有末尾"草"字是仄声，这在近体诗中也是不允许的。

著名的《古诗十九首》中的"行行重行行""迢迢牵牛星""焉能凌风飞"等，五字全平，这在近体诗中也是不允许的。

古体诗中有许多长篇，如李白的《梦游天姥吟留别》，杜甫的《自京赴奉先县咏怀五百字》《北征》《壮游》，白居易的《长恨歌》《琵琶行》《霓裳羽衣舞》，元稹的《连昌宫词》，李商隐的《行次西郊一百韵》等，句数都在数十句甚至百句以上。

五言、七言、杂言外，还有六言，如唐代很著名的《回波词》。举一个讥讽唐中宗李显惧内的例子：

回波尔时栲栳，怕妇也是大好。
外边只有裴谈，内里无过李老。

再如王维的《辋川六言》：

采菱渡头风急，杖策村西日斜。
杏树坛边渔父，桃花源里人家。

这在近体诗中是没有的。
唐卢群还写过一首八言诗：

祥瑞不在凤凰麒麟，太平须得边将忠臣。
但得百僚师长肝胆，不用三军罗绮金银。

这在近体诗中也是没有的。
当然，古体诗也不是一点规矩都不讲。比如用韵，一般韵脚都在偶数句上，当然，也可以有句句押韵的所谓"柏梁体"。

平仄虽然没有严格的要求，但总以读起来朗朗上口为原则。

近体诗是唐代诗人在南朝人对声韵卓越研究和使用的基础上逐步完善的一种新的诗歌体裁。对用字、用韵、句数、平仄有相当严格的要求。区别于古体诗，它被称为近体诗或者今体诗；区别于对形式要求不太严格的古体诗，它又被称为格律诗。我们要重点介绍的，就是这种代表了唐人诗歌艺术和智慧最高成就的近体诗。

近体诗的格律

字数和句数

近体诗只有五言和七言两种。

近体诗的句数有三种：

（1）绝句。每首四句。五言的称五言绝句，简称五绝；七言的称七言绝句，简称七绝。

（2）律诗。每首八句。五言的称五言律诗，简称五律；七言的称七言律诗，简称七律。

（3）排律。一般为五言，十二句。唐人科举考试就是采用的这种诗歌形式。也可以更长一些。

音韵的时代划分

首先得说一说唐人所使用的韵。

汉语的韵，大致经历过四个阶段：

先秦至魏晋，是古音韵时期。这一时期，还没有专门的音韵方面的研究和韵书出现，但是根据清代人的研究，对这一时期的音韵有了比较多的了解。比如《诗经·周南·关雎》的第三章"求之不得，寤寐思服。悠哉悠哉，辗转反侧"，如果用今天的发音去读，是不押韵的。于是清代的音韵学家告诉我们："服"字在这里应该读如"别"，这样，就与"侧"字押韵了。再比如屈原《离骚》开始四句"帝高阳之苗裔兮，朕皇考曰伯庸。摄提贞于孟陬兮，惟庚寅吾以降"，用今音来读，也不押韵，于是清代的音韵学家告诉我们："降"字在这里要读如"洪"，这样，就与上句的"庸"字押韵了。

南北朝时期至宋末，是第二阶段。这一时期对音韵的研究有了实质性的突破。原来只发一个音的字，都可以分解为"声"和"韵"两部分（少数零声母的字例外）。分别出了四声，编辑了很多韵书。既方便了写诗填词的文人，也让大家有一定的规矩可以遵循。这一个时期的文化中心早已经从黄河流域转移到长江流域。所以当时的官方语言是江浙闽南两湖两广一带所使用的属于南方语系的语言。这些地方的语言，直到今天，仍然和以北京话为主的北方语系有很大区别。尤其是入声字，由于现在基本上已经消亡，所以使许多初学者十分头痛。

元至近代，是第三阶段。元代是北方人入主中原，自然也把北方语言变成了官方语言。这种语言和今天的北京话已经非常相似。周德清的《中原音韵》成为元杂剧和散曲的用韵标准。这种语言的最大特点是：第一，入声字消失，原来的入声字分别派入其他四声。第二，入声字消失后，本来只剩下平、上、去三声。但《中原音韵》把原来的平声分为阴平和阳平两种，这样，仍然是四声。第三，把原来最常用的《平水韵》的一百零七个韵部合并为十九部。

但是，在民间的戏曲创作中，实际上使用的是十三个韵部，即著名的"十三辙"。

这一时期的诗词，仍然使用唐、宋以来以《平水韵》为代表的诗韵。

"五四"以后，是第四阶段。白话新体诗的诞生，也是对传统诗韵的颠覆，新诗的用韵十分灵活，大抵相近的音就可通押，甚至有人主张不用韵，但习惯还是要用韵。新诗究竟用什么韵，到现在也没有定论，但主要使用两种用韵方法。一、十三辙。二、《诗韵新编》所规定的十八部。说是十八部，但实际上是平声十八韵，仄声十八韵，入声八韵，一共四十四个韵部。

唐诗的用韵

我们重点要讨论的，是唐代格律诗（包括唐以后的格律诗）的用韵问题。

最早的韵书，是三国时期魏国的李登所著的《声类》，但书没有传下来。现在最早的韵书，是隋代著名音韵学家陆法言所著的《切韵》，但现为残卷。唐人所用的韵书，是孙愐所刊定的《唐韵》，但现在也仅存残卷。现存最完整的韵书是《广韵》，它是宋代陈彭年、丘雍等人根据《唐韵》等书重修的。《切韵》《唐韵》都有二百零六个韵部，太烦琐。唐初许敬宗等人就上疏奏请将二百零八个韵部中有些声音相近的相邻韵部合并。《广韵》承《唐韵》也有二百零六个韵部。宋淳熙年间，东北平水人刘渊著《壬子新刊礼部韵略》，即《平水韵》，将韵部合并为一百零七个。《平水韵》为宋以后的人写诗填词所通用（宋人填词，用韵较诗宽一些。清戈载归纳为《词林正韵》，既总结了宋、元人词的用韵规律，也为后代词家所遵循），也基本上可以看作是唐诗用韵的标准。清康熙时官修的《佩文韵府》，改为一百零六个韵部。《平水韵》和《佩文韵府》被认为是研究唐人用韵和今天学习写作格律诗的标准用韵。

在使用这两部韵书研究唐诗的用韵和学习写作格律诗的时候，常常有三个问题困扰着初学者。

第一，为什么在今天读起来一点区别都没有的字会划分在不同的韵部？比如上平声的一东和二冬，包括这两个韵部中的许多字，读音完全一样，为什么要分在两个韵部？为什么不能通押？这种情况还有上平声中的十三元、十四寒、十五删和下平声中的一先"十三覃""十四盐""十五咸"；下平声中的二萧、三肴和四豪；上平声中的"三江"和下平声中的七阳等（仄声略）。这个问题的解说很复杂，它们要涉及古音与今音的区别，还有古人以发音时唇、齿、喉、舌、牙等器官的位置不同而造成声音的清、浊，轻、重不同等。

第二，同一个韵部中的字，今天读起来并不押韵，比如上平声十灰韵中的回、灰、杯、枚、培、崔、梅、盔、雷、堆等字，与同一韵部的才、台、材、灾、来、哀、哉、垓、开等字，完全是两类读音。用今天的标准来看，前一类字的韵母是"ui"或"ei"，后一类字的韵母是"ai"。但在古音中，读"ui"或"ei"的字，读音全部要变成"ai"，如"回"不读"huí"而读"huái"；"雷"不读"léi"而读作"luái"等。这种情况，各个韵目中多多少少都会有一些。现在朗读古诗，不一定非要按古音来读。学写格律诗，严格一点，照韵书的规定用韵，放宽一点，不必过分拘泥，就像鲁迅所说的"押大体相近的韵"也可以。

第三，什么是入声字。我们先来比较一下这两个字："乌"和"屋"。

在现在的普通话发音里，这两个字一点区别都没有，都读作"wū"。但是，在古语中，"乌"是平声字，而"屋"是入声字。原来在古音里，"乌"字的读音和今天没有什么区别，而"屋"字的读音是"wūk"。末尾的"k"并不发音，只是做出口形，起到阻挡气流的作用。因此，"乌"字的发音，可以舒缓而悠长，而"屋"字的发音却十分短促，根本无法延长。古语中有一类字，末尾被"k""t""n""ng"等口形阻挡气流，只能发出很短促的音，这类字就是入声字。现在，只有闽南语和少数南方方言中还有少量保存。

古体诗的押韵比较自由，可以押平声韵，也可以押仄声韵。不必严格按照同一韵部的字押，有些相邻的韵部（条件是读音相近）的字也可以通押。比如杜甫的《羌村三首》之一（字下加"·"表示韵脚。下同）：

> 峥嵘赤云西，日脚下平地。
> 柴门鸟雀噪，归客千里至。
> 妻孥怪我在，惊定还拭泪。
> 世乱遭飘荡，生还偶然遂。
> 邻人满墙头，感叹亦歔欷。
> 夜阑更秉烛，相对如梦寐。

押的是仄声韵。其中"地""至""泪""遂""寐"在去声"四寘"部，而"欷"在去声"五未"部。

古体诗不一定要一韵到底，中途可以换韵。比如李白的《月下独酌》：

　　花间一壶酒，独酌无相亲。

　　举杯邀明月，对影成三人。

　　月既不解饮，影徒随我身。

　　暂伴月将影，行乐须及春。

　　我歌月徘徊，我舞影零乱。

　　醒时同交欢，醉后各分散。

　　永结无情游，相期邈云汉。

　　前八句"亲""人""身""春"在上平声"十一真"部，后六句"乱""散""汉"在去声"十五翰"部。

　　古体诗可以在偶数句押韵，也可以句句都押。如李贺的《雁门太守行》，就是句句押韵的。

　　下面，我们说一说近体诗对韵的具体要求。

　　第一，近体诗只能押平声韵。这和古体诗平仄通押有很大不同。第二，必须一韵到底，不能换韵。第三，韵脚不能使用相同的字。换句话说，同一个字不能两次或两次以上作为韵脚出现在同一首诗里。

　　古人对韵要求很严，同一首诗只能用同一个韵部中的字，不能混押。但是有人也主张相近的一些韵部可以通押。今天许多人学习写古诗，也会被用韵所困扰。有时候，明明读起来押韵的字，一查韵书，却不在一个韵部；有时候，读起来明明不押韵的字，一查韵书，又在同一个韵部中。其实这涉及格律要求的一个宽与严的问题。你想把诗写得古雅一些，不妨严格按照韵部的要求用韵；你想把诗写得通俗一些，也可以把标准放宽一些。但是有一个原则，那就是不能以辞害意。

　　无论是绝句还是律诗，都是单数句不入韵（首句例外），而且必须是仄声字结尾。偶数句押韵。首句可以入韵，也可以不入韵。

下面，我们举几首诗为例说明一下。

九月九日忆山东兄弟

王　维

独在异乡为异客，每逢佳节倍思亲。
遥知兄弟登高处，遍插茱萸少一人。

这是首句不入韵的例子。

月夜忆舍弟

杜　甫

戍鼓断人行，边秋一雁声。
露从今夜白，月是故乡明。
有弟皆分散，无家问死生。
寄书长不达，况乃未休兵。

这是首句入韵的例子。

近体诗的平仄

所谓平仄，就是每一个字的"调"。音韵学的研究，主要包括"声"（略同于今天所说的声母）、"韵"（略同于今天所说的韵母）和"调"（略同于今天所说的音调、四声）三个部分。这三个因素对构成中国文字的语言美都有很大的关系。

韵是诗歌（包括词、曲以及其他韵文如戏曲、辞赋等）的重要构成因素。

调是诗歌，甚至一切文学作品音乐节奏美的重要因素。也是诗、词、曲等需要演唱的文学形式与音乐协调配合的重要因素。

什么是调？就是四声。今天小孩子上学，首先就要学习汉语拼音，每一个字，除了声母和韵母以外，都还有一个重要的因素——调，也就是"四声"。

试比较下面五个字的读音：

wū	wú	wǔ	wù	wū (k)
乌	吴	五	雾	屋

我们会发现，它们的"声"和"韵"都一样，但是读出来的音却有很大的区别（"屋"字按上面所说的入声字的读法来读）。这是什么原因呢？就是因为它们的语调不同。"乌"平缓，"吴"上扬，"五"先抑后扬，"雾"下落，"屋"短促，实际上出现了五种不同的语调。古人把第一种和第二种语调的字归入平声，后三种语调的字归入仄声，这就是所谓的"平、上、去、入"四声，也就是平仄的由来。

要说明一下的是，古人是根据当时的读音来划分的，所以用今天的读音去比附，不一定都合适。

音乐的旋律，就是不同音高的音，按照一定的规律顺序排列产生的。如果用一个单纯的音，比如"5"，是构不成旋律的。虽然有五声或者七声，甚至十二个半音，但是没有掌握好规律，没有新奇的构思，旋律也不会优美动听。优美的旋律，是让不同音高的音和节奏富于变化的组合产生的。为什么同样由1、2、3、4、5、6、7等音构成的旋律，有的非常动听，有的却不好听，甚至难听，其原因就在这里。

中国文字特有的四声，使其天生具有一种旋律和节奏的美，只要把它们按一定的规律调配得当，就会产生很强的音乐美。

近体诗的平仄要求，有两个目的。第一，诗大部分是要配合音乐歌唱的。诗歌必须调节好声调，才能与音乐完美地配合。第二，调配得当，语言本身就会有音乐美。

我们先来看一看，仅就一句诗而言，它有哪些规定，可以组成什么样的格式。

每一句诗，无论是五言还是七言，都可以由平声字开头，叫"平起式"，也可以由仄声字开头，叫"仄起式"；可以由平声字结尾，叫"平收式"，也可以由仄声字结尾，叫"仄收式"。这样，五言和七言各有四种结构组合，即"平起平收式"，"平起仄收式"，"仄起平收式"和"仄起仄收式"。

平仄的调配，原则上是由两个相同的调为一组，即可以是"平平仄仄"或"仄仄平平"，而不能是"平仄平仄"或"仄平仄平"。

因为五言和七言都是奇数，肯定会有一个奇数的组合，即单独一个平声或单独一个仄声，或者出现"平平平"或"仄仄仄"的形式。原则上要求三平声或三仄声以及"平仄平""仄平仄"的句式不出现在句尾，七言不出现在句首。

这样，我们就可以得到这样八种句型了。

平起平收式：

　　五言：平平仄仄平

　　七言：平平仄仄仄平平（不能是"平平平仄仄平平"或"平平仄仄平平平"）

平起仄收式:

　　五言：平平平仄仄（不能是"平平仄仄仄"）
　　七言：平平仄仄平平仄

仄起平收式:

　　五言：仄仄仄平平（不能是"仄仄平平平"）
　　七言：仄仄平平仄仄平

仄起仄收式:

　　五言：仄仄平平仄
　　七言：仄仄平平平仄仄（不能是"仄仄仄平平仄仄"
或"仄仄平平仄仄仄"）

　　无论是五言绝句还是五言律诗，七言绝句还是七言律诗，变来变去，都只有这四种句型。

　　五言和七言的这八种句型根本不需要死背，只要记住上面所说的几个要求，很轻松地就能随手写出来。

对与粘

　　上面所说的，是一句中的平仄要求，下面要说的，是两句之间的平仄对应关系。

　　两句之间的平仄对应关系，只有两种情况，即上句（又称"出句"）和下句（又称"对句"）要么平仄相同，要么相反。相反的称为"对"，相同的称为"粘"。

举两个例子：

五言平起平收式：

起句：平平仄仄平
对：仄仄平平仄
粘：平平仄仄平

七言平起平收式：

起句：平平仄仄仄平平
对：仄仄平平平仄仄
粘：平平仄仄仄平平

其余的可以类推。

在实际应用中，当然不会这么简单，因为它还要受其他一些规定的影响和限制。

四句的绝句、八句的律诗，对和粘是平仄的最重要的规律。按照规定，奇数句和偶数句之间的平仄关系是对，即一二句、三四句、五六句、七八句之间的关系是对。所谓"对"，即上句的某一个字和下句相同位置的那个字的平仄关系相反。而偶数句和奇数句之间的平仄关系是粘，即二三句、四五句、六七句之间是粘。所谓"粘"，即上句某个字和下句相同位置的那个字平仄相同。

影响到这种对和粘的关系最重要的因素是用韵的规定。近体诗偶数句必须用韵，首句可以入韵，也可以不入韵。必须用平声韵。不入韵的句子的末尾一个字必须是仄声字。这样，每一首诗的最后一个字的平仄实际上已经定下来了。

　　绝句各有两种形式，即首句入韵和首句不入韵两种：

首句入韵最后一字的平仄	首句不入韵最后一个字的平仄
平	仄
平	平
仄	仄
平	平

　　律诗也有两种形式，即首句入韵和首句不入韵两种：

首句入韵最后一字的平仄	首句不入韵最后一个字的平仄
平	仄
平	平
仄	仄
平	平
仄	仄
平	平
仄	仄
平	平

　　我们在写出绝句和律诗的平仄的时候，首先可以把最末的这一行写出来。然后写出首句的平仄。

　　比如七绝的平起平收式：

平	平	仄	仄	仄	平	平
						平
						仄
						平

　　然后再来补二三四句。先看第二句。一二句之间应该"对"，那么应该是：

平	平	仄	仄	仄	平	平
仄	仄	平	平	仄	仄	平
						仄
						平

　　不能是"仄仄平平平仄仄"，因为最后一个字必须是"平"声。也不能是"仄仄平平平仄平"，这样，就出现了"平仄平"的形式。

　　第三句应该"粘"，那么应该是：

平	平	仄	仄	仄	平	平
仄	仄	平	平	仄	仄	平
仄	仄	平	平	平	仄	仄
						平

　　不能是"仄仄平平仄仄平"，因为第三句最后一个字必须是仄声。也不能是"仄仄平平仄仄仄"，这样，三个仄声字就在句尾了。

第四句又应该是"对"，那么应该是：

平　平　仄　仄　仄　平　平
仄　仄　平　平　仄　仄　平
仄　仄　平　平　平　仄　仄
平　平　仄　仄　仄　平　平

再举一首五言绝句为例。

仄起仄收式：

仄　仄　平　平　仄
平
仄
平

第二句"对"，那么应该是：

仄　仄　平　平　仄
平　平　仄　仄　平
仄
平

第三句"粘"，那么应该是：

仄　仄　平　平　仄
平　平　仄　仄　平

<pre>
平　平　平　仄　仄
　　　　　　平
</pre>

不能是"平平仄仄仄"，这样，句尾就出现了"仄仄仄"的形式。

第四句是"对"，那么应该是：

<pre>
仄　仄　平　平　仄
平　平　仄　仄　平
平　平　平　仄　仄
仄　仄　仄　平　平
</pre>

不能是"仄仄平平平"，这样，句尾就出现了"平平平"的形式。

懂了这个道理，不管有多少句，都可以很轻松地把平仄写出来了。

通过上面的例子，我们会发现，两句之间的"对"和"粘"并不都是简单的一对一的关系，有时会有一些变化。但仔细观察一下，就会发现，第二、四、六字的"对"和"粘"很严格，对就是对，粘就是粘。而第一、三、五字就要灵活得多，有时该对而用了粘，有时该粘却用了对。

这就是所谓的"一、三、五不论，二、四、六分明"。

但"一、三、五不论"，也必须遵照一定的原则。比如七言的"平起平收式"："平平仄仄仄平平"，第五字必须是仄声，不然就成了"平平仄仄平平平"，三个平声字出现在句尾，这种句式，被称为"三平调"，是格律所不允许的。再比如七言的"仄起平收式"："仄仄平平仄仄平"，第五字必须是仄声，不然就成了"仄仄平平平仄平"，结尾三字成了"平仄平"，也是格律所不允许的。其余的类推。

　　还有一种情况也必须避免。那就是除结尾的平声以外，句中只有一个平声字，这种情况叫"孤平"，也是不允许出现的。比如五言平起平收式"平平仄仄平"，如果第一个平声字不论，变成了仄声，就变成了"仄平仄仄平"；七言的仄起平收式"仄仄平平仄仄平"，如果第三字变成仄声，就成了"仄仄仄平仄仄平"，这就是"孤平"，是不允许的。

　　现在，我们可以很轻松把所有的近体诗平仄格律写出来了（加○的字表示可平可仄）。

　　五绝（以首句不入韵为正格）：

　　平起平收式（首句入韵）：

　　　　　平平仄仄平　　　　胡风千里惊，
　　　　　⊗仄仄平平　　　　汉月五更明。
　　　　　⊗仄平平仄　　　　纵有还家梦，
　　　　　平平仄仄平　　　　犹闻出塞声。

　　　　　　　　　　　　　　——令狐楚《从军行》

　　平起仄收式（首句不入韵）：

　　　　　⊕平平仄仄　　　　山中相送罢，
　　　　　⊗仄仄平平　　　　日暮掩柴扉。
　　　　　⊗仄平平仄　　　　春草年年绿，
　　　　　平平⊗仄平　　　　王孙归不归。

　　　　　　　　　　　　　　——王维《山中送别》

仄起平收式（首句入韵）：

⊗仄仄平平	林暗草惊风，
平平仄仄平	将军夜引弓。
⊕平平仄仄	平明寻白羽，
⊗仄仄平平	没在石棱中。

　　　　　　　　　　——卢纶《塞下曲》

仄起仄收式（首句不入韵）：

⊗仄平平仄	天下伤心处，
平平仄仄平	劳劳送客亭。
⊕平平仄仄	春风知别苦，
⊗仄仄平平	不遣柳条青。

　　　　　　　　　　——李白《劳劳亭》

七绝（以首句入韵为正格）：

平起平收式：

平平仄仄仄平平	朝辞白帝彩云间，
⊕仄平平仄仄平	千里江陵一日还。
仄仄平平平仄仄	两岸猿声啼不住，
平平仄仄仄平平	轻舟已过万重山。

　　　　　　　　　　——李白《早发白帝城》

平起仄收式：

㊊平㊋仄平平仄　　曾栽杨柳江南岸，

㊋仄平平仄仄平　　一别江南两度春。

㊋仄㊊平平仄仄　　遥忆青青江岸上，

㊊平㊋仄仄平平　　不知攀折是何人。

—— 白居易《忆江柳》

仄起平收式：

㊋仄平平仄仄平　　君问归期未有期，

㊊平㊋仄仄平平　　巴山夜雨涨秋池。

㊊平㊋仄平平仄　　何当共剪西窗烛，

㊋仄平平仄仄平　　却话巴山夜雨时。

—— 李商隐《夜雨寄北》

仄起仄收式：

㊋仄㊊平平仄仄　　天上碧桃和露种，

㊊平㊋仄仄平平　　日边红杏倚云栽。

㊊平㊋仄平平仄　　芙蓉生在秋江上，

㊋仄平平仄仄平　　不向东风怨未开。

—— 高蟾《下第后上就崇高侍郎》

五律：

平起平收式：

平平仄仄平　　暮蝉不可听，

仄仄仄平平　　落叶岂堪闻。

仄仄平平仄　　共是悲秋客，

平平仄仄平　　那知此路分。

㊀平平仄仄　　荒城背流水，

仄仄仄平平　　远雁入寒云。

仄仄平平仄　　陶令东篱菊，

平平仄仄平　　余花可赠君。

　　　　　　　——郎士元《送钱大》

平起仄收式：

㊀平平仄仄　　清秋望不极，

仄仄仄平平　　迢递起层阴。

仄仄平平仄　　远水兼天净，

平平仄仄平　　孤城隐雾深。

㊀平平仄仄　　叶衡风更落，

仄仄仄平平　　山迥日初沉。

仄仄平平仄　　独鹤归何晚，

平平仄仄平　　昏鸦已满林。

　　　　　　　——杜甫《野望》

仄起平收式：

仄仄仄平平　　八月洞庭秋，

平平仄仄平　　潇湘水北流。

⊕平平仄仄　　还家万里梦，

仄仄仄平平　　为客五更愁。

仄仄平平仄　　不用看书帙，

平平仄仄平　　偏宜上酒楼。

⊕平平仄仄　　故人京洛满，

仄仄仄平平　　何日复同游。

——张渭《同王征君湘中有怀》

仄起仄收式：

仄仄平平仄　　细草微风岸，

平平仄仄平　　危樯独夜舟。

平平平仄仄　　星垂平野阔，

仄仄仄平平　　月涌大江流。

⊕仄平平仄　　名岂文章著，

平平仄仄平　　官应老病休。

平平平仄仄　　飘飘何所似，

⊕仄仄平平　　天地一沙鸥。

——杜甫《旅夜书怀》

七律

平起平收式：

平平仄仄仄平平　　清秋幕府井梧寒，

仄仄平平仄仄平　　独宿江城蜡炬残。

仄仄⊕平平仄仄　　永夜角声悲自语，

平平仄仄仄平平　　中天月色好谁看。
平平仄仄平平仄　　风尘荏苒音书绝，
仄仄平平仄仄平　　关塞萧条行路难。
仄仄平平平仄仄　　已忍伶俜十年事，
平平仄仄仄平平　　强移栖息一枝安。

　　　　　　　　——杜甫《宿府》

平起仄收式：

平平仄仄仄平平　　孤山寺北贾亭西，
仄仄平平平仄仄　　水面初平云脚低。
仄仄平平平仄仄　　几处早莺争暖树，
平平平仄仄平平　　谁家新燕啄春泥。
平平仄仄平平仄　　乱花渐欲迷人眼，
仄仄平平仄仄平　　浅草才能没马蹄。
仄仄平平平仄仄　　最爱湖东行不足，
平平仄仄仄平平　　绿杨阴里白沙堤。

　　　　　　——白居易《钱塘湖春行》

仄起平收式：

仄仄平平仄仄平　　一上高楼万里愁，
平平仄仄仄平平　　蒹葭杨柳似汀洲。
平平仄仄平平仄　　溪云初起日沉阁，
仄仄平平仄仄平　　山雨欲来风满楼。
仄仄平平平仄仄　　鸟下绿芜秦苑夕，

⊕平⊛仄仄平平　　蝉鸣黄叶汉宫秋。
⊕平⊛仄平平仄　　行人莫问当年事，
仄仄平平仄仄平　　故国东来渭水流。

——许浑《咸阳城东楼》

仄起仄收式：

仄仄平平平仄仄　　岁暮阴阳催短景，
平平⊛仄仄平平　　天涯霜雪霁寒宵。
⊕平仄仄平平仄　　五更鼓角声悲壮，
⊛仄平平仄仄平　　三峡星河影动摇。
仄仄⊕平平仄仄　　野哭几家闻战伐，
平平仄仄仄平平　　夷歌数处起渔樵。
⊕平仄仄平平仄　　卧龙跃马终黄土，
⊛仄平平仄仄平　　人事音书漫寂寥。

——杜甫《阁夜》

　　五言排律的平仄，不过是五言绝句或五言律诗的延伸，相信大家都可以把它们写出来。

拗句和拗救

　　虽然近体诗对平仄有比较严格的要求，但是，为了不以辞害意，很多时候，在诗歌中都会出现一些不合平仄的句子，或当平而仄，或当仄而平，甚至一流的大诗人都在所难免。
　　我们先来看看下面几个例子：

宿建德江
孟浩然

移舟泊烟渚，日暮客愁新。
野旷天低树，江清月近人。

这首五绝应该是五言平起仄收式，首句应该是"平平平仄仄"，第四字"烟"当仄而平。

三绝句（之一）
杜　甫

殿前兵马虽骁雄，纵暴略与羌浑同。
闻道杀人汉水上，妇女多在官军中。

这首七绝应该是七言平起平收式。第二句应该是"仄仄平平仄仄平"，第四字"与"当平而仄。第四句应该是"平平仄仄仄平平"，第二字"女"当平而仄。

这样的句子就叫"拗句"。

有的诗人故意大量使用拗句，失对失粘很多，这种诗，被称为"拗体"。许多诗人都写过拗体诗，杜甫和宋代的苏轼尤其爱写拗体诗。

我们来看下面一些诗。

送元二使安西
王　维

渭城朝雨浥轻尘，客舍青青柳色新。

劝君更尽一杯酒，西出阳关无故人。

第二句与第三句失粘。这首七绝是平起平收式，第二句的平仄是"仄仄平平仄仄平"，第三句当粘，应该是"仄仄平平平仄仄"。但"劝君更尽一杯酒"，平仄是"仄平仄仄仄平仄"，几乎成了"对"，而不是粘了。

暮 归

杜 甫

霜黄碧梧白鹤栖，城上击柝复乌啼。

客子入门月皎皎，谁家捣练风凄凄。

南渡桂水阙舟楫，北归秦川多鼓鼙。

年过半百不称意，明日看云还杖藜。

这首七律是平起平收式。第一句应该是"平平仄仄仄平平"，第四字"梧"当仄而平，第六字"鹤"当平而仄。第二句应该是"仄仄平平仄仄平"，第四字"柝"当平而仄。第五句应该是"平平仄仄平平仄"，第二字"渡"当平而仄。第六句应该是"仄仄平平仄仄平"，第二字"归"当仄而平。第七句失粘，本来应该是"仄仄平平平仄仄"，现在是"平仄仄仄仄平仄"，第四字、第六字失粘。这是比较典型的拗体诗了。

一般来说，拗句是不允许出现的，但是，有时候又不能以辞害意，有的句子，虽然不合平仄要求，也就是许多人老挂在嘴边的"出律"了，但是文意俱佳，几乎不可移易一字，这种情况不仅允许，而且有的还是千古绝唱。比如贾岛的《寻隐者不遇》：

松下问童子，言师采药去。

只在此山中，云深不知处。

　　最美的意境就是"云深不知处"。这一句的平仄应该是"平平仄仄平"，但是第四字"知"当仄而平，不合律。这一个字又不可移易，换成任何一个字都不行。

　　拗句是可以补救的。方法有两种，一种是句中自救，一种是对句救。

　　先说一说孤平的救法。

　　五言的"平平仄仄平"句式，如果第一个字用了仄声，那么除了末尾一个平声外，就只有一个平声，成了孤平；七言的"仄仄平平仄仄平"句式，如果第三字用了仄声，也成了孤平。一般的救法是，五言"平平仄仄平"句第一字用了仄声，则将第三字换成平声，变成"仄平平仄平"。比如皇甫曾的《淮口寄赵员外》第二句"暂停鱼子沟"，本来平仄应该是"平平仄仄平"，但第一字"暂"是仄声，所以第三字本应该是仄声，改用为平声的"鱼"字。这样，除了句尾的"沟"字平声外，句中有"停"和"鱼"两个平声字，就不算孤平了。

　　七言"仄仄平平仄仄平"句式如果第三字用了仄声字，一般的救法是将第五字仄声换为平声字，就成"仄仄仄平平仄平"。比如杜甫的《奉和贾至舍人早朝大明宫》诗的第一句"五夜漏声催晓箭"，本来应该是"仄仄平平仄仄平"的，但是第三字"漏"用了仄声字，就成了"仄仄仄平仄仄平"，犯了孤平。所以第五字本该用仄声字，现在用了平声字"催"，这样，就成了"仄仄仄平平仄平"。

　　其实古人也有许多孤平不救的。比如戴叔伦《送友人东归》

"出关送故人",第一字当平而仄,但第三字仍然用仄声字"送"。

再说一说拗救。

先说一说句中救,也就是本句自救。方法是在出现拗句以后,在本句中其他字改变平仄安排。

比如刘禹锡的《石头城》"淮水东边旧时月",应该是七言仄起仄收式"仄仄平平平仄仄",但第六字"时"字当仄而平,于是就把第五字本该是平声的字改为仄声字"旧",成为"平仄平平仄平仄"。

再比如杜甫的《和裴迪登蜀州东亭送客逢早梅相忆见寄》"东阁官梅动诗兴"句,应该是"仄仄平平平仄仄",但第六字"诗"当仄而平,于是就把第五字当平的字换成仄声字"动",成为"平仄平平仄平仄"。

另一种是对句救。比如杜甫的《崔氏东山草堂》"有时自发钟磬响,落日更见渔樵忙"句,上句应该是"仄仄平平平仄仄",但第二字当仄而平,成了"仄平仄平平仄仄",对句本来应该是"平平仄仄仄平平",但第二字当用平声字,却用了仄声字"日",成为"仄仄仄仄平平平",救上句的拗。

再比如韦应物的《登楼》"兹楼日登眺,流岁暗蹉跎",上句应该是"平平平仄仄",但第四字当仄而平,成了"平平仄平仄",于是,下句第四字当是平声,而用了仄声字"蹉",成为"平仄仄仄平",救上句的拗。

其实古人做诗,有时出现了拗句,也不一定要救。比如杜甫的《复愁》"万国尚防寇,故园今若何",上句应该是"仄仄平平仄",现在是"仄仄仄平仄",当然没有自句救,下句也没有救。不过这样的例子不是很多,初学写诗的时候,还是要尽量避免。

关于三字尾

无论是五言还是七言，对结尾的三个字的平仄要求都比较高一些。

正常的三字结尾，有"平平仄""平仄仄""仄仄平""仄平平"四种标准形式。如果不是这四种形式，就不够标准了。不标准的形式有"仄平仄""平仄平""仄仄仄""平平平"四种。前两种在拗救句中可能出现，是允许的（可参见上面的拗救部分）。其余两种，被称为"三仄调"和"三平调"，是最好不用的。尤其是"三平调"，很多人都把它视为拗句而禁用。

但是，这个要求在实际使用中又不是非常严格，古人的诗歌中使用到"三仄调"和"三平调"的例子不少。

比如王昌龄的《送狄宗亨》：

> 秋在水清山暮蝉，洛阳树色鸣皋烟。
> 送君归去愁不尽，又惜空度凉风天。

第二句结尾"鸣皋烟"和第四句结尾"凉风天"都是"三平调"。

还有一种情况，如果是一些固定的词语，比如人名、地名、书名等，恰好是三个平声字组成，又恰好用在句尾，这种情况更是允许的，因为你不可能为了格律去更改别人的名字，或者更改地名、书名等。

对仗

律诗一共八句，以两句为一联。一、二句为首联，三、四句

唐诗格律

为颔联，五、六句为颈联，七、八句为尾联。也可以直接称为一联、二联、三联、四联。

律诗的四联中，颔联和颈联必须要对仗。也就是第三句和第四句对仗，第五句和第六句对仗。首联和尾联可对可不对。

所谓对仗，就是上下两句平仄相反，句型结构相同，对应的词语词性一样。上句某字或词是名词，下句对应的字或词也必须是名词；上句某字或词是动词，下句对应的字或词也必须是动词。余类推。严格一点，上句用数字，下句也得对数字；上句用颜色，下句也得用颜色；上句用天干地支，下句也得用天干地支，余类推。

不仅如此，一联之中，两句的意思还应该有关联，或同或异，或启下承上，构成一个比较完整的整体。

对仗可以分为工对和宽对两种，所谓"工对"，就是要求非常严格的对仗，出句和对句不仅词性相同，比如同为名词、动词、形容词等，而且对类型也有严格要求。这种类型，一是指词所表属的范畴，比如同为天文、地理、颜色、数字、干支、人名等；一是指词与词的关系，即同为主谓结构、偏正结构、动宾结构等。

比如：

秋水才添四五尺，野航恰受两三人。　杜甫《南邻》

万里悲秋常作客，百年多病独登台。　杜甫《登高》

一身去国六千里，万死投荒十二年。　柳宗元《别舍弟宗一》

欲穷千里目，更上一层楼。　王之涣《登鹳雀楼》

五湖三亩宅，万里一归人。　王维《送丘为落第归江东》

都是数字对数字。

白发终难变，黄金不可成。　王维《秋夜独坐》
客路青山外，行舟绿水前。　王湾《次北固山下》
城隅绿水明秋日，海上青山隔暮云。　李白《别中都兄明府》
黑水澄时潭底出，白云破处洞门开。　白居易《送王十八归
　　　　　　　　　　　　　　　　　　　山寄题仙游寺》

都是颜色对颜色。

月下飞天镜，云生结海楼。　李白《渡荆门送别》
星垂平野阔，月涌大江流。　杜甫《旅夜书怀》
暮云空碛时驱马，秋日平原好射雕。　杜甫《出塞作》
此日六军同驻马，当时七夕笑牵牛。　李商隐《马嵬》

都是天文对天文。

广陵相遇罢，彭蠡泛舟还。　孟浩然《送友东归》
秭归通远徼，巫峡注惊波。　韦应物《送别覃孝廉》
胡来不觉潼关隘，龙起犹闻晋水清。
　　　　　　　　　　　　　　杜甫《诸将五首》之二
桂岭瘴来云似墨，洞庭春尽水如天。　柳宗元《别舍弟宗一》

都是地理对地理。

上公周太保，副相汉司空。　岑参《奉帝李太保兼御史大夫》
星飞庞统骥，箭发鲁连书。　钱起《前屈突司马充安西书记》
但见文翁能化俗，焉知李广未封侯。　杜甫《将赴荆南寄别
　　　　　　　　　　　　　　　　　　李剑州》

匡衡抗疏功名薄，刘向传经心事违。

杜甫《秋兴八首》之三

都是人名对人名。

渭北江天树，江东日暮云。　杜甫《春日忆李白》

河源飞鸟外，雪岭大荒西。　郎士元《送杨中丞和蕃》

千崖曙雪旌门上，十月寒花辇路中。　李颀《送李回》

日斜江上孤帆影，草绿湖南万里情。　刘长卿《赠别严士元》

都是方位对方位。

笛奏龙吟水，箫鸣凤下空。　李白《宫中行乐词》

池晴龟出曝，松暝鹤飞回。　司空曙《经废宝庆寺》

巫峡啼猿数行泪，衡阳归雁几封书。　高适《送李少府贬峡中王少府贬长沙》

黄牛峡静滩声转，白马江寒树影稀。　杜甫《送韩十四江东观察觐省》

都是动物对动物。

竹喧归浣女，莲动下渔舟。　王维《山居秋暝》

夜雨剪春韭，新炊间黄粱。　杜甫《赠卫八处士》

花迎剑佩星初落，柳拂旌旗露未干。　岑参《和贾至舍人早晨朝大明宫之作》

鸦翻枫叶夕阳动，鹭立芦花秋水明。

陶岘《西塞山下回舟作》

都是植物对植物。

此外还有许多类型，就不一一列举了。

上面所说的是工对。其实用得比较多的还是宽对。所谓宽对，只要词性相同，意思不要相隔太远就可以了。

比如："郡吏名何晚，沙鸥道自同"（皇甫冉《逢庄纳因赠》），以人对鸟；"看院只留双白鹤，入门唯见一青松"（白居易《寻郭道士不遇》），以动物对植物。这样的例子俯拾即是，不一一列举。

对仗中有一些比较特殊的，使用得好，就会产生极好的艺术效果：

借对

本来不能相对的词语事物，因为谐音或假借等关系，变得可以成对了。比如：

> 酒债寻常行处有，人生七十古来稀。　　杜甫《曲江》

"七十"是数词，"寻常"是形容词，本来是不能成对的。但是，古人以八尺为"寻"，倍寻为"常"。这样，"寻常"也就有了数词的意思，可以和"七十"成对了。

再比如：

> 竹叶于人既无分，菊花从此不须开。　　杜甫《九日》

这里的"竹叶"本是指酒，即"竹叶青"，与"菊花"本不能对，但从字面上看，"竹叶"又是植物类，与"菊花"自然就能成对了。

再比如：

> 鸡鸣紫陌曙光寒，莺啭皇州春色阑。　岑参《和贾至舍人早
> 朝大明宫之作》

下句的"皇"字是名词，与上句表颜色的形容词"紫"本来不能成对，但是"皇"字与"黄"字同音，所以又变得可以成对了。

流水对

这是对仗中比较高级的。一般的对仗，是上下句各说一事，而流水对则是把一件事分两句说，或者说两句虽然看起来独立，但合起来说的才是一件事。比如：

> 唯将终夜长开眼，报答平生未展眉。　元稹《遣悲怀》

上下句对仗工稳，比如以"终夜"对"平生"，以"开眼"对"展眉"等。但如果分开看，意思都不完整，必须合在一起，才是一句完整的话。

再比如：

> 此地一为别，孤蓬万里征。　李白《送友人》
>
> 欲穷千里目，更上一层楼。　王之涣《登鹳雀楼》
>
> 即从巴峡穿巫峡，便下襄阳向洛阳。　杜甫《闻官军收
> 河南河北》
>
> 一从犬戎生蓟北，便从征战老汾阳。　薛逢《开元后乐》

都是流水对的佳作。

对仗的形式还有很多，比如"句中对""隔句对""扇对""错对"等，这里就不一一介绍了。

律诗按规定应该是中间两联必须要对仗，但唐人并不完全遵守这一规定，因此就出现了中间两联只对一联（有人称为"蜂腰对"），或三联、四联全对，也有极少数一联都不对的。今各举一例于后。

只对一联（颈联）：

与诸子登岘山

孟浩然

人事有代谢，往来成古今。

江山留胜迹，我辈复登临。

水落鱼梁浅，天寒梦泽深。

羊公碑尚在，读罢泪沾襟。

对三联（颔联、颈联、尾联）：

闻官军收河南河北

杜　甫

剑外忽传收蓟北，初闻涕泪满衣裳。

却看妻子愁何在，漫卷诗书喜欲狂。

白日放歌须纵酒，青春作伴好还乡。

即从巴峡穿巫峡，便下襄阳向洛阳。

四联全对：

登　高

杜　甫

风急天高猿啸哀，渚清沙白鸟飞回。

无边落木萧萧下，不尽长江滚滚来。

万里悲秋常作客，百年多病独登台。

艰难苦恨繁霜鬓，潦倒新停浊酒杯。

四联全不对：

夜泊牛渚怀古

李　白

牛渚西江夜，青天无片云。

登舟望秋月，空忆谢将军。

余亦能高咏，斯人不可闻。

明朝挂帆席，枫叶落纷纷。

最后说一下绝句的对仗。

绝句没有必须对仗的要求，但是，也有的诗人使用了对仗。这样，就有三种情况：一、二句对，三、四句不对；一、二句不对，三、四句对；四句全对。今天各举一例于后。

一、二句对，三、四句不对：

石头城

刘禹锡

山围故国周遭在，潮打空城寂寞回。

淮水东边旧时月，夜深还过女墙来。

一、二句不对，三、四句对：

绝　句

杜　甫

迟日江山丽，春风花草香。

泥融飞燕子，沙暖睡鸳鸯。

四句全对：

征人怨

刘　淡

岁岁金河复玉关，朝朝马策与刀环。

三春白雪归青冢，万里黄河绕黑山。

古绝

　　如果把五言四句和七言四句的诗称为绝句，那么这种体裁很
早就有了，但是在唐以前，没有用韵、平仄等格律要求。唐代以
后，对绝句有了很严格的要求，但是，我们在读唐诗的时候，会
发现许多不合律的绝句。这些不合律的绝句，绝不是那些诗人不

懂格律，因为它们有许多都出现在李白、杜甫、王维、白居易等大诗人的诗歌中，而是有意为之。这种诗歌，在唐诗中的数量不少，也得到后人的承认，比如后代的唐诗选本，如清沈德潜的《唐诗别裁》等，把这些诗都选入绝句类中。

这些不合唐代诗律的绝句，有人称之为"变体诗"，有人称之为"古绝"。归纳起来，主要有两种情况。

其一，不完全按照平仄要求。比如李白《静夜思》：

床前明月光，疑是地上霜。

举头望明月，低头思故乡。

第二句应该是"仄仄仄平平"，但第五字"上"当平而仄。第三句当粘，应该是"仄仄平平仄"，但现在是"仄平仄平仄"，完全失粘。第四句应该对，如果按现在的第三句，应该是"仄仄仄平平"，但现在是"平平平仄平"，完全失对。

其二，唐人绝句要求必须押平声韵，而有的偏押仄声韵，比如：

酒泉太守席上醉后歌

高　适

酒泉太守能剑舞，高堂置酒夜击鼓。

胡笳一曲断人肠，座上相看泪如雨。

江　雪

柳宗元

千山鸟飞绝，万径人踪灭。

孤舟蓑笠翁，独钓寒江雪。

两首诗都全押仄声韵。

这两种情况，都被称为"古绝"。